仁心仁術

——正骨中医传奇人生

周玉坤　著

北　京
冶金工业出版社
2016

内 容 提 要

本书是作者追忆父母行医 70 年，为千千万万患者解除病痛的真实感人故事。作者饱含深情地回忆了父母亲为了发扬光大祖传正骨医术，不畏强暴，历经坎坷，顽强抗争的无畏精神、高尚医德和精湛医术，颂扬了中医的博大精深和神奇疗效。

图书在版编目(CIP)数据

仁心仁术：正骨中医传奇人生/周玉坤著．—北京：冶金工业出版社，2016. 5

ISBN 978-7-5024-7209-2

Ⅰ. ①仁… Ⅱ. ①周… Ⅲ. ①回忆录—中国—当代 Ⅳ. ①I251

中国版本图书馆 CIP 数据核字(2016) 第 096689 号

出 版 人　谭学余
地　　址　北京市东城区嵩祝院北巷 39 号　邮编　100009　电话　(010)64027926
网　　址　www. cnmip. com. cn　电子信箱　yjcbs@ cnmip. com. cn
责任编辑　姜晓辉　美术编辑　吕欣童　版式设计　彭子赫
责任校对　卿文春　责任印制　牛晓波　韩向华
ISBN 978-7-5024-7209-2
冶金工业出版社出版发行；各地新华书店经销；固安华明印业有限公司印刷
2016 年 5 月第 1 版，2016 年 5 月第 1 次印刷
169mm×239mm；13 印张；16 彩页；171 千字；218 页
48. 00 元

冶金工业出版社　投稿电话　(010)64027932　投稿信箱　tougao@cnmip. com. cn
冶金工业出版社营销中心　电话　(010)64044283　传真　(010)64027893
冶金书店　地址　北京市东四西大街 46 号(100010)　电话　(010)65289081(兼传真)
冶金工业出版社天猫旗舰店　yjgycbs. tmall. com

父亲周福蕴与母亲林淑梅在世界骨联赠给他们题字前的合影

父亲和母亲旅游照片

父亲和母亲、大姐合影

父亲旅游照片

父亲旅游照片

序　言

我与周玉坤的相识，还是在庆祝她父亲周福蕴80大寿的寿宴上。那时，她还在冶金工业部二十二冶职工医院工作。在周家的7个孩子中，玉坤是我相识最晚而印象最深刻的一个。我更没有想到，今天能为她的书作序。

我与周福蕴一家的结缘，还要追溯到20世纪80年代初期。当时，随着全国大范围平反冤假错案工作的开展，党中央决定将全国同类的典型案件写成通讯，汇集成册出版发行，引导全国此项工作健康发展。周福蕴案件是全国冶金系统冤假错案的典型，受到格外重视。冶金工业部领导派我采写完成。接到任务后，我立即赶赴包头、大连等地进行采访。根据中央精神和周福蕴案件的实际情况，我决定通讯的内容立足于“昭雪”二字，标题定为《正骨中医昭雪记》。

事后得知，这篇文章受到中宣部领导的好评：“好文章。从正面，从积极平反角度写出的一篇好文章。其影响和价值比之以血泪控诉的文章要高得多。”此文被收入群众出版社出版的《春风化雨》一书。在全书上下两册的一百多篇文章中，《正骨中医昭雪记》排在上册的第二篇位置。可见其被重视的程度。

随着采访的深入，我对周福蕴一家人的遭遇和坎坷的命运，有了全面了解。为他们面对命运的不公，所表现出的不屈不挠、刚直不阿所震撼，更被他们高超的医术和高尚的医德所感动。就这样，我和周福蕴、林淑梅夫妇及他们的子女都成了好朋友，时有来往。周福蕴夫妇俩还曾来我家小住。我和夫人辛霞每次到大连出差，都会去看望他们。2004 年，周福蕴庆贺 80 大寿时，我们夫妇受邀前去大连祝寿。我还在寿宴上致了贺词。

那些年，在我和周家的交往中，几个年龄较大的孩子都见到了，唯独没有见到最小的女儿周玉坤。那时，她还在唐山工作，后来也调回大连。有一次，我爱人去探望她父母时，恰好遇见了她。两人一见如故，聊得很投缘。在她父亲 80 大寿时我才第一次见到了周玉坤。

时间过得真快。一晃 11 年过去了，当年那个聪明伶俐的“老小”，如今已是小有名气的正骨中医了。今年夏天，我们特意去大连祭拜了周福蕴和林淑梅夫妇。目睹了慕名而来的患者，以及忙得团团转的周玉坤。

察其言，观其行。周玉坤深受其父母言传身教的熏陶。她为人正直、心地善良，视患者如亲人，对病人关怀备至。她不仅继承了父母亲祖传的正骨医术，更是刻苦钻研新的治疗手法，力求在传承基础上进行创新。

我们亲眼见证了周玉坤的行医过程，深深感到是她父母的再生，医术医德无一不像。值得庆幸的是，周福蕴慧眼识真金，临终前终于选定了自己事业的传承人——周玉坤。

最近，周玉坤要出版《仁心仁术》一书，请我帮助修改、作序，并联系出版。我很高兴，全力支持。开始，对她写书，我有些许惊奇。但是，当我看到初稿时，不禁惊呆了。整个文稿思路清晰，文字简明，文理通顺。对其父母行医的叙述描写简单扼要，充满激情。她对父母及家人的感情至深，令人感动。她说，这本书自己是流着泪水写成的，经常是白天忙工作，晚上熬夜写作。我也是在热泪盈眶中，完成阅读、修改这部作品并为其作序的。

写这类作品，必须动真感情，流露真情实意。这样，既能使自己感动，更能感动读者 。事实说明，周玉坤确确实实从父母行医中，学到并继承了周家祖传的正骨中医绝技，实现了她父亲周福蕴将祖传和个人研发的中医正骨秘方、技术、疗法等传授给后人，并造福四方的愿望。也抚慰了他们的在天之灵。

在书中，周玉坤叙述了她在跟随父母行医过程中，不仅学到了正骨绝技和疗法的绝世技术，更学到了如何做人的真谛。

在此，我衷心祝愿周玉坤勇敢地踏着你父母的足迹，把利国利民的祖传中医正骨医术，很好地传承下去，并发扬光大。

是为序。

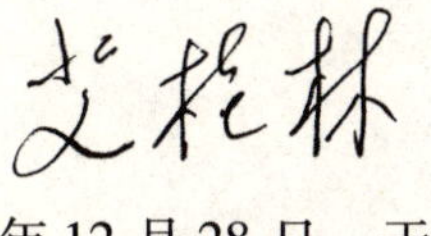

2015 年 12 月 28 日　于北京

（作者为《中国冶金报》原总编辑）

前　言

一

有人说：回忆总是让人不停地重温幸福，又在微笑的时候揭开伤疤。

《仁心仁术》讲述的是我父母亲真实的经历和行医生涯。

我的父亲周福蕴、母亲林淑梅，生前都是原冶金工业部第二十二冶金建设公司医院的中医骨科医生。在70余年的行医生涯中，他们勤勤恳恳、兢兢业业，继承并发扬了祖传中医治疗骨病技术，用生命谱写的很多动人故事，至今被人们传诵着。

在跟随父亲母亲多年的生活和行医生涯中，特别是在父亲晚年时期与他的日夜陪伴，使我对父亲的人性、品德、胸怀、行医理念等，有了更深一层的了解。在照顾父亲生活起居的年月里，在与父亲的频繁交谈中，随着父亲侃侃而谈，他和母亲走过的历史记忆流畅而清晰，为我展现了二老那70多年来精彩纷呈、坎坷曲折的人生画卷。这也是我创作的源泉和动力。尤其是父亲那坚实的记忆力、诸多历史细节的再现，让我十分钦佩，它为我完成《仁心仁术》的写作，提供了很多细致入微、真实具体的宝贵资料。

“愤怒出诗人。”讲的是创作需要饱含激情。而我的写作虽然谈不上真正意义上的创作，但在落笔的过程中，我也是饱含深情的，更在动情处多次涕泗流涟、血泪盈襟。父亲母亲的音容笑貌时时浮现在我的眼前，给了我无穷的力量和泉涌的文思，使我在短短的几个月时间内就完成了这部书的初稿。

二

父亲于1925年4月出生在一个祖传的中医世家。我小时候听爷爷周秉臣讲，我的祖太爷爷周克忠，因为有良好的医术，经常医行千里。我的祖祖太爷周运德，以及更上几辈都是以行医为生的，福泽百姓，被人们交口赞颂。到了我爷爷这辈，因为经常给乡邻们看病，被人们铭记在心。在我们老家，至今还有好多健在的老邻居记得爷爷经常上山采药、奶奶救治病人的事儿。

我的父亲母亲继承了祖上的衣钵，行医行善70年。在这70年里，他们所经历的人生可谓是风风雨雨、坎坎坷坷 、起起浮浮。父亲从省市劳模一下子被打为阶下囚，再到后来被遣送回乡劳动改造，一顶反革命帽子扣在父亲头上长达19年。那一年，父亲才刚刚37岁。

这顶反革命帽子，整整压了父亲19年。然而，即使是在受到人格侮辱、酷刑折磨，甚至死亡威胁的情况下，父母亲仍然没有忘记自己的责任和使命，始终如一为民服务，坚持不懈行医治病，甚至是在偷偷摸摸的情况下坚持为患者治疗骨病，挽救了无数位患者的肢体和生命。他们常说：无论在什么样的情况下，都不能忘了自己是医生的责任。

我的父亲母亲被押送回乡时，大姐才17岁。为了给父亲伸冤，她走上了上访之路，这一走就是19年。19年的上访经历，大姐从少女成长为孩子母亲。接待人员换了一批又一批，他们对大姐的称呼从小周叫到老周。大姐为此付出了青春和健康。因积劳成疾，她年仅62岁就因病去世了。每每想起这些，我的心都会很痛，也更加怀念她。

三

1979年底，我父亲的冤案在国务院、公安部的关注下，经过冶金工业部、二十二冶联合平反小组长达一年的调查取证，终于给以平反昭雪。

那一年的春节，是我终生难忘的。我们阖家团聚，喜气洋洋。大连电视台来家里采访录像，省市委领导也登门来给我父母拜年，他们拉着我父母的手说："这些年你们受苦了，我们代表全省人民来慰问你们。"

《中国冶金报》后任总编辑艾桂林受上级委派来到我的家乡，对父母亲进行专门采访报道。经过对当地政府和乡亲们全面细致地走访，写出了著名的长篇通讯《正骨中医昭雪记》，引起了不小的轰动。父亲的案件，作为全国重点冤假错案的典型，被选编进群众出版社出版的专著——《春风化雨》一书（见附录）。据说，这篇通讯因为抓住了平反昭雪的主题、生动感人，主题鲜明而且充满正能量，被中宣部领导赞评为："好文章。从正面，从积极平反角度写出的一篇好文章。其影响和价值比之以血泪控诉的文章要高的多。"因此，出版时的位置也从原来的第二册提前到了第一册的第二篇。

在采访中，艾桂林总编辑被父母的医德、医术，以及人格魅力所感动。从此，也与我们一家结下了长达30多年的深厚友谊。

1990年，在卫生部领导的动员下，应社会广大患者的强烈要求，父亲母亲在大连开发区建立了辽南第一家大型的、拥有500张病床的中医骨科医院。从1990年到1993年三年的时间里，医院共接诊了国内外骨病患者10余万人次。其中，以瘫痪病人（大

1980 年，《中国冶金报》艾桂林采访父亲（右一）时在大连劳动公园合影

多是腰椎间盘手术后瘫痪的、外伤骨折瘫痪的、腰椎结核瘫痪的），滑膜炎、股骨头坏死、骨不连接患者居多。这些患者饱受病痛的折磨，满怀希望慕名前来找父母亲诊治。经过父母的精心治疗后，这些患者绝大部分康复，并重返了工作岗位。

如今，我的父母都已经长眠九泉了。但他们的医德和精湛医术却令人永远难忘。母亲是 1995 年因肺癌去世的。去世前，她还让我们为隔壁病房的患者代缴了医药费。

母亲病重期间，市各级领导到医院探望，他们紧紧握着我母亲的手说：你救治了很多病人，你的功绩我们不会忘记，我们代表大连市市民谢谢你！

父亲于 2014 年 4 月 20 日去世，享年 90 岁（虚岁），在去世前一天他还在为患者治病。

我作为周氏祖传中医骨科的后人，与父母朝夕相处，环伺身旁，他们的言传身教让我受益匪浅。他们的医德深深地感染着我、激励着我，继承并光大周氏中医骨科的医术，造福苍生，福泽百姓。

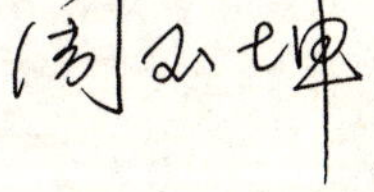

2016年1月6日　于大连

目　录

第一章　似水年华

第一节　思量昔日　依稀一梦

窗外的迎春花开了，木棉花也含苞欲放，月季刚露出新芽，又一个春天来到了。我和父亲一样热爱春天，喜欢春天。可是就在春天来临之际，父亲却永远地离我而去了。触景生情，和父亲在一起的日子又一幕幕地浮现在我的眼前。

往年，每到这个季节，我都会开车带父亲看樱花、赏迎春、观木棉。然后，到喜欢的饭店美餐一顿。每当看到父亲高兴的样子，我打心里由衷的欣慰，幸福满满。为了让他生活的更有盼头，我还会告诉他过几天我们还会出来看槐花。

其实，看槐花父亲也是走马观花，甚至一路都在睡觉。往往都是到了槐花多的地方我再把他叫醒，搀扶他下车看看槐花，并摘几枝让他拿在手里欣赏。有时，父亲还会把槐花放到嘴里品尝。

我每次和朋友们吃饭，只要感觉这个饭店挺不错，就会带父亲前去品尝。不过，有时他并不领情。比如，像日本料理、韩国料理他就不喜欢。

有一次，我带父亲到一个叫“妈妈的味道”的饭店去吃饭。吃完饭后，我问他好不好吃，他皱着眉头说：“这也没吃出妈妈的味道啊，和你奶奶比差远了。”我们听后都捧腹大笑。

有一天，我们带他到海边游玩，看到新开业的一家叫九龙湾渔公码头的酒店。外面停了很多车，气势很大。父亲说：“这个酒店我们可不能进，肯定很贵。”我没听他的话直接把车开到了酒店门口，在我们的搀扶下父亲走进了酒店大门，有人说老人就是老小孩儿，这话说的一点没错。我亲身体验了父亲的“童年”，我也为此而感到欣慰和自豪。

父亲有着聪慧的头脑、丰富的经验，更有着孩童般的性格。生活中，他任性，他固执，有时候他更“吝啬”。

说他“吝啬”，是因为他在生活中对自己“吝啬”。比如，他用过的牙签，用餐巾纸包好留着下次使用。有时候，牙签已经裂劈成了两半还继续用。迄今为止，我还没见过像我父亲这样使用牙签的人。很小的一张餐巾纸他也会撕开，留一半下次再用。可是对患者，他却极端大方，甚至可以说是慷慨解囊。免费诊治，免费赠药，免费留宿困难的患者……数不胜数。

他总是教导我说：医德重于医术。他从不欣赏奖杯。有几次，中国香港、加拿大、美国等地区和国家邀请他参加会议，并说要给他金奖。他总笑着说：这些奖杯，我不稀罕。什么也没有患者的口碑重要。

每当有患者来感谢他的时候，他都会像孩子般的激动、兴奋。他经常说：“救人是件行善积德的事儿！也是一件快乐的事儿！”

父亲的生命力很顽强。他曾几次从重病死里逃生，对生命有着极强的渴望。每次转危为安后同我说的第一句话就是，“爸爸活过来了。”

他一直在盼着90岁的生日。他在等大家为他祝寿，儿女们为他献礼，盼望更多的患者得到救治和康复。

然而，就在他生日的前夕，父亲带着遗憾和不舍匆匆离去了。在整理父亲遗物时，我们还看到了母亲的遗物。母亲已经仙逝20年了，可她的遗物却被父亲完好无损的保留着。

母亲是平凡的，更是伟大的。她逝去的早些，没有享受到更多的儿女亲情。母亲的一生是为父亲而活，为了孝道而活，为儿女而活，更为她的医疗事业而活。

当年，父亲被逮捕时，有关人员劝母亲与父亲离婚。这样，就能保住母亲的医师资格和工作。但是，母亲断然拒绝了。随即，我们一家遭到了经济制裁。没有工资收入，全家顿时陷入绝境。母亲曾一度崩溃，想要自杀。她到黄河边上徘徊了很久又回来了。母亲说，当时，她脑子里全是父亲的身影和孩子们痛失母亲的哭声。她不能倒下，不能当逃兵。

全家被遣送到大连农村后，父亲的病痛和生活的巨大压力使母亲又一次选择了欲断人生。当时，母亲告诉父亲她要到山上去砍柴。满怀着绝望，母亲站在连丰村最高的山上，把绳子搭在树上，痛苦地闭上了双眼。可是，她在冥冥之中看到自己的孩子们哭喊着跑过来了，听到了爷爷的叹息声……母亲又一次放弃了逃避。她知道，此时此刻她连死的权利都没有啊！

当时政治运动多，而父亲胆子又比较小。运动一来，只要有“问题”的一个也跑不了。更何况，他这个戴着“反革命”帽子的人。每到这时候，母亲就会像如今的“女汉子”那样挺身而出，站在父亲身边为他壮胆打气。

母亲留给我最大的精神财富是坚强、勇敢、智慧和善良。这不仅体现在她保护父亲和家人方面，更体现在工作中。母亲的高超医术，至今还被众多患者传颂着。凡是经过她治疗康复的患者都说她手到病除，不愧是当代女神医。

母亲年长父亲两岁，她像一棵大树一样为父亲遮风挡雨，为我们这个家避难祈福。亲戚朋友们都说，我父亲虽然被冤屈摧残多年、一生坎坷，但父亲是个有福之人。他的福就是娶了我母亲，而母亲始终不离不弃，生死相依。

第二节　我的父亲　韶华年代

父亲1925年4月出生在大连的一个小渔村。爷爷奶奶靠给乡邻看病养活一家老小。那时候，家家都很贫穷，多数患者有病无钱医治。奶奶又是个吃斋念佛之人，对患者都是以行善积德为主。所以，看了几十年的病，家中还是一贫如洗。

我的爷爷和奶奶

当时，爷爷以租地耕种为生。有时，也会收购一些农作物回来倒卖，解决一家的口粮问题。

在那个靠天吃饭的年代，租地耕种就要看年景了。年景好了，全家人不但有吃的不会挨饿，有时还有点现金收入；如果年景不好，连租子都交不上，全家就要挨饿受冻了。遇到这样的年景，爷爷就要到其他村子收购些花生、豆类、谷物等回来倒卖，赚些生活费用养家糊口。

爷爷奶奶共有五儿三女。虽然家里很贫穷，但爷爷是个明事理的聪明之人，他知道知识对改变孩子命运的重要性，认准了只有让孩子读书才能有出头之日。我父亲是家中最小的孩子，除了四大伯，几个大伯都已成家立业。虽然家中困难，但爷爷还是坚持送父亲上学堂读书。

到了父亲上完小学的时候，爷爷已经无力再供我父亲继续上学了。当时，父亲的学习成绩一直很好，他不肯辍学。爷爷很疼爱这个老儿子，就对我父亲说："给你那几个哥哥写信，看他们能不能帮帮你。"父亲就给在外谋生的大伯、二伯、三伯（当时四伯学徒没工资）写信求援。三封信发出后不久，就收到二伯寄来的200元钱。这样，父亲才得以继续读书。

我小时候听爷爷说，祖爷爷家原本生活很好。太爷爷的父亲、我的祖爷爷是开中医堂的，许多社会名流都来请他出诊看病，家境还算富足。所以，他去世后给太爷爷留下了一些财产。

太爷爷有田地、车、马、雇工若干。但不幸的是，太奶奶在爷爷才几岁的时候就病逝了。太爷爷又娶了新的太奶奶，我的爷爷从此就流落街头了。

爷爷聪明憨厚、善良勤快，乡亲邻里都可怜他，也喜欢他。他是吃百家饭长大的，俗话说，滴水之恩当涌泉相报。这也是后来爷爷奶奶给人看病经常不收费的原因之一，他们这是在报答乡亲们的救助之恩！

时光荏苒，一转眼爷爷到了该成家的年龄了。在大家的帮忙下，爷爷与奶奶成亲了。

当时，我的太爷爷由于年龄大了，身体每况愈下，就想着要找一个接班人。想来想去，找来找去还是看中了我的爷爷。太爷爷看中了爷爷的聪明、忠厚、仁义和善良，更重要的是太爷爷感觉亏欠了我爷爷太多，想要补偿他。

因此，太爷爷就选中了爷爷作为他的中医传人，并把所有的祖传秘籍都传授给了他。

再说我奶奶还没和爷爷结婚的时候，在娘家就经常给人看病。谁的腰痛了，谁家孩子脚崴了，谁家孩子胳膊脱臼了都找她，远近闻名。

就这样，爷爷奶奶在村里和周围的村庄开始了他们的行医生涯，并很快小有名气。他们有求必应，不分昼夜；不论骨病，还是其他内科疾病，几乎手到病除；论医术，基本是治疗一个痊愈一个。随着治病效果越来越好，他们的知名度也越来越高了。其他乡里，甚至是城里的一些病人都来登门求治。

我父亲靠二伯寄来的200元钱读完了高小，就再也无力读书了。当时，家里可以说已经是家徒四壁，而且欠下很多外债。万般无奈，父亲放弃了学业，开始了他人生的第一份工作——教书。

因为父亲学习成绩好，人长得帅气，人品又正，就被留校任教了。这一年，他刚刚17岁。

父亲虽然参加工作了，但因为教师工资低，对家里的经济并没有太大帮助，家里贫穷的状况依旧。爷爷在看病之余，还是经常到其他乡里收购花生、土豆，玉米等农作物，赚些小钱贴补家用。

爷爷和我姥爷就是在收购当中相识的。

当时，爷爷来到姥爷家收粮食。姥爷家不是很有钱，但车、马、房、田、雇工样样都有。两位老人能说到一起，很投脾气，从不为价钱和斤两计较，互相信任。这样，他们就成了生意上的好朋友。

第三节 我的母亲 花季时期

我的母亲虽然出生在农村，但天生丽质，聪明过人。姥爷姥姥共有儿女五个。我母亲行三，上有一个哥哥，一个姐姐，下有两个弟弟。

母亲心灵手巧，热心助人，遇事很有主见，是姥姥姥爷的好帮手。出嫁前，母亲是农活、针线活样样精通，就连邻家姑娘出嫁时的嫁妆、鞋袜都求我母亲帮忙缝制。

姥爷和姥姥对这个爱女视若掌上明珠，宠爱有加。母亲最小的弟弟，也就是我的三舅舅是先天智障。而大舅、大姨、二舅都是老实的庄稼人，也没有什么高远的理想和见识。一辈子面朝黄土背朝天的种地吃饭，从没有离开过村子，甚至连县城都没去过几次。

因为我的三舅智障，姥姥就格外地心疼他，每走一步都带在身边，生怕被其他孩子欺负。一旦有其他的孩子欺负三舅，姥姥肯定会找到那个孩子的家长，不依不饶。直到对方家长赔礼道歉为止。久而久之，姥姥护犊子的名声算是“远扬”了。

而母亲因为智商高，有远见，办事周到，而且明事理。所以，姥爷遇到什么事都要与她商量，甚至让她来做主。

过去，有的人家家里有长工，而东家不舍得给长工吃好的，甚至有的长工都吃不饱饭。

看到这种情况，我母亲就对姥爷说："长工是给我们干活的，不但要吃饱，而且要吃好。不然心里有怨气，吃不饱饭，哪来力气认真干活。"姥爷感觉母亲说的有道理，就努力改善伙食，经常有鱼肉和白米白面吃。长工们感激东家的心意，庄稼活儿干得是又快又好。所以，姥爷家地里的庄稼都比别人家的长得好，产量也高。更重要的是口碑好，十里八乡的传开了。转年开春，长工们争相着来姥爷家干活儿。

那个年代，20 岁的女孩都早已结婚生子了。可是姥爷家里离不开母亲这个顶梁柱，不知不觉中母亲已经 20 岁了。尽管不舍得母亲出嫁，但姥爷还是紧锣密鼓地张罗着母亲的婚事。

第四节　豆蔻年华　爱的共鸣

此时，我父亲 18 岁，是相貌英俊、有才华的青年教师，上门提亲的人真是踏破了门槛。来说媒的有的是有钱人家的女儿，有的是有文化的女教师，有的是十里八乡的俊俏姑娘，但父亲都不为其所动。个中原因还得从爷爷到姥爷家收粮食这件事说起。

话说我的爷爷常到姥爷家收粮食，看到母亲里里外外地张罗家里的大事小情。心里就想，这家的姑娘要相貌有相貌，要本事有本事，聪明伶俐。我们家如果能娶上这样的儿媳妇，那可真是祖上积德了。

打定主意后，聪明的爷爷就把我父亲直接带到姥爷家。父亲不知道爷爷的用意，还以为是让自己来帮忙收粮食的。因为，从前父亲不上课休息时，也经常跟爷爷到其他乡里收粮食。

姥爷见爷爷和父亲登门，高兴的又是让座又是倒茶。再看爷爷身边的英俊少年甚是喜欢，乐得合不拢嘴。这就是缘分吧。

爷爷对姥爷说："这是我老儿子，没出息，是教书的。"

姥爷立即说："教书的我喜欢，墨水多。"

爷爷发现姥爷的眼神，从他们爷俩一进大门就一直都没离开过自己的儿子，而且面露喜色，心中暗喜。知道这门婚事已经成了十之八九了。

这边唠着家常，那边，姥爷让姥姥备下酒菜儿，与爷爷推杯换盏，谈的极其兴奋。

旧时的婚姻大多是男方家主动提亲，但是，如果女方家的家境好，而且对男方很满意也会主动提亲的。父母亲的婚事就属于后一种。趁着酒劲儿，姥爷提出了两家结儿女亲家的想法。一听姥爷这话，爷爷心里更是乐开了花儿，满口答应了。

但是，爷爷和姥爷的思想并不守旧，他们让两个年轻人自己做决定。此时，两个年轻人早已一见钟情。可谓是，众里寻她千百度，蓦然回首，那人就在灯火阑珊处。

万事俱备。父母亲的婚事很快就敲定下来。转年，姥姥开始为女儿出门子准备嫁妆。姥姥知道爷爷家里贫穷，所有能想到的需要的东西，都想到了也都准备好了。那年的春天，父亲把母亲娶进了家门。

出嫁之前，母亲虽然已经对父亲家糟糕的经济状况有了一定的思想准备，可是真来到这个家后才发现，家中的境况远比她想象的还要糟糕。上有老下有小不说，还拉下了不少的饥荒（外债）。但是，母亲没有嫌弃，更没有抱怨。而是在苦思冥想，怎样改变父亲家里的贫穷面貌。

母亲看到爷爷奶奶欠下的外债很多，就到当铺把部分嫁妆换

这是父亲周福蕴与母亲林淑梅结婚后不久照的照片

成现钱，先把外债还上。

父亲的婚事算是解决了。但是，四伯却因为没有什么手艺，又加上家里穷，老大不小的了婚事还一直没有着落，甚至连个上门提亲的都没有。为此，奶奶爷爷都很着急，整天愁眉不展的。母亲怕爷爷奶奶着急上火，就四处张罗着求人给四伯提亲。

终于，有人上门提亲了，可把奶奶高兴坏了。只是没有彩礼人家不干。为了应急，母亲又把结婚陪嫁的首饰拿出来换成钱，买了彩礼给女方送去，这才把婚事定了下来。不仅张罗彩礼、订婚这些事，就连四伯娶亲时的衣服都准备好了。只是家里太穷了，只好把父亲结婚时的衣服拿出来，四伯婚礼穿的衣服也算是有着落了。因为，四伯没有父亲的个子高，母亲又连夜把衣服改小，让四伯穿着更合身。甚至，连四伯结婚用的被褥都是母亲从娘家带来的。

还上了外债，四伯也成家了。爷爷又像往常一样上山采药，父亲在学校教书，奶奶仍旧给人看病。家里总算过上了安定的生活。

虽然外债还上了，四伯也成家了，但日子过得并不富裕，母亲为此一直在努力改变这种状况。

爷爷奶奶倒是很高兴，也很满足，第一次感受到没有外债的轻松。他们常说：老儿媳妇是我们家的救星。

第二章 安身立业

第一节 耳提面命 变醨养瘠

我母亲每天跟着奶奶学医术。奶奶对这个儿媳妇也是分外喜欢，就把所有祖传民间医术，毫无保留地传给了我母亲。她还经常鼓励母亲说，行医是行善积德的事儿，一定要坚持下去。有时患者登门来看病，而母亲正在干家务，奶奶总是催促母亲说："先看病吧！家务活儿啥时干都行。"母亲就立即放下手中的家务事儿，马上跟奶奶一起给患者看病、学医术。

母亲心灵手巧，悟性高。没有两年时间，医术已经超过我奶奶。面对各种骨折疾病，无论是开放性的，还是粉碎性的，都能做到对位准确无误，使患者在无痛觉的情况下病处已经复位了。为此，奶奶常常夸母亲聪明善良，是天生行医的材料。

母亲做事严谨认真。特别是对中药制药相当严格。中药的炮制讲究个火候。每次配药的时候，母亲都亲自监督制作，从不含糊。如果有的药脱销了，母亲也绝不用其他药来替代。而是想尽一切办法把药配齐配全，绝不糊弄患者。就像同仁堂门前那副对联说的：

品味虽贵，必不敢减物力。

炮制虽繁，必不敢省人工。

日子就在这忙碌中过去了。这一年的二月，我的大姐周玉英出生了。对于这个长孙女的到来，爷爷奶奶是特别欢心，他们打心眼里喜欢这个孙女，视若掌上明珠。那真是捧在手里怕掉了，含在嘴里怕化了。大姐的出生是喜庆的事，但是家里添人进口，生活负担的加重，让母亲又在想着如何改变家里的经济状况，并且终于开始行动了。

这一年刚过完春节，母亲就让父亲辞掉了教师职业，给姐姐断奶交给奶奶照看。夫妻俩双双踏上了去往鞍山讨生活的列车。

那时候，鞍山就有个钢铁企业。大伯和姑姑此时都在鞍山工作。母亲考虑，到外地谋生首先要有地儿落脚。这次来鞍山谋生，就是想着有姑姑和大伯在，也能有个依靠。所以，出来的第一站就直奔鞍山了。

父母的到来，给大伯和姑姑家带来了欢喜的同时也有些许恐慌。也难怪，那时大伯家里子女很多，最大的孩子只比我父亲小 4 岁，经济状况也很困难。本来就压力山大的生活，加上我父母亲的到来，更是显得捉襟见肘。

面对大伯家这样的窘境，父母亲只在大伯家停留了一天就离开了，开始在外面租房子找工作自谋生路了。

当时，鞍山的大部分厂矿都被日本人霸占着。因为有文化，很快父亲就谋到一个小职员的位置。大概只干了几个月，感觉非常压抑和难受，就辞职不干了。

看到一时找不到合适的工作，父亲就和母亲商量决定到长春（当时的新京），找我母亲的表哥，也就是我的表舅，看能否找到适合自己的工作。

表舅当时在伪满洲国内务府任职。当时，父母亲也不知道内务府大臣是个什么官儿，只知道表舅是和当时很有名气的孙其昌住在一个楼里。

后来得知，当时我表舅的一男一女两个孩子都是中共地下党员，估计我表舅也是。只是，父母亲当时还蒙在鼓里。

两人商量好后，说走就走离开了鞍山。

此时，长春正值隆冬，冰天雪地，寒冷无比。父母亲下了火车一路打听着来到了表舅家的门前。楼前门口有门卫把守着，很是吓人。一般的行人都是绕着他们走。

父亲胆子小，离着门卫老远就停下了。而母亲却理了理衣服径直走了上去。

母亲走近门卫，门卫就问："你找谁?"

母亲说："我找王家峰家。"

门卫说："你们从哪里来？王家峰是你们什么人?"

母亲说："我们从大连来的，王家峰是我表哥。"

门卫走进岗亭拨通了电话，说了些什么。大约过了几分钟，从院子里走出来一位年轻的女子。

母亲对年轻女子自我介绍说："王家峰是我的表哥，我们是从大连来的。"

女子自称是王家峰的太太，寒暄几句后说：王家峰到南京去了，一周后才能回来。

其实，表舅当时是中共地下党员，他的儿女也都在延安工作。新中国成立后，他的儿子在长春任职，女儿在部队工作。

父母亲看到表舅妈没有留客的意思，也不好多说什么，只能客气地告辞，并说等过几天再来拜访。

告别表舅妈后，面对陌生的环境，他们不知道应该去哪里。母亲后来说，他们当时可以说是身无分文了。

怎么才能安顿下来？父母亲琢磨着。抬头看见大街上好多穷人都在和黄泥砌墙。一打听才知道，原来是到了冬天好多穷人为了暂时御寒，都在盖“冻房”。“冻房”就是用黄泥和稻草、水搅拌在一起砌墙，一边砌一边墙就冻上了，然后再用树枝和稻草把顶盖封好，这就是“冻房”。

父母亲看后，感觉这个法子不错，又不用花什么钱。说干就干，只用了一天时间父母亲的“冻房”就盖好了。

父亲后来回忆说：“冻房盖好了，你妈就开始盘炉子。”

我知道父亲凡事都靠母亲拿主意，而且不怎么会干活儿，就打趣地问他：“当时妈妈盘炉子，那你在干啥?”

父亲满脸幸福地笑着说：“我冻得在地上不停地跺脚呗。”

就这样，他们在长春算是有了暂时御寒落脚之地。父亲到街上，打算买笔和墨水给爷爷奶奶写封信报个平安。但是，走了好多商店都没有买到笔墨。后来一打听，原来这些东西在当时都是违禁品。

父亲就想，笔墨都是老百姓日常生活用的物品，就和我母亲商量着从大连买笔墨，然后到长春卖。但没有本钱。

母亲说，既然表哥没回来帮不上忙，我们不如先到沈阳找陈朝毅表哥想想办法。当时，母亲的两姨哥哥陈朝毅在沈阳开电光厂，生意做的很大。陈朝毅每次到大连，姥爷和姥姥对这个外甥，也就是我的姨舅都是热情招待，留吃留住的。

说走就走。父母亲连夜坐上了开往沈阳的火车。

姨舅陈朝毅见到我的父母甚是亲热，母亲就开门见山地说明来意。姨舅问我父亲需要多少钱?

父亲说："两千块。"

姨舅说："两千块钱好干啥？我给你20万（当时旧币）。"

父亲吓得忙说："太多了，不用不用。"

姨舅说："你怕啥？我这是给你的。"

父亲说："那可不行，我们是一定要还的。"

姨舅哈哈大笑说："你可太老实了。"

20万元父亲不敢要。后来，在姨舅的坚持下父母亲还是带着两万元钱回到长春，等待表舅回来再作打算。

因为做钢笔头墨水生意是禁止的。父亲就想等表舅回来与其商量一下，看看能不能找关系疏通疏通。

又过了两天，母亲估计表舅该回来了，就与父亲再次来到表舅家。这次门卫也没有过多盘查，直接打电话给表舅。不一会，只见表舅小跑着出来直说对不起，并拉着我父亲手让回家说话。

来到家里落座后，表舅说："出差回来就听说你们来了，我就让司机开车满旅馆找你们啊。对了，你们现在住在哪儿了？"父亲就照实说了回沈阳借钱，想做钢笔头和墨水生意的事。表舅当即表示没问题，并说："如果有人盘查，你们就提我的名字，保准没事儿。"

得到了表舅的保证后，父亲心里就有了底气。第二天就动身回到大连组织货源，母亲则留在长春住在表舅家等父亲回来。

父亲还带上我的二舅帮忙，又把姨舅借给的两万块钱全部进了货。在大连上火车时没有遭到检查，但到了长春出站时却遇到了麻烦。一个伪满警察过来拦住了我二舅，父亲当时还很冷静，把表舅教的话都说出来，还提到了孙其昌的名字。那个警察听后不但没找麻烦还给父亲和二舅打立正，并亲自送出火车站。并边走边和父亲说：以后有事直接找我就行了。

就这样，父亲连着做了几次笔墨生意，就把本钱还给了姨舅。还净挣了两千多块。父亲把赚的钱全交给了母亲。母亲说："快把钱给爹妈送回去吧，家里肯定急着呢。"

此时，爷爷因欠外债着急上火，牙疼得把脸都肿歪了。当父亲把钱从兜里一把一把往外掏时，奶奶就用身上系着的围裙接着。奶奶从没见过如此多的钱，她既兴奋又不知所措，嘴里不停地说：够了够了。

就这样，父亲从大连到长春跑了几趟后，又赚了不少钱。日子好过了就不觉着时间过得快了，一晃就到了年底。快过年了，父母亲准备着回家。表舅也给他们准备了不少年货，并派车送到火车站。

这个年奶奶爷爷过得很开心。没有了外债，又有钱过年，一家人欢欢喜喜的。可是，母亲的内心却一直不安。

母亲说：她这辈子欠姥姥姥爷的太多了。姥姥姥爷因为不太缺钱的原因，使母亲光顾了忙着婆家脱贫的事儿了，而忽略了姥姥姥爷的生活，平时也很少回家看看。直到有一天姥爷突然病倒，经诊断为肝癌晚期，而且只撑了2个月便离世了。这让母亲痛苦万分，一直不能原谅自己。直到几十年后，母亲重病在床时还提及此事。可见，这个遗憾伴随了母亲一生！

过完年后，父母亲又回到了长春，想着继续做他们的小买卖。可是这一回，表舅却严肃地和他们说：现在的时局不稳。你们还是马上离开这里吧，一天都不要待。随后就给我父母买了车票，直到看着火车开走，才放心地离开了车站。后来得知，他们离开不久日本投降了，国民党发动了内战。

第二节　离家创业　步履维艰

父母亲回到老家后，母亲继续帮着爷爷奶奶给乡邻治病，父亲则在外干些零活儿。随着我的哥哥姐姐们的相继出生，负担的加重，全家的生活又陷入困境。这时，母亲就思量着做点什么买卖增加收入。在当地没有什么可干的，光靠着给人看病也解决不了什么问题。于是，母亲决定去鞍山自己创业。

母亲做事的风格历来是风风火火的。他们带着哥哥姐姐来到鞍山。因为父亲没有本钱，就与姑父合伙做起了油漆等建材生意，门市名字叫“兴安号”。我想，他们当时起这个名字，也许就是为了祈求兴旺平安吧。可是，在那个动荡的年代，起个好的店名就真的能太平吗！

当时，鞍山在国民党统治下，治安混乱、商业萧条，很不太平。好在姑父和父亲做的生意不大，又与政局无关，还算能勉强维持全家人的生活。

我大伯生意做得比较好。因此，总是对这个比自己儿子大几岁的小弟弟、我的父亲看不上眼。经常会当着我父亲和母亲的面对朋友说：我这个弟弟一辈子就这样了，不会有什么出息了。

大伯说的也不是完全不对。因为，我父亲的心思没有完全放在做生意上，一有时间就钻研医术。经常是和生意伙伴谈生意时，谈着谈着就谈到治疗骨病上来了。

我揣测当时大伯说这番话的目的，是想激励和刺激父亲让他把生意做好吧。可是，没想到父亲到了老年，甚至在病重期间还常常提及大伯的这些话。看来，这些话也着实刺激了父亲一生。只是这些话没有激励他做好生意，反而成为父亲发扬光大祖传正骨医术的动力。

虽然，大伯虽然经常刺激这个小弟，但他的长子平哥和长女瑞卿姐姐却与我父母相处的很好。因为年龄相当、志趣相投，他们的友谊持续了几十年。

再说姑父和我父亲开的“兴安号”开始生意还好，可后来因为战乱加剧，生意就越来越萧条了。兵荒马乱的，谁还有心思搞建筑买材料。到后来，甚至连吃饭都成问题了。

在这种境况下，母亲带着哥哥姐姐们开始了忍饥挨饿的生活。这时，大姐已经上小学了。大姐很有舞蹈天赋，加入了学校舞蹈队，并被选中在队中领舞。

而演出时，学校要求每个舞蹈队员都要穿上花裙子。因没钱买裙子母亲就把一个花被面拆下来给大姐做了条花裙子。

眼看“兴安号”的生意做不下去了，父亲就给之前认识的一个做钢铁生意的老板打工。

父亲说：当时，这个上海来的老板是到鞍山买麻铁的。他到处寻找都没有买到。是我费尽周折、找了大半个鞍山才找到的，还帮助他托运到了上海。从此，这个上海大老板就委托父亲在鞍山帮其订货，一个月要订两次货，并负责发运到上海。

父亲诚实守信、做事踏实。这个上海的大老板把买麻铁的生意全权委托给了父亲。就这样，代购麻铁的生意一直持续到了解放前夕。新中国成立后，父亲才知道那位大老板也是位中共地下党员，是负责为解放军采购物资的。后来他一直在上海任职，并和我父亲保持着来往，他爱人膝关节滑膜炎还是父亲给治好的。可惜的是，“文革”开始之后，父亲就和他失去了联系。

这边父亲的生意红火着，那边大伯的生意却一落千丈。

父亲回忆说：当时，你大伯家孩子多，坐吃山空，生活逐渐困难了。甚至到了无米下锅的地步。你妈就跟我说，给大哥家送点钱吧。

我急着问父亲："那送了吗？"

父亲说："我告诉你妈再等等。"

我追问："为啥等啊？"

父亲顽皮地一笑："就因为你大伯一直看不起我呗。"

我听后又好气又好笑："你这个老头呀。大伯当时是把你当孩子看的，是激励你努力上进的，咋还记仇哪？"

我又追问了一句："那到底送没送啊？"

父亲笑着说：送了。我是开玩笑的。后来你妈妈拿了一万块钱给你大妈送去了。

听到这儿，我这才松了一口气。

父亲接着说："后来，你大伯你大妈还有我们一家，都住在了一起。"我听后眼睛湿润了。这就是血浓于水！"

第三节　克敌制胜　鞍山解放

1948 年元旦刚过，鞍山的战争空气就相当紧张了，家家门窗紧闭，街上一点也没有准备过年的气氛，米面都无处可买，更别提其他的年货了。透过窗户看到，大街上国民党的部队匆匆忙忙地调动着。原来，国民党是在做着撤退的准备。父亲看到我们家住的楼斜对面就是国民党的储备库房，每天都有大卡车进进出出地运输物资，既有粮食，也有弹药。

大伯家的大儿子我们都叫他平哥，每天不着家，和国民党一个连长关系比较好，有时还能给家里带回点吃的来。

这样的紧张气氛一直持续到了 2 月中旬，中国人民解放军开始攻打鞍山。当时，战斗进行地相当激烈，炮火连天、流弹横飞。那时候，母亲刚刚生下我的一个姐姐。母亲把棉被铺在地上，大妈一家和我们一家白天黑夜都在炕沿下待着。因为，如果人坐在炕上随时都会被流弹射中。

母亲回忆说：她常常偷偷趴在窗台上，看着街面上的战事。

大伯看见我母亲站在窗台前偷看外面的炮火，吓得直喊：他老婶儿，你胆子太大了，快下来不要看了。

1948 年 2 月 19 日，中国人民解放军终于解放了鞍山。鞍山打了七天七夜的炮火终于停止了。

再说枪声炮声刚停，就有解放军战士来敲我们家的门。当时，很多人家都不敢开门，可母亲却勇敢利落地把门打开了。

母亲说：解放军战士穿的都很破旧，他们脚上的鞋都成了拖鞋了。虽然穿的很破旧，但是都很有礼貌。他们一进门就问母亲：大嫂，有吃的没有？

我母亲说："我们全家已经几天没吃东西了，哪有粮食呀。"

一位小战士又问我父亲："你知道附近哪有粮食？"

因为父亲早就看到家对面国民党的储备库了，马上就用手指给解放军看。"在那。"

其中一个解放军战士对我父亲说："那麻烦你带我们去吧。"

这回父亲的胆子也大了。二话没说带着一群解放军战士就奔了对面的国民党储备库。

打开储备库大门后，只见仓库门口摆着一摞一摞、像汽车轮胎大小的豆饼，这是国民党喂马备的饲料。饿急了的父亲看到后就要往家搬。这时，那个解放军战士拍了拍父亲的肩膀，指着堆积如山的大米和白面说："你搬这个吧。给孩子们多拿点。"

见到父亲搬了米面回来，可把母亲和大妈乐坏了，两个人就赶忙淘米做饭。两家的一群孩子们也都忘记了害怕，欢呼雀跃着围了上来，紧紧地盯着冒着热气儿的饭锅。那几位解放军战士也跟着父亲来家等着吃饭，估计他们也是好久没吃上饱饭了。

母亲看到有的解放军战士的手流血有外伤，就把自己配制的中药给他们敷上，并用白布仔细地包扎好。

谁知道，白米饭刚开锅还没煮熟，外面却响起了解放军的集合号声。没有办法，母亲就让战士们把衣兜撑开，拿饭碗往他们兜里盛着还半生的米饭，让他们留着路上吃。

再说我大伯家的平哥，一直在外，家里人都抓不着他个人影。鞍山刚解放时，那个国民党连长被解放军抓获了，供出我平哥和他藏匿了30挺机枪和若干子弹的事。解放军临时办事处通知让平哥立即到临时办事处接受调查。

一接到这个通知，大伯大妈吓坏了。此时，平哥也不知道跑到哪里去了，估计也是因为这事害怕躲开了。大伯就对我父亲说："咋办啊？五弟你去帮着看看吧如果有事你就担着，你的老婆孩子我来养。"

长兄如父啊。长兄的话虽说不在理儿，还得听啊！但父亲胆子小，拿不定主意，不知道该咋办，就拿眼睛一直看我母亲。

母亲知道父亲不敢自己去，就说："走。我陪你去。"

父母亲去了没一个小时便回来，同行的还有一位解放军战士扛着一袋粮食跟在他们身后。父亲笑着说："解放军不但没有处罚我们，还因为保住了这些枪支给了奖励！"原来这袋米就是奖品。

第三章 行医之路

第一节 现场考核 得到好评

鞍山解放了，父亲也留在鞍山钢铁公司工作。母亲则在家照顾子女，有时给人看看病。没承想，随着母亲高超医术的传播，患者越来越多，名声也越来越大。甚至到了每天不等家人起床，患者早已等候在门外的地步。

我们家简直成了医院。因为患者多，家里整天人流不断、人来人往的，父亲每天忙于患者无法正常工作。

鞍山市卫生局经过调查了解，得知我父母是祖传中医，而且医术高明。于是，决定聘请他们为中医师，进入鞍山中医院工作。

不久，国家做出了全国支援包钢建设的决定。为了响应党的号召，父母亲带着我的哥哥姐姐，随着浩浩荡荡的建设大军来到内蒙古大草原——包头。

父亲被分配到包钢建筑公司工作，母亲则继续为患者治病。

当时，包钢正处在大规模基本建设阶段，因施工而伤病的工人很多。但是，当时的医疗技术却远远跟不上去。此时，母亲一个人是根本忙不过来的，而父亲也总是被患者堵在家里无法上班工作。

包头市领导听到有关部门反映这一情况后，亲临现场，寻求解决问题的办法。

当时，正巧母亲正在急救一位患者。这位患者是一位建筑工人，在工作中，因为脚手架脱落从二十几米高的地方摔了下来，由于中间有其他楼层的脚手架拦挡才幸免于难。但是，该患者的腰椎、大腿等多处骨折，已经大小便失禁，高烧40多度，医院也下了病危通知书。在这样紧急的情况下，患者家属要求公司把病人抬到我们家来救治。

面对这样的危重患者，父母亲立即对其进行了紧急救治，并在家里为他安排了临时病床。

经过一段时间的精心治疗，这位患者居然康复了。包头市广播电台、《包头日报》先后专门报道了此事，父母与患者的照片也被刊登在报纸上。

包头市委和卫生局领导看到报道后，认为这样危重病人经父母亲的救治都能起死回生，实在是个奇迹。一致决定，把我父母亲调入包钢医院工作，让他们发挥更大的作用。同时，还安排了现场考试，对父母亲进行全面的考核。考试包括笔答和实际操作两部分。结果，父母亲顺利通过考试。

考核结束后，当时的市委书记高举民给予父母亲高度的评价："真正的民间中医祖传在我市，是莫大的荣幸。"

考试现场的同行们，对父母亲的治疗手法，骨折对位腰脱、小儿脱臼、外伤处理等环节，以及对X光片子（当时没有CT）的诊断鉴定的娴熟和准确都给予了肯定。

第二节 兢兢业业 废寝忘食

1957年，包钢成立了中医骨科诊所，父亲出任首任所长。

当时简陋的诊所

当时，这个小小的诊所每天前来就诊的患者就有好几百人，全国各地哪来的都有。领导的重视和患者的信任使父母亲非常感动，他们决心以自己的实际工作成绩报答党和领导的知遇之恩。工作中，他们更加兢兢业业，节假日从不休息，废寝忘食地钻研业务技术。良好的医德，精湛的医术使得经他们治疗的患者没有一例病后残疾的，全部重返了工作岗位，开始了人生第二次旅程。

当时，父母亲曾雄心勃勃地想光大祖传的医术。一心想把中医和西医结合起来，创造使用中药，无需手术，外伤与正骨同时治疗，外伤痊愈，伤骨同时也接好的先例。

如今，好多医院还是先治疗外伤，然后进行接骨治疗。这种医疗方法很容易导致外伤好了，接骨的最佳时期也错过了。这样，患者会很痛苦，严重的还会引起感染，骨髓炎就会随之而来。

这是母亲在开会，身后是患者送的锦旗

《中国卫生报》、《内蒙古报》、《包头日报》相继报道了他们的传奇技术和先进事迹。在看到报道后，各地的患者都不远千里前来求治。前来求治的患者大多数都是因骨折多年不愈合，而患上了骨髓炎和骨结核的。当时，父母亲对骨髓炎和骨结核的治疗技术还不太理想。但当他们看到这么多的患者被病痛折磨着，甚至痛不欲生时，心急如焚。他们昼夜钻研，开展实验研究。并为此专门建立了动物养殖基地，饲养了200多条狗、300多只兔子用于实验、试验。并把爷爷从大连接到内蒙古包头来，探讨用中医中药治疗此类疾病。

经过了几个月的钻研和探索，临床治疗骨髓炎和骨结核中药终于达到了理想效果。临床结果证实，治疗非常好，治愈率百分之百。这让无数骨髓炎和骨结核患者摆脱了病痛的折磨。

父母亲整天为患者忙碌着，家里一切事情都交给了阿姨，对我们姐弟更是无暇照顾了。那时，经常是夜里有人敲门求诊，他们就立即穿衣出发。母亲曾回忆说，他们夜里经常是和衣而卧的。

一次，父亲一边忙着工作，一边准备着内蒙古的中医中药现场会的发言材料。因为，作为先进单位的包钢医院正骨所，父亲要代表所里在大会上作报告，介绍先进经验。

正在父亲一边忙于患者的治疗，一边准备大会学术报告时，家乡又来信说奶奶病重了。父亲一着急，左侧后背生了一个饭碗大的痈。大家知道，痈的致病菌为金黄色葡萄球菌。常见于人在长期营养不良，抵抗力低下情况时发病。一般发生的位置以后背、肩部较多。临床表现为大片侵润性红斑，化脓性组织破坏。其症状是发热、畏寒、头疼、食欲不振等，严重者可导致毒血症和败血症死亡。

父亲的病引起了包钢医院党委和卫生处领导的高度重视，他们把父亲的病情汇报给了市委领导。市委书记高举民亲自来到正骨所，见到父亲还在工作，就严肃地说：工作固然重要，你的身体更重要。你要立即住院，我们已经从北京请了最好的治痈专家，今天晚上就到。

父亲被强制住院了。北京来的专家们看到父亲后背的痈，认为很严重，必须连夜手术。

专家说："幸亏早手术，如果再晚一点可能就没命了。"又对我父亲说："你的背部右面还会再生一个痈。"当时，父亲对专家的话也没有太在意。

父亲的病还没有完全好，内蒙古中医中药现场会开始了。父亲带病在大会上作了关于治疗开放性骨折、骨髓炎、骨结核的技术性报告。这个报告引起了较大的轰动。后来被印发全自治区以及医疗系统，并作为学习、讲课的资料，予以推广。

可惜的是，这些宝贵的资料后来都在父亲成为"反革命分子"期间烧毁了。

因为父母亲的工作不分白天黑夜，有时抢救的病人路途较远，包钢还给他们配备了专车。母亲说，父亲的专车是只给父母工作用的，你们这些孩子从没有坐过。即使是刮风下雨、狂风暴雪等恶劣天气，哥哥姐姐们也没有破过一次例。当时，姐姐就在医院上班，可她从未"顺道"过一次。

当时，包头市内的公交车较少，几乎所有的人都骑自行车上班。就连市委书记的父亲也不例外。

一天，市委书记给父亲打来电话说：他的父亲早上骑自行车摔倒腿骨折了。当时，老人家已经70多岁了。父亲立即赶往老人家里，就在家里设了家庭病床，为其治疗。一个月时间不到老人已经能下地行走。他高兴不已，直夸我父母的技术好名不虚传。

就这样，父母亲夜以继日地工作，忘记了休息。甚至忙得连孩子们长大了都不知晓，父母亲仿佛都是在突然间发现哥哥姐姐们都长成了大孩子了。

母亲曾说，有一天姐姐的手不小心碰伤。她在包扎的时候，发现孩子的手都长这么大了。再看看每个孩子的衣服都是紧裹着身体。因为孩子们都是在长身体的时期，衣服都快没法穿了，自己竟然没有发现。母亲说这话时表情流露出了对孩子们深深的愧疚。

第三节　倾囊相授　知无不言

为了使正骨中医技术后继有人，包钢医院党委给正骨所送来了11位高材生，请父母亲带徒弟教授正骨技术。记得有张宝祥、叶淑琴等人。其中有一个徒弟是西医大夫，卫生处派其跟随我父亲学习中医，就是想中西结合治疗骨病提高医疗效果。父母得到了这样一批门生，更是废寝忘食地工作，把祖传的医术毫无保留地传授给每个徒弟。徒弟们对二位师傅也是尊重有加。因为母亲的医疗手法是奶奶传授的，腰脱、骨折对位、开放性骨折换药等都被业内人称奇，所以也是传授的重要内容。

因为中医正骨手法不仅是凭借观摩就可以学来的，更重要的是学习的人要有悟性。鉴于此，母亲就不厌其烦的、手把手地教这些徒弟。父亲经常把这些徒弟召集在一起上课，互相交流经验，听取他们的意见，并着手准备壮大诊所的医疗队伍。

这时，包头市委已经向内蒙古自治区政府有关部门申报，准备建立全国最大的中医骨科医院。

因为，这时全国各地前来治疗骨病的患者实在是太多了。诊所每天接纳的患者有上百人，而且大多患者都是外地的，许多危重病人都需要住院治疗。包钢医院、包钢招待所都住满了患者，许多人都视能住进正骨所治疗为幸运。

患者送来的锦旗和感谢信在正骨所已经挂满了，后来，所里还专门倒出一个库房专门存放锦旗和感谢信。

只可惜，这些荣誉和奖励都被当时的造反派损毁了。更可惜的是，父亲在百忙中整理的医学资料、研究课题和正准备出版的骨伤科学书稿也都被毁于一旦。

父亲惋惜地说：“当时，包括锦旗、感谢信和患者病历等足足拉走了两大汽车！”

第四章 负屈衔冤

第一节 父被陷害 身陷囹圄

父亲母亲一心扑在工作上，根本没有察觉到一场席卷全国的政治风云已经蔓延到了这个正骨所。

有一天，正骨所收治了一位叫姜秀的重病患者。这位患者是被冻土块砸伤的，经诊断为一、二节腰椎骨折、截瘫、左胫腓骨骨折、胸壁挫伤，高烧40多度昏迷不醒。面对这样的危重病人，正骨所的同事们研究决定马上转院北京进行抢救，而且当天就与北京的医院联系好了转院之事。北京方面的专家看完传真过去的病历后，回信说：鉴于病人目前的情况，建议仍按一般非手术方法治疗，不宜长途跋涉转院来京。在后来的治疗中，患者不幸死亡。为了推卸责任，该患者的主治大夫串通一些平日对父母亲有妒忌心的人员，写大字报攻击父母亲。

第二天早上，父母亲一上班就看到满墙都是批判自己的大字报。他们气愤极了，根本无法相信世界上居然还有这样颠倒黑白的卑鄙之事。于是，他们就向上级领导反映情况，讲述事情的真相。但是，当时正值政治运动狂飙突起，好多老领导都被赶下了台。今天打倒这个，明天揪斗那个，搞得人人自危，没人敢站出来说句公道话。

在砸烂公检法的疯狂后，整个中国的法治体系被破坏了。在一些人的陷害下，父亲被以所谓的“反革命破坏医疗事故罪”投入监狱。即使这样，他们也不放过父亲。在狱中，这些人继续对父亲逞凶肆虐、严刑折磨，逼迫父亲交出祖传的正骨秘方。

我问父亲：“你交了吗?”

父亲说：“我要交了就不会被打残了。”

母亲回忆说：你父亲在狱中遭受折磨，还不许家属见面，更不让送东西。后来，你爸爸被他们残害的已经奄奄一息了。监狱里通知我到监狱给你爸爸办理保外就医。但必须有担保人。那个时候谁敢给咱们家担保啊!

一听母亲讲了需要担保的事，姐姐马上就想起了市委书记的父亲。老人家没有忘记当年我父亲给他治病的恩情。听到姐姐的求救，他二话没说马上随母亲和姐姐到监狱签字担保。在老人家的担保下，父亲才得以出狱。仅仅 9 个月时间，父亲被折磨的已经不能站立，生活完全不能自理了。

父亲回忆说：他进了监狱，正骨所也解散了。陷害父亲的人给包钢医院的外科主任、副院长捏造了不同的罪名，送进了监狱。

虽然，父母亲被迫害的很凄惨。但是磨难还远没有结束。医院的造反派们不允许我们家继续住在原来的楼里。接着，全家被迫住进了阴冷潮湿的民房。而且母亲也被开除了公职。这样，全家就只有姐姐每月 19 元的工资维持生活了。可以想象，当时全家 10 口人生活的境况是多么的窘迫!

第二节　忍饥挨饿　姐救全家

面对家庭的巨大变故，平日里淘气不听话的哥哥姐姐们仿佛一夜之间都长大懂事了，他们全部辍学。为了生计拿着父母亲的衣服站在街头变卖，家里的衣服卖光了，就到乡下老乡家收购杏子、桃子。然后，回城里倒卖，赚取生活费。

母亲常常对我讲起一件事。那是父亲出狱不久的一个星期天，家里已经有两天没饭吃了，哥哥姐姐们都在等着大姐回来。因为，每个星期天大姐回来能给大家带回来馒头。尽管每人只有一小块，但可以充饥。母亲说：你大姐带回来的馒头没有整个的，全都是半个半个的。因为，食堂每顿饭只给大姐一个馒头。大姐就吃半个，留半个给家里的爷爷、爸爸、妈妈和弟弟妹妹们攒着。大姐是个大块头，在家里是有名的大饭量。可想而知，当年大姐是忍饥挨饿从自己嘴里省下的救命馒头给全家啊！每天她是在半饥半饱的状态下工作的，她是在用生命之火来温暖全家人。

全家人都在期盼大姐早些回来。可是，到了平常大姐该回来的时间，还不见她的人影。母亲急得团团转，几次出门迎接都扫兴而回。哥哥姐姐们也从盼着姐姐带回馒头，到担心大姐会不会出什么意外。家里没人睡觉，更没人说话，就这么静静地等着。到了深夜11点多钟，大姐终于回来了，她的身后面还跟着一男一女两个人。大姐推着的自行车后座上装有一麻袋土豆。大姐对母亲说：妈，我把自行车卖了，换了180斤土豆。

原来大姐下班往家走时，想着80岁的爷爷还有年幼的弟弟妹妹们都在忍受饥饿，自己又没有办法弄到吃的东西。悲从心生，边走边哭。在经过老乡家的土豆地时，大姐忽然有了主意。她径直来到老乡家，问他们是否需要自行车。

当时，自行车是紧俏商品很不好买，而且买自行车还需要凭票购买。老乡家一见这么好的自行车送到家门口，哪有不要的道理。当即拍板问大姐要多少钱。

大姐说："我不要钱，要粮食。"

老乡说："我们家粮食也不多，就用土豆换，行吗？"

大姐说："行啊！但你们要帮我送一趟。"

老乡爽快答应了，并留大姐在他们家吃了一顿饱饭。老乡家的女主人看见大姐还是个孩子，听大姐讲了我们家里的情况，很是心疼她。临走时，还包上几个热乎乎的土豆，让大姐带着路上吃。

就这样，一辆自行车换了180斤土豆。就是这180斤土豆挽救了全家人的命！

第三节　不畏艰险　坚持正义

饥饿的问题得到暂时解决了，可政治迫害仍在继续。患者姜秀的主治大夫作为当时的医院领导，对父母亲的政治打击又升级了。他召开全院大会对职工说：周福蕴是反革命分子，大家不要对其抱有什么同情心。大家要踊跃写大字报和批判稿，彻底揭露其反动本质，要与他划清界限，不要被他们的假仁假义迷惑。

当时，大多数医护人员都是有正义感的，基本没有人响应这个主治大夫的鼓动。即使有少数几个人写大字报的，也是迫于造反派的淫威，不得已而为之。

造反派们不光迫害父母亲，就连父亲身边的人也不放过。父亲的大徒弟张宝祥，就是因为没写批判父母亲的大字报，被批为划不清界线，被送去劳动教养了。后来我们才知道，当时那些人动员张宝祥写揭发材料时，就威胁他：如果不揭发周福蕴的问题，你就是反革命。在这样的压力下，张宝祥被迫做了一些伪证。即使是这样，造反派还是没有放过他。最后以其揭发的不够彻底为名，将其送去劳动教养。他的爱人带着3岁的孩子和刚刚5个月的身孕，也被迫与张宝祥离婚了。

父母亲的徒弟叶淑琴也因表现“不好”而被开除了团籍。只是因为已经怀孕，才躲过了被劳动教养一劫。

在那个特殊的政治时代，有的人选择了同流合污，有的人选择了自保自救，而更多有良知和正直的人选择了心向正义和善良。

当时，包钢医院有位护士长做了一件让我们全家感激一辈子的大好事儿。当造反派把死亡患者姜秀的真实病历交给她，让她送到医院锅炉房烧毁时，她没有照着做，而是把病历偷偷藏了起来。听她后来对人讲，周大夫根本没有插手死亡患者的治疗，造反派扣在人家头上的“反革命分子”的帽子是诬陷！如果这份病历被毁了，那周大夫的冤案将永无平反昭雪的可能了。我们一定要帮帮他。

后来，父亲回忆在他被押走前，这位护士长站在楼梯口等他下楼。就在两个人擦肩而过的瞬间，她悄悄地对父亲说：我已经放好了。当时，父亲对这句话并未注意，更没有往心里去。直到组织上要为父母亲平反，公安部提出需要找到病人姜秀的病历这个关键证据时，父亲才回忆起护士长那句寓意深长的话来。于是，赶紧向公安部、冶金工业部、二十二冶联合调查组汇报了此事，要求查找当时的病历。最后，包钢医院保卫科王丙才科长，在医院地下室那堆积如山的废旧病历堆里，苦苦翻找了三个昼夜，终于在数万份病历档案中找到了姜秀的原始病历。使父母亲冤案平反昭雪，有了最有力的证据。

父亲和我讲过她的名字可惜的是，我没有记住这位可敬的护士长的姓名，只能默默地在心里感谢她。感谢她的坚持正义，感谢她的良知未泯，感谢她的慈悲为怀。衷心地为她祈祷，祝愿她及她的后人，好人一生平安！

第四节 全家遣返 劳动改造

父亲出狱并未预示灾难的结束。医院的造反派闯到我家。当看到我父亲已经被保外就医正在康复，而母亲在给我父亲煎熬汤药治疗时。大声吼道："限你们10天之内，赶紧收拾收拾滚回老家去。看看，这是对你们遣返老家劳动改造的决定。"手里拿着医院的决定，边摇边说。

几天后，包头市昆区法院以无罪但按犯罪处理，判处我们全家遣返原籍劳动改造。

当时，办案人员让我母亲自己选择改造的地方。

母亲回忆道：当时她想到了两个地方。一个是父亲的老家，一个是她自己的老家。但父亲的老家已经没有亲人了。爷爷因为年迈，已经和我们一起生活多年了。

母亲的老家虽然姥爷已经去世，但姥姥还在，还有舅舅和大姨两家可以投奔。最后，母亲选择回老家大连金州连丰村。

面对前途未卜的日子，母亲担心我太小，害怕回乡劳动改造受罪养不活我。就在离开包头之前，决定把我送给别人家收养。在联系的几个收养家庭中，母亲选择了一对年轻、家境还好的夫妇。就这样，才几个月大的我被这对不能生育的年轻夫妻抱走了。

全家被遣送回乡时姐姐和哥哥留影纪念

可是，当大哥发现我被别人家抱走之后，发疯了一样跑到那户人家，好说歹说地强行把我抱了回来。

大哥激动地对母亲说："如果有一天我们家好了，你到哪去找她啊？再困难，我们每人少吃一口也能养活了她。"母亲难过地流下了眼泪。

就这样，我又回到了疼爱我的哥哥姐姐们中间，在他们无尽的爱抚下幸福的健康成长。我将永远铭记家人对我的关爱和恩情。

第五节 姥姥病逝 雪上加霜

母亲带着哥哥姐姐们、瘫痪不能自理的父亲、80 多岁的爷爷和襁褓中的我，一家老小经过几天的艰苦跋涉，终于到了大连金州二十里堡。一座离老家小村子不远的火车站。

母亲回忆说：那天下着小雨，全家下了火车后，她让姐姐们照顾着爷爷和父亲在车站等候。她和大哥径直来到姥姥家，想找一辆马车或人力车把父亲、爷爷拉回来。

可是到了姥姥家才发现姥姥已经不在了，是一周前因病去世的。听到这个噩耗，就像晴天霹雳。母亲发疯似地跑到姥姥的坟前，几个月来的痛苦、委屈、磨难一股脑地涌上心头，她要向姥姥倾诉、要向姥姥诉说。她趴在姥姥的坟上号啕大哭，甚至几次昏厥过去。谁来拉她、劝她都无济于事。

后来，还是村里的一位长辈过来劝说：你不想活了可以，可你的儿女，你的丈夫，你的公爹怎么办？你不为他们想想吗？日子该过还得过，一切苦难都会过去，一切也都会好起来的。

听了这些朴素、透着人生哲理的话，母亲慢慢从悲痛中缓过神来，对站在身边的哥哥说："快去借车把你爷爷和你爸爸拉回来吧。"

就这样，在舅舅和乡亲们的帮助下，我们一家老小总算是安顿下来了。

第六节　土阶茅屋　上漏下湿

当时，舅舅家也不富裕，加上孩子又多，想多帮助我们也无能为力。于是母亲决定，就在连丰村一个叫兔子沟的地方，把那里看山的窝棚改造成我们的家。这个窝棚本来就是个临时住的地方，修的很简陋，不仅四面透风还漏雨。母亲就用黄泥把漏风透雨的地方给堵上，又用苞米秸秆和苞米穗子搭了一个床，上面放两块板子，就成爷爷和父亲的床。而母亲和我们所有的孩子全都席地而卧，睡在铺了苞米秸秆的地铺上。

当时，正是苞米成熟的季节。母亲就到地里掰了苞米煮了一锅。煮熟之后，每人一个吃了起来。哥哥姐姐也是几天没吃上一顿饱饭了，大家狼吞虎咽地很快就吃完了手中的煮玉米。

苞米成熟季节也是多雨季节。因为窝棚破旧，只要外面一下雨，窝棚里就漏得一塌糊涂。真是上漏一点下湿一片。母亲把家里唯一的一块塑料布盖在爷爷和父亲身上，尽管这样也不解决问题，窝棚里的水很快就积满。父亲因为瘦弱体轻，雨水浮起床板托着他在窝棚里来回飘荡。

雨刚刚停了，母亲就开始往外面清理雨水、晾晒衣物。

母亲回忆说：尽管在窝棚里住着很艰苦，但幸亏是住在那里，周围都是苞米地，不然我们全家就饿死了。

因为我们全家是被遣返回乡改造的，根本没有粮食供应。那个时候买粮食是凭粮食供应证的，没有粮本任你是天王老子也买不到粮食。更何况当时买卖粮食是犯投机倒把罪的，如果被抓住是要判刑的。幸好我们住在兔子沟里，周围都是苞米地，可以说住在粮仓里了，有的是吃的。最起码饿不死人。

可是好景不长，地里的苞米丢了，这个情况很快就被大队发现了。

有一天，大队治安队的一行人带着镰刀，气势汹汹的来到我们“家”，查找赃物。他们东看看西瞧瞧，然后质问我母亲：“附近的苞米丢了，你知道吧？”

母亲说：我们又不是看山的，我怎么会知道。

治安队的人说：那我们开始翻了（就是抄家）？赃物说不定

就藏在窝棚里。

我母亲强硬地说："要翻可以。但要是翻不出来那就是诬陷，我就和你们没完!"

母亲的气势把他们镇住了。这些治安队员听了母亲底气十足的话，犹豫了。他们聚在一起窃窃私语，又围着窝棚转了一圈后垂头丧气地走了。

每当讲起这段往事，父亲经常笑着说："你们是没看到你妈那个厉害劲儿，那些人是被你妈的气势给吓跑的。"

我们家的窝棚，夏秋两季还能对付着住，可是到了冬天就实在是住不了人了。入冬的第一场大风就把窝棚盖都掀翻了，全家老小全都感冒发烧了。怎么办?

第七节　贵人相助　住进暖房

就在这个危难时刻，连丰村有个南台子归连丰村管理，离村子有2里路有位穆老爷子伸出了援助之手。这位善良热心的老人，自己住有三间房子，当知道我们家老少如此凄惨的境况后，热情地让我们搬过去暂住，母亲千恩万谢地给老人鞠躬拜谢。我们一家人终于住进了有窗户、有火炕的房子。我们住的房子与两个舅舅家中间只隔着一个水库，可以说是隔水相望。但要是到舅舅家去串门，却要绕道过去很是不方便。

平静的日子总是短暂的。一天，智障的三舅走失了。全村子的人都出动帮忙寻找，母亲更是急得边哭边大声喊着三舅的名字。最后，人们在通往我们家的山路上找到三舅的尸体。母亲抱着这个智障的弟弟哭得死去活来。母亲说：他是要到我们家来，途中迷路了呀。

母亲为没照顾好三舅而内疚了一生。她总说对不起姥姥。

第八节　徒弟出狱　帮忙建房

转眼，我们全家被遣送回乡快一年了。一天，父亲的大徒弟张宝祥来了，他是被劳动教养9个月期满释放出来的。

父亲问他："你没去看看你的老婆孩子吗？"

张宝祥说："我去了，她不见我。并且说不要影响到她和孩子的前程，希望以后不要见面了。"

父亲听后很长时间都无语。他感觉亏欠身边这些亲人和朋友的太多了。但此时，又无法用语言来表达自己的歉意。

张宝祥在我家一住就是两年。期间，帮了我家不少的忙。两年中，在舅舅及大家帮助下，我们家也建起了自己的房子，有了

父亲和母亲在自家新建的房前留影

自己的家。

当地人盖房子都用石头砌墙。可我们家买不起石头，哥哥就到水库里去捞石头。经过几个月的努力，新家终于建成了。我们的房子就建在两个舅舅家房子的前面，中间隔了一条马路，这样我们串门就方便多了。而我的童年就是在这座房子里度过的，它给我留下了许多美好难忘的记忆。

第五章 悬壶济世

第一节 不畏艰难 救死扶伤

由于精神上受到长期的煎熬，生活上的艰辛万苦，父亲后背的痈真的开始发作了。记得，当年给父亲治痈的专家说过，几年后还会在另一侧发作。这位专家说的没错，只是时间提前了。面对这凶险的痈，父亲决定自己来治。他让姐姐用罐头瓶子点上火在痈上拔罐子，连续拔出了两大瓶子脓水。然后，自己配药敷上。又开了药方，让姐姐到县里抓了汤药喝下。一周之后竟然痊愈了，全家人十分高兴。

从我记事儿起父亲就是个瘫痪病人。他每天用两手一只手抓一只小板凳一前一后地挪着走路，爷爷那时已经年近 90 岁了，需要人来照顾饮食起居了。全家的生活重担全落在母亲一个人身上。

幼年时，母亲在我心里的形象不仅是善良热心肠，而且是勇敢伟大的。那时候，每天都有很多患者慕名前来求母亲救治。而母亲对前来看病的患者更是像亲戚一样热情招待，只要进到这个家门赶上吃饭，就必须跟我们一起吃饭。我们家经常是因为临时来的人多，饭都不够吃。母亲也因为医术高超，而被百姓们称为神医。

连丰村的村民白世凯，被金州运输公司的车从小腿压过，造成闭合性骨折。因为医院大夫治疗时固定过紧，造成小腿变黑坏死，又转往市医学院附属医院继续治疗。

医学院的诊断是：肌肉严重坏死，胫腓骨裸露；痛感消失；严重骨髓炎；骨膜消失；气性坏疽。

前四项大家容易理解。对于气性坏疽我简单做一介绍：气性坏疽是外伤或手术后造成的全身毒性反应。患者出现发热、严重者神志不清、面色苍白、大量出汗等特征，体温高达38～40度。晚期会脱水、贫血，出现黄疸，致循环衰竭而死亡。气性坏疽是组织中积气，在病程后期，肌肉内可见到气体积聚。患者疼痛，用止疼药也无济于事，伤口周围水肿，伤口内有血性渗出液，并伴有气泡、恶臭等。

面对这位患者的严重病情，医学院的多位教授研究决定：马上做截肢手术。不然，任由病情发展下去就会危及病人的生命。

期间，医院已经在白世凯的腿上先后开了六刀。当时，白世凯的父母坚决不同意截肢，要求把病人抬回村子，请我父母治疗。

办理出院时，需要医院主治大夫签字。这位主治大夫说：这个病人的五条诊断，只要是占一条就应该截肢。不能再犹豫了。

而另一个教授更是说：如果这个患者不截肢就能治好，我这个教授就不当了。

当时，父亲瘫痪在炕上，不能行走。金州运输公司的领导和家属就用汽车把躺在担架上的白世凯送到我们家，请父母亲救治。

母亲回忆说：白世凯当时高烧 40 多度，腿腐烂严重。父母亲看到如此危重的病人也不想接手治疗，他们顾虑重重，毕竟自己还背着“反革命分子”的“罪名”。万一有个闪失，那可是万劫不复之灾啊！

面对父母亲的犹豫，白世凯的母亲急了：“大医院的教授都治不了，我们就指望你们二位了。你们就放心大胆治吧！万一治不好我们也不会怪你们的。求求你们救救孩子吧。”

话尽管这样说了，可是在病人病情这么严重的状况下，家属仍不同意截肢就是为了保住这条腿。

为了保住病人的这双腿，父母亲可谓是废寝忘食、全力以赴了。母亲不分白天黑夜都守在白世凯身边，细心地换药、精心观察病情的变化。当时在农村，医疗条件非常差，别说拍 X 光片了，就连简单的化验都做不了。没办法，父母亲只能凭经验、观察和嗅觉，来分析判断患者的病情，确定下一步的治疗方案和用药。

经过 3 个月的精心治疗，奇迹发生了。病人白世凯的腿不仅保住了，而且恢复如初。在后来的劳动中，他能一次扛起 200 多斤的大麻袋健步如飞。

好事传千里。治好了白世凯的双腿，父母亲医术高明的名声迅速传播开来。

肇事的金州运输公司因为病人的康复，最终也与病人家达成了谅解，使问题得到圆满解决，与我父母也结下了深厚的友谊。后来的几任公司领导都成了我父母的好朋友。30 年后 1992 年医院开业时，他们还亲自送来了牌匾。这牌匾至今还被我保留并悬挂在客厅里。

父母亲平反后，辽宁省、大连市报纸电台的记者，以及《中国冶金报》的艾桂林都先后采访过村民白世凯。请他讲讲父母亲给他治病的传奇经历，并通过媒体广为传扬。

我曾问过父亲：“那个当时说如果不截肢能治好他就辞职的教授，知道白世凯痊愈了吗?”

父亲笑着说：“当然知道了。不过，后来我们都成好朋友了。好多需要截肢的患者他都介绍来找我治疗。”

第二节　倾其所有　治病救人

在那个贫困年代里，家家都不富裕，好多家都吃不上饱饭，何谈及时治病了。大多来看病的患者都是病情拖得相当严重时才来的，而且又没钱抓药。

怎样才能让这部分患者吃上便宜又有实效的药，着实让父母亲费了一番脑筋。

雷厉风行是母亲的办事风格。能自己种的马上买籽种开始自己种植，不能自己解决的贵重药品就委托运输公司的人，到产地运输货物时捎带回来。这样既降低了药价，又保证了药品的质量。

母亲还在我们住的房子周围种上了爬墙虎。因为这个爬墙虎是一种接骨药材，用量较大。自己种植一是成本低，患者用得起；二是使用方便，随时采摘。配药还需要大量的乌鸡骨，于是母亲又在家里养了很多乌骨鸡。一到秋天，母亲还自己到山上去采一些草药。

在农村每家往来的信件都很少，谁家来信都是个稀罕事儿。由于父母亲会经常接到全国各地的求治信，所以我们家的来信比其他村民家的来信要多出很多。负责给我们几个村子送信的人叫关培德，他几乎每天都要到我们家来送信。他是个瘦瘦的三十几岁的男人，为人很温和、善良。每次来送信都是眯着笑眼，礼貌地和家人打着招呼，还经常和我父亲聊一会儿天再走。

有一天，父亲在和他聊天中得知，他的爱人因患周身性骨结核病十几年了，现今还瘫痪在床。

关培德说：他每个月就48元的工资，还有5个孩子要抚养。因为给爱人治病，不但花光了家里的积蓄，还欠着大队850元的外债。

扶危济困是父母亲的美德。听了关培德家的困难介绍，父母亲决定帮助这个不幸的家庭。

说归说，做归做，哪来钱买药啊？当时我们家也是家徒四壁。奶奶去世时，还是姐姐把母亲唯一保留下来的金丝绒大衣卖掉，才安葬了奶奶。

想了一个晚上，父亲第二天把非常喜欢的，也是家里唯一能看时间的一块手表摘下来卖掉了。这块手表奶奶去世时都没有卖，全家没有饭吃的时候也没舍得卖。如今，为了救治一个素昧平生的邮递员的妻子，父母亲却把它卖了。可见，当时父母亲救人的迫切心情了。

这块手表总共卖了90块钱，这钱被父母亲全部买了药材。当时，加工药材没有制药机，也没粉碎机，就靠父亲坐在炕上用石臼一点一点地碾碎。因为是坐在炕上碾药，所以炕石板（炕是砖头和石板垒起来的）经常被压断。每次石板折断都得把炕全部扒开，重新更换石板，很麻烦。为避免重修火炕，父亲就把石臼放在自己的腿上碾药材。药材碾碎后再用细筛子筛，把粗的再放进石臼里继续碾。一直到全部药一点都没有粗渣为止。

精诚所至金石为开。在父母亲坚持不懈的精心治疗下，关培德爱人终于痊愈了。

关培德爱人病治好了，关培德也成了父母亲的知心朋友。两家人像亲戚一样经常走动着。

1995 年 5 月关培德儿子要结婚了。当时母亲已经到了肺癌晚期，根本不能长时间坐立了。可母亲却坚持要去参加婚礼。她说，结婚是孩子一生中的大事儿，我们一定要去祝贺一下，表达我们全家的祝福吧。为了能让母亲舒服一点，我只好把面包车的座位拆卸下来两个，把沙发放进车里，让母亲躺在沙发上去参加了婚礼。关培德和爱人见到我母亲带着重病参加婚礼来了，惊喜地跑上前来扶住母亲，激动得泪流满面。参加完婚礼不到一个月，母亲就病逝了。

母亲做事处处为他人着想的利他精神，深深地印在我们的心底，影响着我们一生。

第三节　没有医患　只有亲情

父母亲和患者的感情是深厚的，甚至超过了亲戚。小时候，我分不清楚哪个是我家亲戚，哪个是患者。记得有两位患者是姑嫂俩，经常到我们家来看病，母亲让我叫她俩为姨和姑。长大了以后，我才知道她们是我父母以前的患者。而我一直把她们当成自己的亲姑姑和姨娘。

母亲去世时，这姑嫂两人整夜守在我母亲的灵前。

还记得有位年轻的女知青因为厂房倒塌被掩埋，骨盆完全压碎了，两条腿血肉模糊。她被救出时直接送往医院进行抢救。医院决定实施双腿截肢术，不然就会危及生命。女知青当时才 24 岁，刚刚接到回城指标。当得知自己双腿要被截肢时，毅然选择回棋盘村治疗。因为，她下乡地方就在棋盘村，而我父母当时就在棋盘红医站工作，对父母亲的高超医术是有耳闻的。她把全部的希望寄托在了父母亲的身上了。

我记得，母亲给这位女知青在家里安置了临时病房，配制了专门的中草药，按时细心地清洗伤口、换药敷药。我也经常陪着母亲，亲眼看着她一天天好起来。3个月后，她完全康复了。一年后的一天，她带着新婚丈夫来看望我父母。她一进家门就拉着丈夫给我母亲跪下，泪流满面地感谢父母亲的救命之恩，感谢父母亲给了她第二次生命。

母亲上前扶起她，祝贺她结婚做了新娘子。这位女知青抱住我的母亲说："林大夫啊！没有你就没有我的今天。你的大恩大德我无以为报，你收下我做个干女儿吧！"

说起这样的干女儿，母亲已经收了好几位了，而且都是母亲救治的患者。他们用中华民族最为虔诚的方式——认干妈，来表达对父母亲再生之德的感激。

父母亲看病，不仅要治愈患者身体上的疾病，更是要治愈他们心理上的病痛。

对每一位走进我们家的患者，父母亲并不是一上来就看病开药方。而是首先给予他们心理安慰、人文关怀。母亲常说：患者找到我们的时候，大多是已经经过各种治疗的，而且久治不愈，几近绝望的。我们不但给他们肢体疗伤，更要给他们心理上的安慰。这才是最为重要的。

在父母亲70余年的行医生涯中，从来就没遇到过什么医患矛盾。这不能不说是个奇迹。我个人认为：医患之间产生矛盾的原因，最主要的就是不能相互理解！作为医生首先要有很好的医德。如果缺了"德"，即使你有再好的医术、再高的学历，再高级的职称，你也很难做好这个职业。

不久前，到我家看病的一个真实案例就说明了这道理。这位患者，患腰椎间盘突出、椎管狭窄压迫坐骨神经，每天疼痛难忍。后来，托关系找到某医院一位院长（教授级技术职称）亲自给他做了手术，术后也能下地行走。但不久，病人的腰椎间盘疼痛复发，而且连带着肛门疼痛，每天只能坐在座便上，靠吃止痛药止疼。病人的家属带着他来到医院，请这位教授会诊检查是啥原因。这位教授却说：这种情况你去看肛肠科吧，我的手术已经做完了。

后来，病人又到北京各大医院求医。诊断的结果，都说是因为手术导致的后遗症。有的医院建议重新手术，并提出最好是由原手术大夫做。可是家属找到这位教授，并多次哀求重做手术都没有结果。可想而知，病人是多么的痛苦，而又求助无门。医患矛盾就不可避免了。

在医患之间，医生是起着更为主导的作用。早在《黄帝内经》中就已经有医患关系问题的讨论了。

“今良工皆得其法，守其数，亲戚兄弟远近声音日闻于耳、五色日见于目，而病不愈者，亦何暇不早乎？”

翻译成白话文意思就是：如果高明的医生，能够清楚掌握医学的理论法则，把他所治疗的病人当成自己的亲戚、兄弟，熟悉对方的声色为何能治不好病？

当然，我以上所说是从患者角度出发。那么，从医生角度我们怎样来解释医患关系的呢？

再看看《黄帝内经》中，岐伯是怎样回答黄帝的：“病为本，工为标，标本不得，邪气不服，此之谓也。”

他运用了中医“标与本”的说法，认为治病的过程中，病人为本，医生是标。医生是帮助病人来康复的。

我们常说：外因是变化的条件，内因是变化的根据，外因通过内因而起作用。如果病人不接受你的帮助，不与医生配合，意志不坚强，思虑和担忧等情绪都会影响治疗，也很难达到治愈的效果。

那么，每当我们这些“白衣天使”遇到不配合、对病情丧失信心、不接受治疗的患者时，一定要用一颗仁慈之心对待每位患者，根据他们不同的家庭状况、文化层次给予精神和物质上的帮助，让每位患者在疗病的同时，感受到亲情的温暖。使他们尽快康复，重新开始美好的生活。

仁者医心，就是此理。

第六章 明其所以

第一节 以德报怨 父母相救

因为，父母亲是被遣送回乡劳动改造的，被定性为“反革命”罪。上级指令大队对他们进行改造和监督。

当时，大队第一任治保主任经常到我家来检查，看看父母亲有没有“违法”之举，而给人看病就在被检查之列。所以，家里的药箱几次都被这个主任抱走了。为了惩治父母亲的“违法”行为，有时他当着我父母的面把药箱和药全部烧毁。每次药被烧毁，我父母痛心不已、彻夜不眠。因为，当时很贫困，买药材的资金又很难搞到。看到这些能救命的药，顷刻间被付之一炬，他们五内俱焚!。

老百姓常用“人在做天在看”这句话，来劝诫那些做坏事的人，当心报应。

有一天，这个治保主任的儿子来到我们家。他一进屋就给我父母跪下（民间常常以下跪的方式表示真诚），哭着说：“二姑、二姑父（因我母亲在家（女）排行老二，辈份又是姑姑辈。因此，村里人都这样称呼他们为二姑、二姑父）都让我爸爸给得罪光了，我先替他给你们赔罪了。”

父母亲都让他起来说话。

他说：“我不起来，你们要答应我一件事儿，我才起来。”

父亲忙问：什么事儿？

治保主任的儿子说：“我爸爸坐骨神经疼犯了，在家疼的满炕打滚。求你们救救他吧！”

父亲说：“你起来吧，我们给他治。”

父亲马上给他开了药方，让他赶快到药房抓药。还嘱咐他：“这个汤药只能止住疼，需要进一步治疗就要到医院拍片子了。”

后来，在父亲的细心治疗下，治保主任的病彻底康复了。或许是父母亲的善行感动了他，或许是他的良心发现。总之，在他病好了以后，就辞去了大队治保主任的职务。

父母亲的宽怀大度、不计前嫌、慈悲为怀，也影响了我们后辈的一生。

第二节　家属患病　幡然悔悟

且说第一任大队治保主任辞职不干了，大队的第二任治保主任很快就上任了，而且比他的前任更“负责任”。上任当天，这个人就到我们家给我父母上了堂阶级斗争课。我对这个人，没太多印象，因为他干主任的时间很短。

说来也巧，第二任治保主任刚上任没几个月，他的爱人到地窖里拿萝卜，不小心摔进地窖，肋骨摔断了 3 根。大医院治疗后却一直不愈合，疼痛难忍。不得已找到我父母，恳求医治。不用说，这个治保主任的爱人痊愈后，他也立马辞去了主任职务，说什么也不干了。大队一再挽留，他说：“我已经违反了队里的规定，找老周家看病了。更重要的是我还有什么脸去面对老周家的人。怎么管其他人再去看病啊!”

第三节　最后较量　无言结局

大队的第三任主任上任了。虽然我当时还小，但对他的印象最深。他的家住在村子的西头，我们家住在村子的中间，房后就是一条大道。他每天都要经过我们家门口好几次。每次经过，他都会伸着脖子从后窗往屋里偷窥。

经常会有一些单位和部队领导开车来看病。如果他看见我家外面停着车，就会闯进来询问；有时即使没看见车，他也会看看马路上是否有停车的车轱辘印。那时候，我还没有到上学年龄，父母亲就安排我每天在家负责清扫路上的车轱辘印。而且必须做到汽车一走，马上完成扫清车印的任务。

这个治保主任一发现家里有患者来治病，都会大步闯进来，对着父母亲一顿指责。而大多患者见到他训斥我父亲都不搭理他，不敢说话阻止他。不过也有例外。

记得有一次，大连海军的一位领导来看病。这位领导穿着四个兜的军装，个子不高瘦瘦的，有 40 多岁。而且已经多次来我们家看病了。

这一次，这个治保主任还像以前一样，一进屋就大声训斥我父亲。而我父亲每次被训斥时，都很紧张，脸红红的。每当这时，都是母亲上来与其理论，保护着父亲。

可这次还没等母亲开口，这位海军领导早就忍耐不住了，大声地斥责道：你想干什么！把个治保主任吓得落荒而逃。看到他那个狼狈相，母亲和我们都开心地笑了。这位解放军的举动很是给我们家长了威风、解了气。可是，父亲心里并不托底，小声对那个海军领导说：一会你走了，我可要受罪了。

1975 年，那是我刚上小学四年级的时候。一天，我放学看到有几个本村子的人和几个外面的陌生人，在学校附近一棵树下偷偷地嘀咕着什么。我立刻警觉起来，撇开同学悄悄站在他们身后偷听。只听见他们在研究批斗会的事儿，定时间定地点。当听到他们提到父母亲名字的时候。我吓的两条腿发软。好不容易回到家里，立刻把这个不好的消息告诉了父亲。

当天晚上，大队治保主任就来我们家通知，让我父母明天开始参加学习班，在全公社（那时候镇叫公社）游斗。当时，我们家所在的大魏家公社一共有 12 个大队，就是说要游斗遍 12 个大队。

母亲愁得一晚上都没睡觉。那时候母亲每天晚上都要搂着我睡觉，我看见母亲一直在吸烟。

母亲整夜地吸烟、叹气，父亲更是整夜无语无眠。我在母亲香烟的迷雾中睡着了。不知过了多久，我们忽然被一阵急促的敲门声惊醒。是不是来抓父母亲了？我心里十分害怕，浑身颤抖着。哥哥起床开门后，进来的是几个陌生的外地人。其中一个人的胳膊还缠着厚厚纱布，用绷带吊在脖子上。这个人一进屋就给我父母跪下说："周大夫救救我吧。我是从医院跑出来的，天一亮他们就要给我截肢了。"

父亲说："明天我们就要被游斗了。你到我们家，已经给我们带来天大麻烦了。我要是再给你治疗，他们还能让我们活吗?"

患者跪地不起。我记得这个人有 30 多岁。听父亲这么说，就开始大哭起来。我也偷偷地哭了，悄悄把头埋进被里想：这人太可怜了。这时，母亲从炕上下地扶起那位患者："起来吧！我给你治!”

然后，母亲就跟父亲说：“给他治病要游斗，不给他治病也要游斗。救人要紧!”

母亲轻轻地打开他包扎的纱布，发现患者是粉碎性、开放性骨折。因为患者是从医院偷跑出来，没有带 X 光片子，母亲只能凭经验给他做了复位，并对外伤做了处理。经过父母亲的治疗，这个患者只过了两个多月就彻底康复了。

再说那天早上我刚到学校，老师说：大家都准备好了把书都装进书包，到大队院里开批斗会，不许半道回家。这是一堂阶级斗争课，必须听好了，回来还要写心得体会。

我知道这是要批斗我的父母亲啊！心里害怕得一直在颤抖。

随后，学生们开始集合排队，全校师生来到大队院里。大队院子里有个石头砌的台子，批斗四类分子、文艺演出等活动都在这里。我曾经也在这个台上跳过舞。

批斗会还没开始，父母亲已经被推上了台子。父亲是哥哥背着来的，此时坐在那里，红着脸低着头。母亲却挺胸抬头四处张望着台下。当时，母亲可能看见了我，回头示意站在后面的姐姐把我带走，可我坚持不离开。

这时，大队领导宣布批斗大会开始。治保主任看到母亲昂首挺胸，并没有低头认罪的意思，就用脚踢了一下母亲。示意母亲立正站好，可母亲并不理会他，仍然随便站着。那个主任大声地吼着，让我父母交代都给谁看病了。母亲看了他一眼说：第一个就是给你孩子看了病。台下的群众一片哄笑，搞得那个主任非常尴尬。

原来就在两天前，他几个月大的儿子从炕上头朝下摔到了地上。当时是头先撞地的，孩子的颈椎受损，嘴唇发紫，已经不会哭了。这个主任的爱人抱着孩子来到我家，母亲把孩子放到炕上，对其手法治疗，孩子才得救。

批斗会继续着，个人发言开始了。首先是一个下乡知青上台发言，没咸没淡地说一些阶级斗争的大话就下去了。后来才知道，当时公社安排发言人。结果让谁发言，谁都不干，最后承诺，谁发言就让谁回城。这个知青才勉强答应上台发言的。

第二个发言的是一个女的。她的丈夫因为和她的姘夫打斗导致骨折，是我母亲为其治疗的。可还不到一周时间，她却和她丈夫又扭打在一起，导致她的丈夫又重重地从床上摔到地上，另一条腿也骨折了。当时，我们学校正在放暑假，母亲到他家治疗时我也跟着去了，所以对此事有所了解。

她诬陷说，她丈夫腿没好，我母亲就让他下地行走，导致病人摔倒，另一条腿也骨折了。

一听这个女人在胡说八道，一股怒火冲上心头。此时，我忘记了害怕。猛地站起身，在人群里大声说：不对！不是她说的那样。她是和她丈夫打架她丈夫才骨折的。

这时，台下的群众都不看台上被批斗的人了，都围拢过来，把我围在中间。我大着胆子，详细地诉说着事情的经过。

开完批斗会，父母亲被带走，被分开关押进了公社安排的一个废弃破房子里。母亲和邻村一个外号叫“大金枝”的人关在一起。

“大金枝”原名叫刘金枝，当时才30岁。因为人长得高大漂亮，又能说会道，大家就给起了个外号“大金枝”。她被关押的理由是投机倒把罪。后来，游斗结束后她经常来我们家聊天。

“大金枝”每次来，我都喜欢围着她转听她讲话。她的经历让我听来很是神奇。当时，她很会做买卖，比如从南方买了布料到山东去卖，再从山东买了猪肉到大连来卖。

她说，有一次在山东卖布料时被抓了。当时，有两个人看管着她，外面还有条大黄狗把门。她就琢磨怎么脱身。于是，她把白天给她的窝窝头不吃，留到晚上，等看管她的那两个人睡了，偷偷溜出来拿上被没收的布料，然后把窝窝头扔给大黄狗，就这样轻松逃脱，并且卖掉布料还赚了钱。不过，她一回到家，就被大队给抓住了。

听父母亲说，多年以后他们在出国旅游的飞机上，还与“大金枝”相遇了。此时，“大金枝”已经是香港的一个大老板了。“大金枝”还给母亲留下了自己的地址，请父母去她家做客。

而父亲就是和一些做买卖的人关在一起。虽然被关押的理由不同，但这些人听了父亲被关的原因，都对父亲表现出了特别的尊重。就连那些看管他们的人对我父母也格外地照顾。

看管我父母亲的有一个20岁出头的年轻人。他对我父母很是照顾。不仅准许母亲抽烟，同意我们家里送饭。而且，游斗时遇到下雨时，还准许人们给我父母拿伞挡雨。虽然，我至今没有见到过这个人，但我心里会一直感激他。

常言道：好人有好报。就在父亲平反后不久，大连钢厂医院来接我父母去医院会诊。而当年看管父母亲的那个年轻人与我父母不期而遇了。

此时，这个年轻人接他父亲的班在钢厂当工人。我父亲对钢厂领导讲述了这段动人的往事，钢厂领导说：“这样的人我们重用。”不久，这位年轻人就被调到厂保卫科任干事了。

父母被游斗12个大队时，家里的亲属也给了我们极大的关爱。舅舅家的三哥怕姑姑姑父被打，就骑自行车跟随游斗父母亲的车辆，到所到的村庄找同学帮忙，保护他们。

电视剧《宰相刘罗锅》主题曲唱的好：天地之间有杆秤，那秤砣是老百姓……由于父母亲平时好善乐施、救人危难，深得十里八乡老百姓的爱戴。所以，在被游斗的过程中，无论父母亲走到哪里都有百姓给送吃的喝的，下雨了马上就有人上去送伞。许多人在下面愤愤不平敢怒不敢言，更多的人是在默默流泪。

12 天的游斗结束了，父母刚刚回到家，我们家院子里就聚满了前来慰问的人。

其实迄今为止，我对大队的三任治保主任都恨不起来。因为，他们也是迫于形势和压力，他们没有动手打我的父母亲我已经很感激他们了。可以说，他们也是那个年代的受害者。我相信，这件事在他们及他们家人的心里肯定也是一种难以言说的痛。

那是 2006 年 2 月，我接到舅舅病逝的通知来到金州连丰村。此时，当年的第三任治保主任（第一任和第二任治保主任早已去世了）已经 70 岁了，正在帮忙给去世的舅舅办理后事。他见到我很是客气，主动与我搭话，劝我去休息。第二天早上，还喊我快去吃早饭。

其实，不用说什么道歉的话，我从他的言行中就已经感受到了他深深的悔意。

第七章 上访之路

第一节 大姐玉英 替父申冤

花木兰替父从军是家喻户晓的传奇故事。故事讲的是，少女花木兰为避免年老体弱的父亲参军打仗，女扮男装代替父亲当兵，最后凯旋。我大姐替父亲申冤昭雪，可以称得上是现代版的花木兰。

作为家中的长女，大姐周玉英从小自立自强，养成了勇挑重担替父母分忧的优良品德。她正直善良，刚正不阿，疾恶如仇。从不到 17 岁开始上访，到她 35 岁时父母亲的冤案获得平反，前前后后上访了 19 年。人的一生能有几个 19 年啊！大姐的人生大好时光都是在上访告状、为父母亲申冤昭雪的奔波中度过的，个中的艰辛和苦难只有大姐知道，只有我们一家人知道，只有苍天知道。

频繁的上访和申冤，以至于大姐都成了“名人”。连国务院信访办和冶金工业部都知道有个小姑娘周玉英替父上访申冤。

就是在这年复一年、日复一日的上访奔波路上，时光磨平了岁月的年轮，磨平了家门口的石阶，磨白了大姐的青丝。但是，时光却没有磨平大姐那颗执着的心，她却依然向往公平正义，依然为父母亲的冤情申诉着、上访着。

直到大姐 27 岁那年，才在父母亲的“强迫”下与大姐夫成婚。可是，即使是成婚了、怀孕了，大姐仍然挺着大肚子上访申冤。生下孩子后，大姐就抱着我的小外甥上访。大有不达目的决不罢休的劲头。这也是我们兄弟姐妹们最为佩服大姐的地方。每次提到姐姐上访的事，母亲都会流泪。

大姐抱着孩子和母亲到北京上访时留影

记得，母亲经常对我们讲的一件事。1973 年，母亲和姐姐一起到北京上访。那时，正赶上姐姐小产后不到一周，身体十分虚弱。因为没钱住旅店，晚上大姐和母亲就躺在马路边上睡觉。那时正是正月刚过，天气寒冷。

母亲曾经无数次对我们说：“看到你姐姐躺在寒风里，我的心都像刀割一样难受。你们忘记妈妈可以，但不要忘记你们的姐姐。没有她的顽强坚持，就没有爸爸妈妈的平反，就没有咱们家的今天。”

父亲经常回忆，姐姐到包头上访时，经常住在我的表姐瑞卿姐家。那时，瑞卿姐姐已经是3个孩子的母亲了。可效姐夫是个工程师，又是厂长，一家人生活的还算安稳、平安。在那个年代，谁还愿意和有问题的人沾边啊！更何况像我们家这样的“反革命分子”呢！闹不好就会陷入万劫不复的境地，还会被划在一黑条线上。

“患难见真情”是被传颂了千百年的高尚情感。

有一次，大姐来到包钢上访，事前就没让可效姐夫一家知道，因为麻烦瑞卿姐姐一家太多了。可是到了晚上，因为包钢不给开住宿证明。没办法，大姐就坐在马路边上望着天空，羡慕地望着急匆匆回家的人群，准备在马路边上坐一晚上了。恰巧这时候，可效姐夫骑着自行车下班路过。当他看到了大姐坐在那里时，就立即跳下车，问姐姐：啥时到的？给开住宿没？

姐姐说：没有。

可效姐夫立即说：“走。跟我回家！”

短短的一句“走。回家！”无疑是久旱的甘露，黑暗中的光明；是人间真情的温暖，是困境中的强援。它胜过千言万语的呵护，更胜过美味佳肴的果腹。

这句话感动了我们全家多少年，让我们每次提及都热泪盈眶。以至于，现在我每次见到可效姐夫都要提及此事。可是，可效姐夫每次都是平淡地岔开话题，不愿深谈。人们都说大爱无疆，我以为说的就是这种亲情，这种无私的爱。

这种强烈的人间冷暖反差，大姐经历的太多了。记得一次大姐在上访期间的来信。她在信中说：她现在在北京，准备在周恩来总理上班的路上拦车喊冤。我们想，不管她当时做没做这样的事，如果不是被逼到了要抛却生死、走投无路的境地，大姐是不会做出这样极端的打算的。现在想来，大姐当时的处境是多么艰难啊！

俗话说：世间还是好人多。在大姐上访过程中，得到了无数好心人的帮助。大姐也多次对我们说起她经历过的事。

大姐上访期间，经常往返于大连和北京之间。因为没钱买票，姐姐就经常逃票，坐蹭车。

有一次，大姐逃票被抓了。

列车长问我大姐："到哪里去?"

姐姐说："到北京。"

列车长说："到北京干啥去?"

姐姐说："上访。"

列车长说："不罚款了，买张票吧。"

姐姐说："没钱。"

列车长说："那你就帮我们干活，收拾卫生吧。"

大姐高兴坏了。不但不用买票，还有饭吃。大姐称这是最幸运的一次逃票经历了。

幸运总是极少数，更多的时候都是被赶下火车，或被罚到货车站装卸煤炭冲顶车费。

我仿佛看见，大姐在装满煤炭的车厢里，在周围全是身强力壮的男人中间，和他们一样拿着那巨大的铁锹，卖力地卸煤。她的脸上、身上、脚上满是煤污，汗水湿透了衣衫，头发被汗水湿的像从水里捞出来一样。

都说好人有好报，好人长寿。可是，大姐却没有享受到这一亘古不变的预言。命运的多劫，生活的折磨，不屈的抗争彻底摧毁了大姐的健康，刚到62周岁她就离我们而去了。

大姐是在母亲去世十周年那天病逝的，和母亲是同一天同一个忌日。不知是巧合，还是舍不得母亲去陪伴她老人家。我们默默祈祷，愿大姐在天堂陪伴母亲，继续为她遮风挡雨，继续为她分忧解难，一如她在人间给予母亲的温暖。而不再遭受人世间的冷漠和坎坷。

虽然，在大姐病重期间我们给了大姐无微不至的关怀，给了她我们所能尽的力量。但是，即使这样也回报不了大姐为这个家、为我们所付出的百分之一、千分之一、万分之一。

我们怀念她。

在大姐病重期间，她的大儿子从加拿大赶回来陪伴母亲。几乎是每天 24 小时衣不解带地守护在病床前。大姐的儿子曾经对我说起他小时候盼着妈妈归来的心情：每次妈妈出去上访，我就每天偷偷地带着弟弟到火车站，看看妈妈啥时能回来。每当看到一趟火车下来人时，我们就踮着脚四处张望。等到人走光了，也没有看到妈妈。我们心里特别难受。

每次想起外甥的这句话，我的心都在流泪，都在流血。是啊！父母亲的冤假错案给我们家三代人带来了多么大的伤害，而那伤害是无法用金钱和时间来弥补的。

我算了一下，为了父母亲的平反昭雪，大姐前后上访了 19 年，累计有 38 次之多。包头市委、包钢党委、二冶党委、二十二冶党委、公安部、冶金工业部、国务院接待办的人都换了好几茬了，他们对我大姐的称呼也从小周叫到了老周。大姐人生的最为美好的时光，就这样消耗在了上访的路上，消耗在了这人为造成的冤假错案上了。这是大姐的悲剧，这是我们家庭的悲剧，这是我们国家的悲剧，这是我们民族和时代的悲剧，愿这样的悲剧永远不要再上演了。

在回忆大姐上访经历的时候，由于我当时太小还没有什么记忆，主要是听父母亲讲述回忆的。但有一件事，我是印象深刻的。

因为大姐常年在包头、北京上访奔波，只有每年到过年的时候才回家看看。记得那年过完年后，母亲决定和大姐一起去上访并带着我。

那天，我们坐着大马车来到了大连火车站。第一次出远门还能坐火车，可把我高兴坏了。在车上我跳着忠字舞，唱着“在北京的金山上”，吸引了不少旅客上前观看。大家坐久了、寂寞了就会逗我来一段，我也不害怕、不羞涩有求必应。

经过几天的颠簸，我和大姐、母亲来到了包头。当时的包头还没有现在那么多的楼房和宽阔的马路。楼房很少，倒是平房很多，放眼望去平房一片连着一片。各家各户的小烟筒跟树林子似的密密麻麻。而且风沙很大，男男女女都习惯戴着白帽子，或围纱巾，看起来怪怪的。

我和母亲、大姐住进了包头市乌兰道旅馆。一进旅馆的大门，大家伙都与大姐打着招呼。一看就知道大姐是这里的常客，和他们很是熟悉。

就这样，我开始了我人生第一次的“上访”经历。

白天，母亲和大姐就带我到包钢公司来上访。虽然我还小，但我能看出他们那些人对我们的到来并不欢迎，有的领导推说有事走了，有的不听母亲和大姐说啥，而是一直在逗我玩。没有办法，母亲就教我跟他们求情说：求叔叔帮忙，把我爸爸的事情早点查清吧。

早晨上班，母亲、大姐和我就来公司的接待部门找他们商量平反的事；傍晚下班，我们三人才拖着疲惫的身子、又渴又饿地走回小旅馆。

就这样，这次上访持续了近一年。到年底，我才和母亲、大姐一起回了家。当时，我年纪小不懂事，只是看到母亲和大姐都很高兴。长大后听母亲讲，这次上访的结果是二冶同意恢复父母亲的职务，全家可以返回包头市了。

第二节　返城骗局　又遭劫难

就在这一年，大连钢厂，当时也是大连最大的厂矿之一，邀请我父母亲来大连钢厂医院工作。并许诺给我们家安排住房、负责安排子女上学和工作。这在当时算是非常优厚的条件了。可是，父亲一心想回原单位，为包钢继续发光发热。

经过一番商量，全家除了两个姐姐暂时留下来照顾爷爷外，父母亲带着我们几个孩子先返回包头。

听说我们家要回包头了，老邻居们都赶来了。他们有人送鸡蛋，有人送小米，好多人都赶到火车站送行，我看到大人们都在哭，我也哭了。那个场景至今难忘记，真是难舍难分。由此也看出，我的父母亲与乡亲们相处是多么的融洽、感情是多么的深厚！如果没有平日里父母亲与乡亲们的相濡以沫，互帮互助，是不会有这样感人场景的。

有人说：不管是孩子留学、当兵，还是出国定居，送人的时候一定不能哭。我想是有道理的。

经过几天的奔波和跋涉，我们一家人来到了包头。这是我记事起第二次来这里。当时，正赶上“文化大革命”高潮，时局更加混乱了。这次我们住进了包钢招待所。全家安顿好了，爷爷和两个姐姐也都赶来了。我们一家人团聚了。

大人们在忙着工作，我们小孩没什么事儿就在招待所门前玩。可是，我经常会看到一些可怕的场景。造反派们拿着皮鞭子，有的还拿钢丝鞭子，押着一群剃了阴阳头的人。有时候，还看到他们在当街打人，而且是一群人在爆打一个人。当时看得我是胆战心惊，经常半夜从噩梦中惊醒。很快，这个可怕的噩梦就发生在我们家人身上了。

那是来包头两个月后的一天，一大群造反派冲进招待所。这些人都是身穿羊皮大衣，腰上捆着鞭子，气势汹汹地把我父亲按倒在地，让他低着头直直地跪在那里。这时，有人开始宣读父亲的罪状，并说这次让你们回来，就是要彻底肃清你的罪恶。他们痛斥父亲还不算，还对家里其他人大打出手。他们揪住我哥哥的头发，一顿拳打脚踢，母亲拼命护着哥哥。其中，一个人冲到母亲身边，狠狠地打了她一个大嘴巴。鲜血从母亲的嘴唇边流了出来。

一个造反派头头大喊着：把他带走！他手下的喽啰们一听，立刻动手把已经瘫痪的父亲用担架抬走。父亲赶紧示意母亲把他的衣兜里的600元钱拿出来，那可是全家所有的生活费啊！可是，那些可恶的造反派根本不让母亲靠近父亲，他们往后推搡着母亲。就这样，我们家的所有生活费被造反派们给抢走了。

突如其来的打击，令哥哥姐姐们魂飞魄散、各自逃生。当时，姐姐和哥哥都翻窗逃走了。而我因为人小力弱，站在窗台不敢下来号啕大哭。嫂子跑过来把我抱起来，一溜小跑逃到了瑞卿姐姐家。想找瑞卿姐姐帮忙，能否知道父亲被抬到哪里。

大约过了一个多小时，瑞卿姐姐也没有想出好的办法，嫂子带着我又回到了招待所。只见家里一片狼藉，母亲一个人在整理被他们打翻和翻动的家具物品，脸上被打的痕迹还在。我心疼的抚摸母亲的脸，母亲的泪水在我手指缝中滑过。

坚强的母亲哭了。

经历过那么多的苦难和坎坷，母亲都没有哭泣。是什么让母亲潸然泪下？是对善良的痛殴，是对公正的蔑视，是对人类尊严的粗暴践踏。

那一刻，母亲的泪水深深地刺痛了我的心，小小的我从此记住了打我母亲的那个人！对这个人的仇恨一直埋在我的心里。永远都不会忘记！

第三节　患者相助　死里逃生

在那个黑白颠倒、公检法通通砸烂的年代，草菅人命的事情是经常发生的。听父亲后来说：他被造反派们带走后，被关押在医院的地下室里。造反派给他上刑，逼他交出祖传秘方。打一阵，就问问交不交。不交，就接着打。父亲被打得死去活来，有几次都差点没再醒过来。

有一天，造反派准备晚上行动把父亲处死。一位父亲曾经救治过的患者知道消息后，通过关系，偷偷把父亲救出来。随后，父亲被藏在了另一位患者的家里。母亲也带着我住进了这位患者家里照顾父亲。

这位患者名叫胡宝堂，家里很贫穷，住着几间破旧的平房。当时，在包头市生活条件差的人们一般都是住在平房里。这种平房不像现在的房子，高大宽敞，院落整齐干净。而是类似西北的窑洞，院墙都是泥巴砌成的，非常简陋。

我记得，当时父亲被摧残的已经不能自主进食了，连简单的吞咽都有问题。母亲就端着米汤一勺一勺地喂父亲。父亲经常是吞咽不下，就憋死过去。这时，母亲就赶紧抚胸拍背地紧急救治。

父亲的生命是顽强的。经过了大概两个月的恢复，父亲已经能坐着吃饭了。为了给父亲加强营养，母亲就经常蒸鸡蛋羹给父亲吃。可每次吃到一半的时候，父亲就会说：不吃了，吃不下。然后，父亲剩下的鸡蛋羹就全归我了。

后来，母亲好像发现了父亲的小把戏。不管父亲怎么说，硬是逼着他把一碗鸡蛋羹吃完。要知道，在那个物资严重匮乏的年代，鸡蛋可是要凭票证才能买到的营养品啊！

包头的局势也越来越紧张。造反派们到处抓人，打砸抢的事每天都在发生着。

我们家居住在招待所的一楼，招待所的二楼住着一家人也是前几年被遣返回农村的。他们家有两个孩子，大的女孩13岁，小的和我一样大是个男孩。男孩每天都和我在一起玩耍。虽然我们同龄，但我很可怜他，因为他的父母亲都被抓走了。他的姐姐经常和我大姐说：他每天都哭着找妈妈，实在没法了才给他买一毛钱的酸枣面吃就不哭了。当时，包头的酸枣面在我的记忆里那是很好吃的。可见那个时代物资的缺乏，一碗简单的酸枣面就能让孤独和饥饿的孩子高兴起来。

都说穷人的孩子早当家。我们俩有时也与其他孩子一起玩耍，但我们比其他孩子要成熟，虽然人在玩耍但眼睛总是在观察周围陌生的人和事。生怕有什么灾祸突然降临到我们头上。

有一天，邻居男孩的母亲从看管所跑了出来，她想看看孩子。但是，又不敢直接进招待所回家，就在招待所对面的橡树林子里藏着，想等天黑后再回家。没想到，尽管她万般小心还是被造反派找到了，被连踢带打地带走了。

迫害还没有结束。第二天造反派又来到招待所，继续对两个孤独的孩子伸出了罪恶之手。姐弟俩来不及逃跑、躲藏，就被造反派给带走了。

这个真实的故事一直伴随我的童年，让我时常想起他们，牵挂着他们。

造反派终于还是找到了父亲的藏身之地，还想带走他继续用刑。可是，看到父亲瘫痪在床的状况，不知是什么原因没有押走他，只是让我们一家立即滚回老家去。不然就对我们不客气了。看到时局如此紧张，为了保全一家老小的性命，母亲连忙说：我们马上就走。马上就走。

包头，一个让我们全家又恨又留恋的城市。

第八章 押解回乡

第一节 保护爷爷 哥哥受罚

全家从几千里外来回搬家谈何容易，更何况我爷爷年迈体弱，我父亲瘫痪更需要照顾。

当时，包钢安排了两名押送人员，负责押送我们全家返乡。就这样，我们一大家人告别了瑞卿姐姐一家，又踏上了回乡的路。那是一条艰难而又充满苦难的路。

当时，全国各地的红卫兵正在搞大串联，各行各业的生产毫无秩序。作为国民经济大动脉的铁路运输更是混乱不堪，买不到票、火车晚点、人多拥挤，没水喝没法上厕所。简直就是一片混乱。好不容易挨到了北京站，好不容易买到去大连的火车票，还要再等上一整天。没有地方去，更没有钱住旅店，全家人就在北京站候车大厅的二楼席地而坐休息。瘫痪的父亲和体弱的爷爷就躺在水泥地上，狼狈不堪。

经不住折腾，爷爷躺在地上发起了高烧。而火车站带着袖标的红卫兵，看见我爷爷躺在那里不但没有同情心，还用脚踹我爷爷。看到他们这样欺负爷爷，我哥哥与他们理论，却被一群红卫兵揪住头发就要开打。后在母亲的苦苦哀求下，他们才放开了哥哥。“死罪能免，活罪难逃”。红卫兵们让哥哥用拖布擦地。要知道，北京火车站每层候车大厅都有上千平方米！可怜我的哥哥拖着瘦弱的身体，憋着满腔的怒火，擦着那似乎永远也擦不完的地。一直到北京开往大连的火车进站并开始检票了，红卫兵们这才“开恩”停止哥哥的“劳动”，放我们全家进站上车了。

一波未平一波又起。在北京火车站，我大姐又“失踪”了。我们知道，姐姐在北京“失踪”就是要去上访告状，为父母亲申冤。我们也暗暗高兴，盼着大姐能逃出监视我们的人的监控。可是押送我们全家的那两个人很是恼火，他们的主要任务就是押送这一家人返乡，还有就是看住我姐姐不能让她中途逃跑上访。没想到刚到北京，大姐就跑了。他们四处找寻姐姐，还逼问母亲我大姐哪里去了。

大姐后来对我们说；她在北京站跑了以后，就直接来到国务院和冶金工业部告状。没想到，国务院和冶金工业部也和包头的情形差不多，都是大字报铺天盖地。国务院和部里都成了他们造反派夺权的阵地了。

第二节　蒙冤受屈　度日如年

话说全家又回到大连母亲的老家——连丰村。朴素的村民都想不明白这一家人是咋的了，走了回来，回来又走。但是，他们都十分欢迎我们一家人回来。因为，父母亲的到来可以保证他们有个大病小灾的无恙。中国的农民是最现实的，也是最朴实的。他们拿出十二分的热情迎接着我们，有送米的，有送面的，有送蔬菜的，还有的送来了烧火用的柴火。乡亲们的温暖冲淡了我们全家人在包头，在返乡路上所遭受的折磨和屈辱。

虽然，广大村民都很善待和欢迎我们一家人。但总有几个人看到我们这一家是被押送回来的，又戴着“反革命分子”的帽子，便想尽办法歧视打击我们，变着花样对我们一家进行人格侮辱和人身迫害。

我的哥哥姐姐们就受尽了他们的欺辱。大家都知道，在农村干活中间是有休息的。本来，劳动中间的休息对在农田里辛勤劳作的人是件愉快的事儿，可是，对我的哥哥姐姐们来说就是一件十分难堪和难熬的事儿了。每次劳动休息时，那个叫高三麻子的组长都会组织大伙开批判会，大讲我父亲所谓的反革命历史。这个人不仅信口雌黄，编造父亲的历史，而且还要哥哥姐姐们大声承认他讲的是对的。

这个高三麻子的哥哥，就是前面讲的那个村里的第三任治保主任。从本质上说，高三麻子要比他哥哥坏得多。此人因脸上有麻子，做事阴损，姓高，故人送外号高三麻子。

这些人不仅在人格上对我们一家进行侮辱，更坏的是到了年终分粮食时，他们还把瘪的苞米、小的地瓜、比较远的菜地分给我们家，从物质上进行迫害。

他们三天两头儿开批判会，我父亲和几个“四类分子”是他们批斗的核心。每次开批斗会都少不了我父亲，即使他不能走路瘫痪在炕上，也要被抬到台上来。在台上接受批判时，还要认真听那些侮辱性的语言和斥责，批判时经常提出一些如，你是不是反革命？批判你对不对等问题。被批判者哪敢说不对，只能违心的说对。否则，一顿拳打脚踢是肯定要“赏”给你的。

每当说起这些令人心酸的往事，父亲就会给我讲一个寓言故事，这个寓言的名字叫《寒山问拾得》。

寒山问拾得："世间有人谤我、欺我、辱我、笑我、轻我、贱我、恶我、骗我，如何处治乎?"

拾得曰："只是忍他、让他、由他、避他、耐他、敬他、不理他，再待几年且看他。"

当时我还小，听不懂什么"之乎者也"的。后来，我长大了查找资料才知道，这是唐代"国清三贤"中寒山和拾得两个人的一段对话。讲的是如何对待别人对你的态度，或者说是一种处世哲学。由此，我也透彻地看到父亲那博大的胸怀，面对人世间的种种不公、坎坷，他的那种豁达、那种超脱、那种大度、那种洒脱，以及坚信自己的人生选择——自己能够笑到最后的信念。

今天再看，父亲的形象在我心中更加高大和令人崇敬了。

第三节　晨昏定省　冬温夏清

在我刚上小学的这一年，爷爷病逝了，享年 92 岁。村子里的人们都说这是喜丧，都说爷爷的长寿和我母亲的孝顺是分不开的，母亲对爷爷的孝敬远近闻名。对于这样的说法，我是深信不疑的。母亲身上的传统美德也潜移默化地传给了我们兄弟姐妹。

记得小时候过端午节，每家每户都在大门口挂艾蒿、煮鸡蛋分给孩子吃，很是热闹。我们家也煮了许多鸡蛋，每个孩子分了 10 个红皮鸡蛋、一个鹅蛋，还有鸭蛋。哥哥姐姐们都把分得的鸡蛋往爷爷筐里放。原来，母亲在爷爷身边放了一个竹子编的小筐，专门给爷爷装好吃的。哥哥姐姐放，我也跟着放。那时候，鸡蛋可是唯一的营养品。而且，农村里还要用鸡蛋来换一些油盐等生活用品。其实，在我们家爷爷的吃食都是"特供"的，每天都有鸡蛋吃。但是在母亲的感染和熏陶下，我们感觉好吃的必须给爷爷留着。

农村的房子密封不好，有的还四面透风。一到冬天，取暖只能靠火炕了，而炕头更是客人和老人的“专属领地”。从我记事起，一到冬天我们家的炕头必然是爷爷睡的地方；一到夏天，炕梢就成了爷爷的领地。

因为爷爷年龄大了，母亲不放心爷爷和孩子们一起睡，怕我们睡觉不老实压着或踢踹着老人。我记得，父亲母亲、我还有爷爷一直都是在一个炕上睡的。而且，每天晚上母亲都要经常给爷爷翻身、换尿布，很少能睡一个混沌觉儿。

有时，爷爷大小便失禁，就便在裤子里，母亲马上就拿到水库去洗涮。夏天还好说，冬天就遭罪了。一到寒冬，水库的水都冻冰了拔凉拔凉的。母亲就用镐头刨开个洞，在洞里洗涮，一会儿双手就冻的通红通红的。有时候，一天要去洗涮几次。有时候，母亲忙不开，就让哥哥姐姐们去洗。每天，我们家院子里都晾满了爷爷的衣物。时间长了，村子里的人都说母亲真不容易，也常常夸周家的孩子们孝顺。

在那艰苦的年月里，母亲承受着常人难以承受的巨大心理压力。长期的压抑使得母亲心情很不好，导致了她动不动就发脾气，我们几个小点的孩子都有点怕她。但是，我从没见过母亲大声和爷爷说话，更别说发火发脾气了。而且，凡事总是顺着爷爷，从没有违拗过他的意思。

爷爷因为常常思念在鞍山生活的大伯和姑姑，而大伯和姑姑此时也都因各自的困难，不能前来探望他。于是，爷爷很是痛苦，总是吵闹着让母亲写信让他们回来，甚至以死来“威胁”我母亲。

母亲被逼无奈只好让父亲给伯伯和姑姑写信，说爷爷病了想他们。但信件寄出后如石沉大海，没有任何回音。于是爷爷就让母亲再写，再邮出去。可母亲知道，此时大伯因为历史问题被开除党籍了，姑姑家里因为成分不好被划为地主分子，生活更是举步维艰，实在是自顾不暇啊！

在那个困难时期，所有副食品像糕点、糖果、油和肉等都是按人限量供应的。而母亲总是把所有的副食品供应票都留给爷爷用。因油水少，母亲每次做完饭菜，都会在爷爷的菜碗里单独加点香油。

为了爷爷能吃上鱼，母亲经常步行几十里到海边的渔船上购买。有时，遇到有大风浪渔民不出海，没有买来鱼，第二天母亲就再去。

爷爷病逝前的几年脑子有点糊涂了。吃鱼时母亲怕鱼刺扎到爷爷，就把鱼刺一根一根地摘出来，然后再把鱼肉给爷爷端上桌。可是爷爷看到没有整条的鱼，以为母亲不舍得给他吃，就生气地不吃饭。父亲一着急，就大声说："那是怕扎到你，把刺拿出来了。"

每到这个时候，母亲总是劝父亲："不要大声跟爹说话。"

母亲不是什么伟人，也没有做出什么惊天动地的大事业，但她的伟大和不平凡已经深深地印在了我们的心里。

第九章 受邀回乡

第一节 开办医站 解民痛苦

在母亲的家乡，我们一家人感受到了乡亲们淳朴热情的善待。同时，也有伤心和委屈。正在这时，大连市甘井子区一位经常带患者来看病的领导，看到父亲受到如此的虐待，就动员我父亲回老家棋盘村定居。而棋盘村的乡亲们也极力邀请父母亲回老家。

棋盘村是我父亲的出生地，虽然已经没有什么直系亲人了，但这些年村子里不管谁有大病小病，都来找我父母看病治病。因为母亲为人善良，不管村里谁来都热情款待，而且留食留宿，就像一家人一样。村里人对我们家的感情也是很深厚的。

经过一番考虑，父母亲接受了棋盘村的邀请。1975 年 5 月，我们举家回到了这个当时还没通公交车的小渔村。

经公社领导同意，棋盘村腾出两间平房为父母亲开设了中医骨科诊所，当时起名叫“红医站”。村里和父母亲商定诊所的营业收入归大队，我父母按规定只挣工分。虽说是营业收入和父母亲没有关系，两人只能拿工分收入很少。但是能够从事自己喜欢、擅长的医疗工作，更主要的是不再被批斗遭受凌辱，父母亲就觉得满心欢喜了。他们竭尽全力、不分昼夜地投入到了诊所的准备和筹建工作中。因为当时农村的医疗资源非常稀缺，农民看病难治病就更难了，村子里开办了诊所对本村、对周边的村子那绝对是一件大好事啊！所以小诊所刚刚开业，前来求治的患者就络绎不绝。每天一大早还未开门，诊所前就排满了看病的人群。

由于父母亲医术精湛、态度和蔼、疗效显著，一传十、十传百，很快就远近闻名了。当时的大连自来水公司、大连钢厂、大连油脂总厂、石油七厂、大连市公安局、大连市食品厂、大连金州运输公司、解放军驻旅顺部队等单位都先后与诊所签署了没有正式文件的治疗协议，负责接待治疗这些单位的骨伤病人。至于周围村子的村民，以致外地的患者那就更是数不胜数了。随着前来看病患者的日益增多，连“红医站”周围的老百姓家都住满了病人和陪护的家属。

父亲常说艺无止境。在给患者治病的同时，在繁忙的日常工作之余，父母亲还不断地研究新的治疗骨病的手法、技法，新的药物和配方。尤其是对腰椎间盘突出、滑膜炎、骨质增生、骨坏死等疑难杂症的治疗，又有了更进一步的突破和创新。救治病人的数量、救治的疗效都有了显著的提高。

第二节　被冤挨整　停办医站

俗话说得好“人有旦夕祸福，天有不测风云。”正当红医站办得红红火火，广大患者交口称赞，大队收入令人欣喜的时候，1977 年 5 月的一天，门诊突然接到区里的通知，让所有的赤脚医生到区里开会。而且，指名道姓地要求父母亲必须参加会议。

据母亲后来回忆：开会前，有好多人见了我们，眼神都很不自然，窃窃私语的，让我和你爸爸都好生奇怪。

会议开始后，当时的区委书记讲话说：我们千万不能因为一点经济利益就放松警惕性。我们要规范医疗点，规范和净化赤脚医生队伍，绝对不能让反革命分子钻进来。

一听这些话，父母亲马上明白了，这次会议是针对自己而开的。他们气愤地起身没等会议结束，就匆匆地离开了会场。

碰巧的是，父母亲刚到家就遇到大连市物资局的一领导发生工伤事故。经诊断是右手指开放性骨折，肌肉干性坏死。

肌肉干性坏死一般是由外伤引起的。而且大部分是肢端供血不足，指端发黑流脓。严重的会引起血栓壁栓性脉管炎。

事故发生后，物资局紧急派车拉着这位病人，火速赶到我们村的红医站。希望得到我父母的治疗，保住受伤的右手。可是，当他们满怀希望地来到诊所时，却看到的是父母亲被停职、红医站被停办的情况。他们和其他患者都非常气愤，直接来找区长、区委书记理论。

得到诊所停办消息的一些厂矿、部队的领导，也都到区里去反映情况，表示这个诊所为民便民不能停办！当时，解放军海军舰艇的一位张艇长，因为患骨髓炎，病痛常常让他不能工作，是父母亲的治疗让他的病情得到了缓解，又重返舰艇工作了。听到红医站被关闭的消息后，他十分气愤地到区政府来要求重新开业。他敲着桌子大声地质问个别领导：你们到底是为谁服务的。与此同时，好多的患者也日夜徘徊在红医站门前，等着重新开业的消息。在广大患者的强烈要求下，迫于社会各方面的压力，区委区政府决定诊所“红医站”继续开门营业。

第三节　国难当头　报国无门

1976 年唐山遭受了建国以来最强烈的大地震。从广播中听到，灾区遭受了巨大的物质和人员损失，父母亲也想为灾区的救助做点事情。于是，父母亲多次向区里提出参加灾区伤员救治的申请，但因为他们两人的“政治问题”始终未能如愿。这在父母亲的心里留下了深深的遗憾。

当父亲晚年，看到汶川地震的实况转播时，他的爱心又一次被点燃了。他再一次提出为灾区捐助专门治疗骨伤的药品，却因为批号等问题，被拒之门外，而未能如愿。

虽然不能直接为灾区捐赠自己研制的骨伤药品，但还是通过我实现了父亲为灾区人民出点力的愿望。

那是 1982 年，当时我正在冶金工业部二十二冶建筑公司医院工作。而二十二冶医院的院址正设在唐山市，是支援唐山震后建设的众多医院之一。

当时，我看到了很多在地震时受伤留下后遗症的人。他们到医院看病时表情痛苦，大多患者是患了骨不连接、骨髓炎、骨关节炎等病症，而按照常规治疗效果又不明显。看到这个情况，我想或许父母亲的医术能帮助他们尽快康复吧。于是，我就写信把一些患者的病历告知了父亲，并请父母亲帮助诊断一下。不久，父亲就给我寄来了配制好的中药。经医院同意，结合西医临床治疗，使患者很快得到了康复。看到这些患者喜悦的笑脸，我也暗自高兴：总算了却了父母亲想为灾区做点事情的心愿！

后来，这些患者都和我成了好朋友，我们经常走动就像亲戚一样。当我离开唐山、离开二十二冶医院时，他们都到车站送我。大家互相拥抱，挥泪告别。那场景，我至今不忘。同时，也坚定了我继承父母亲治疗骨病医术的决心，为更多的人解除痛苦，为广大苍生造福。

第十章　春风化雨

第一节　党的政策　温暖人心

英国伟大的浪漫主义诗人雪莱曾在《西风颂》中写过这样一句广为流传的诗句：

像号角般吹出一声声预言吧！

如果冬天来了，春天还会远吗？

我们家的严冬已经过去，温暖的春天就要来了。

大姐来信说，她这次上访与往次都不同。随着全国拨乱反正工作的深入，国家加大了对“文革”时期冤假错案平反昭雪的力度。国务院、公安部都设立了上访站，专门接待像我们家这样的上访人员。并让父母亲赶快收拾行李出发，尽早到北京与她汇合，申诉我们家的冤案。

接到大姐的来信，父母亲很是欢欣鼓舞。因为，从他们周围发生的事、从广播里报道的案例，他们就感觉到中央拨乱反正的决心，看到了自己冤案平反的希望了。临出发之前，父亲第一个想到的就是他的大徒弟张宝祥，因为受自己的牵连被逼得妻离子散、家破人残。于是，父亲马上给他写了封信，让其跟自己到北京一起上访，解决问题。张宝祥回信说：这些年日子过得不好，回到老家后虽然又娶了媳妇儿，有了孩子，但生活相当窘迫，连路费都没有。父亲立即给他汇去了200元钱、100斤全国粮票，让他赶紧出发。

果然，我父母到北京时，张宝祥已经和大姐见面了。

第二天，大姐带着父母亲几个人来到了公安部信访办。当时，所有办案人员都以编号身份出现。我们家的案子由编号106号的同志负责。母亲就把这些年的冤屈向106号同志详细地倾诉，106号耐心地倾听，并做了大量细致的记录。母亲曾经多次说："106号同志真好！"

19年了！从父母亲被冤含屈开始，大姐就踏上了漫漫上访之路。一次次的满怀希望，又一次次的委屈失望，没有一次见到过接待人员的好脸色，更没有人听我们的倾诉。每次都是被粗暴地赶出来，或者是被敷衍了事。

可是，这一次情况却发生了翻天覆地的变化。106号同志不仅热情地接待母亲和大姐，还耐心地倾听她们的申诉，还给他们安排了食宿，并告诉我姐姐等他的通知。

激动啊！从没有过的感动！大姐和母亲拿着106号同志给安排食宿的介绍信，高兴得像个孩子，彻夜未眠。想着106号同志会给自己怎样的答复。想着十几年的冤假错案就要昭雪了，母亲在睡梦中都笑出了声。大姐更是急的每天都到上访大楼等消息。

也就是一周左右的时间，106号同志就接见了大姐，并给了大姐一个批文。文件要求：包钢党委、二十二冶党委、包头市信访处马上成立联合调查组，尽快处理周福蕴的冤假错案问题，并要将处理结果反馈给公安部。

拿到这样一个文件，大姐如获至宝，马上与父母亲、张宝祥立即动身返回包头。

十几年的甘苦与磨难终于有了结果。这让大姐怎能不欣喜若狂!

一回到包头，大姐就跑到每一个涉及平反案件的部门，并把公安部的批文拿出来给他们审阅，而各级组织和部门也都对这个批文很重视。经过多次研究决定，包头市委成立周福蕴案件联合调查组，专门重新审查父母亲冤假错案的来龙去脉。同时，安排我父母、大姐和张宝祥住在乌兰道旅馆等待调查结果。

由于长期的政治迫害，经济上的窘迫，导致了父母亲长时间的营养不良。他们的身体已经很虚弱了，急需补充营养。在当时，所谓的营养品就是猪肉。可当时购买猪肉是需要肉票的。由于我们家还没有平反，也就没有当地的户口，自然就没有肉票了。父亲就排队等着买一点便宜、不要票的肉回来给大家补充体力。卖肉的女孩看到我父亲架着双拐在艰难地排队，十分可怜，顿生怜悯之心，偷偷地给了父亲一些肉票。

在一些卖菜、卖水果的商店，服务员们看见我父母在外面经过时，都摆手让他们等一下，送给他们一些水果和蔬菜。到后来，我父母亲都不好意思再在商店门前经过了，只好绕道而行。

这些人总不见我父母亲过来，就在周围打听，知道我父母住在乌兰道旅馆后，就直接把菜和肉送到旅馆里。感动的父母亲不知道说什么感谢的话好。

对这些好人的举动，我母亲也是很纳闷：这些服务员都是二十几岁的年轻人。我母亲就问："孩子啊为什么对我们这么好?"。面对母亲的追问，其中一位服务员说："我们是不认识你们一家，但我们的爸妈认识你们。你们对病人的好让我们永远不忘，是我爸妈让好好照顾你们一家的。”

中国人讲滴水之恩当涌泉相报，父母亲的医德医术换来了人间真情。

第二节　不达目的　决不罢休

虽然，有这么多好人帮助，但正常的生活开支还是很大的。父母亲和大姐、张宝祥四个人住的旅店是包头市委提供的免费住宿。但吃饭、路费都是需要钱的。父母亲带来的钱已经所剩无几，而张宝祥来时就身无分文，就连路费还是我父亲给的呢。为了节省资金，又能吃饱饭，他们就到树林里找榆树钱儿。因为，在老家的时候我们就经常采榆树钱儿吃。榆树钱可以生着吃，也可以蒸熟了吃。于是，母亲和大姐就把采回来的榆树钱洗干净包馅吃，还做汤喝。那一年全包头的榆树钱儿几乎都让他们给吃光了。

天逐渐冷了，再有 2 个月就要过年了。可父母亲他们因长期营养不良又没钱买冬衣，先后病倒了，特别是姐姐高烧不退。

没办法，大姐到包钢信访处催促了解情况。可是调查组回复：还是没有查出结果。并让我父母亲、大姐及张宝祥先回老家等待，过完春节再回来等结果。大姐听后很是气愤，那种倔强、那种执着让她带病连夜就赶往北京。

大姐来到北京已经深夜了。这时大姐已是身无分文，哪来的钱住旅店！就在一个居民楼的楼梯口席地而卧。

信访办的 106 号同志得知这一情况后，直接给公安部、冶金工业部发文件，要求对父亲的冤案从速从快处理。

公安部和冶金工业部十分认真对待这个文件，很快成立了复查小组。这个联合复查小组由包头市信访、包头市公安局、二十二冶党委组成，成员由二十二冶总公司和二十二冶医院的人员组成。

在公安部和冶金工业部的直接监督下，复查小组成员夜以继日地查资料，走访当时的患者家属，以及当时的当班医生。逐渐地接近了当年的真实情况。

当年是因患者姜秀的死亡，父亲才被定为反革命破坏医疗事故罪的。现在的关键是确定是谁给姜秀治疗的，并找到当时患者的病历档案。经过调查走访，联合调查组确定了当年患者姜秀的主治医生不是我的父亲。案件取得了突破。

而目前找到的这份治疗姜秀的病历，主治医生的落款处虽然签的是周福蕴和林淑梅的名字，但经鉴定笔迹并不是我父母的。通过调查取证和技术鉴定，复查小组确认现在这份病历上的笔迹就是我父亲的成为造反派徒弟的。至此，本案真相大白了。

但是只有笔迹鉴定，还是不能完全确定这个造反派的犯罪事实，还必须找到当年姜秀的原始病历。

那原始病历哪里去了？猛然间，父亲想到当年在医院被带走时，等在楼梯口的护士长说的那一句话“我都放好了”。会不会是她在暗示什么？父亲也不能确定“放好了”是不是指的就是姜秀的病历。

父亲把这唯一的信息同案件联合调查组做了说明。得知有这样一个线索，联合调查组十分重视，制定了一个先查找姜秀原始病历档案、再找患者姜秀主治大夫核实情况的方案。

目前，最关键、最急迫的是一定要找到当年的原始病历。时间急迫，事件急迫，冤情急迫。复查小组的同志们在王丙才组长的带领下，来到堆放档案的二治医院。在医院两间阴暗的地下室里，摆满了存放堆积如山陈年档案的木头架子，如山的档案几乎塞满了所有的空间。王丙才夜以继日地翻找着，满目的陈灰，呛人的空气，无尽的材料，他忍耐着、奋斗着。只为了还被冤屈者一个公道，只为了还法律一个公平。他一捆一捆地拆解着，一份一份地翻找查看着，累了直直腰，渴了就喝口凉水，困了就用冷水洗把脸继续工作。终于，经过 3 个昼夜的不懈努力，在四五万份废旧的档案里找到了姜秀的原始病历。那一刻，王丙才激动地大声喊道：姜秀啊！姜秀！我可找到你了！

原始病历白纸黑字地显示：从姜秀入院治疗到死亡，经治人一直是这个主治大夫。就连姜秀的死亡记录和证明书，都是他亲笔写的。结论就是：姜秀之死，根本不是医疗事故。更非是后来造反派所说的“反革命医疗事故”。

找到了姜秀的原始病历就是找到了打开平反父亲冤案大门的钥匙，下一步就是要拿到这个主治大夫的亲口证词。联合调查组立即派组长王丙才和李广维同志赶赴邯郸找这个主治大夫核实情况。

此时，这个主治大夫已经患了严重的肺气肿病在家休养。面对风尘仆仆赶来的王丙才、李广维，这个主治大夫负隅顽抗着，他说：姜秀就是周福蕴治疗的，没错！王丙才紧接着问道：你没有参与治疗，也没有写过病历吗？这个主治大夫回答：没有！一个字都没有写过。面对这个主治大夫的辩解，王丙才拿出了杀手锏。“那你看看这是什么！”面对姜秀的原始病历，这个主治大夫惊诧万分，张着口、喘着粗气、脸色越来越白，低下了头。

经过复查小组与这个主治大夫的正面较量（详细叙述见附件《春风化雨》“正骨中医昭雪记”），在铁的证据面前，这个主治大夫败下阵来。

这时，距离1978年的春节就剩下二十几天了。为了赶在春节前为父母亲平反昭雪，让我们一家人过上幸福温暖的春节。复查小组立即向上级进行了汇报，并将为父亲平反的材料上报国务院信访办、冶金工业部、公安部。

关于对周福蕴案件
复查后有关问题的处理意见

据包头市委、市革委会信访办发（1979）4号文件：“周玉英为其父周福蕴申诉一案，已经联合复查组查清。经领导研究同意复查组的复查报告。请有关单位按“报告”所提意见执行”的批示。现根据中共内蒙党发（1979）14号、内革发（1979）29号文件和党的有关政策精神，对周福蕴、林淑梅、周玉英、张保祥四同志落实政策问题提出以下处理意见：

一、所谓周福蕴反革命破坏医疗事故案件，属于错案，现根据包信办发（79）4号文件精神，政治上予以平反纠正，对包括受到本案株连的林淑梅、张保祥、周玉英等同志的档案予以清理。对因周福蕴、张保祥等被送回原籍所造成的影响，由组织上负责为其消除影响，恢复名誉。

对张保祥因上述案件而被错开除团籍问题，予以恢复团籍，并按超令办理离团手续。

二、将周福蕴、林淑梅、周玉英、张保祥四同志并周福蕴未婚子女周成钢、周玉卿、周玉坤、周玉英之子刘鹏飞、刘鹏翔在包予以落户。

为周福蕴、林淑梅、周玉英、张保祥四同志恢复厂籍，恢复其原职原工资。

1.恢复周福蕴中医正骨医师职称，恢复原工资级别，月工资121元，附加工资月5元。

2.恢复林淑梅中医师职称，恢复原工资级别，月工资69元，附加工资月5元。

3.恢复周玉英原护理员职称，恢复原工资级别，月工资29元，附加工资月8元。因周玉英五八年十二月入厂，月工资为29元，以后未定过级，故其复职后，月工资定级另报。

4.恢复张保祥原护士职称，恢复原工资级别，月工资50·50元

三、周福藏六〇年在押期间致残，经包头市公安局六七年九月十八日出证材料"在押期间参加劳动患病致残，现在由于身体残废享受公伤待遇。"将其病残定为公伤，并给予发公伤证明。

四、根据中共内蒙（1979）党发14号、革发29号文件"国家或集体在招工或补充自然减员中，对死者或严重致残者，可按照招工条件，优先安排一名子女"的文件精神，为其解决子女工作一名。

五、关于补发工资和经济补偿问题：

1.周福藏系六七年四月经二冶医院报请二冶公司批准复职，于同年十二月份第二次被迁回原籍，其工资发至六七年十一月份，故自六七年十二月一日起补至七九年七月，计140个月，月工资121元，应补16940元；附加工资月5元（按公伤对待），140个月应补700元，工资和附加工资共应补发17640元。

2.林淑梅系六七年四月经医院报请二冶公司批准复职，工资发至六七年十二月份，六八年一月被迫停发工资。七四年按退职处理时领取退职金1518元。现给予补发六八年一月至七九年十月139个月的工资，月工资69元，应予补发9591元，扣除七四年领取退职金1518元，尚应净补8073元。

3.在林淑梅六七年复职的同时，将周玉英收回安置工作，其工资发至六八年三月底，现予补发六八年四月至七九年七月的工资，计136

个月，月工资29元。应予补发3944元。

综以上周福蕴、林淑梅、周玉英三人应补工资总数为29657元。扣除自六九年以来上访期间生活补助费529·20元，尚应净补29128·80元。

4.鉴于周福蕴等六七年复职时因停发工资造成的生活困难给予补助过800元的处理意见，这次又给补发了工资，因此不再另予补助。

5.张保祥自六〇年九月六日因受周案株连被送内蒙古第三劳动教养队，进行劳动教养，于六一年七月三十一日解除劳教后被迫还乡，张虽受周案株连受害，但未象周那样复职过程，属于文化大革命前案件，故不予补发工资。鉴于张被劳教，妻离子散，长期以来蒙受不白之冤造成精神上痛苦和生活上的困难，为落实党的政策给其经济补助3000元。

6.对周福蕴、林淑梅、周玉英、张保祥上访路费和住宿费问题，复职后可凭证一次报销。

以上妥否，请批示。

中共包头市委、市革委、包信办发（1979）4号文《对周玉英申诉案件复查报告的批复》附上。

中共二十二冶[illegible]工区党委会

一九七九年七月二十九日

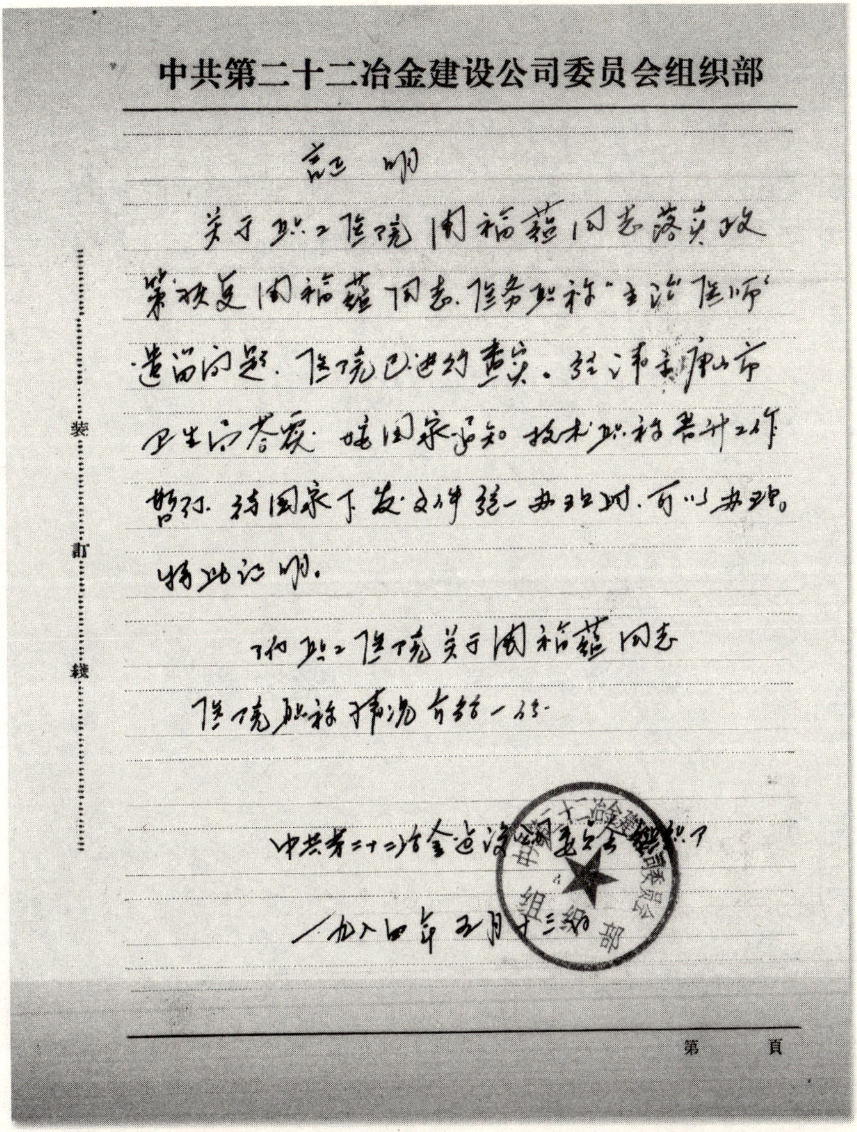

中共第二十二冶金建设公司委员会组织部

证明

关于职工医院阎福蕴同志落实政策恢复阎福蕴同志医务职称"主治医师"遗留问题。医院已进行落实。经请示唐山市卫生局答复：按国家通知技术职称晋升工作暂停。待国家下发文件统一办理时，可以办理。

特此证明。

附职工医院关于阎福蕴同志医院职称情况介绍一份。

中共第二十二冶金建设公司委员会组织部

一九八四年五月十三日

第　　頁

(20 世纪 80 年代初期，父亲应邀参加大连四大名医评选。因受迫害多年，父亲的技术职称一直未能晋升。而当时评定的条件必须是主任以上职称。父亲要求冶金工业部二十二冶组织部，对自己的职称重新评定。但因当时的职称评定工作暂停，父亲与此次名医评选擦肩而过。)

很快，国务院、冶金工业部、公安部同时给予了批复：严重的冤假错案，给予彻底平反。

春节，这一中华民族传统的节日是那么的令人向往，是万家团聚喜庆的日子，是欢乐的载体。今天，我们家也终于能和祖国无数的家庭一样欢庆了。而这一天，我的父母亲盼了将近二十年啊！

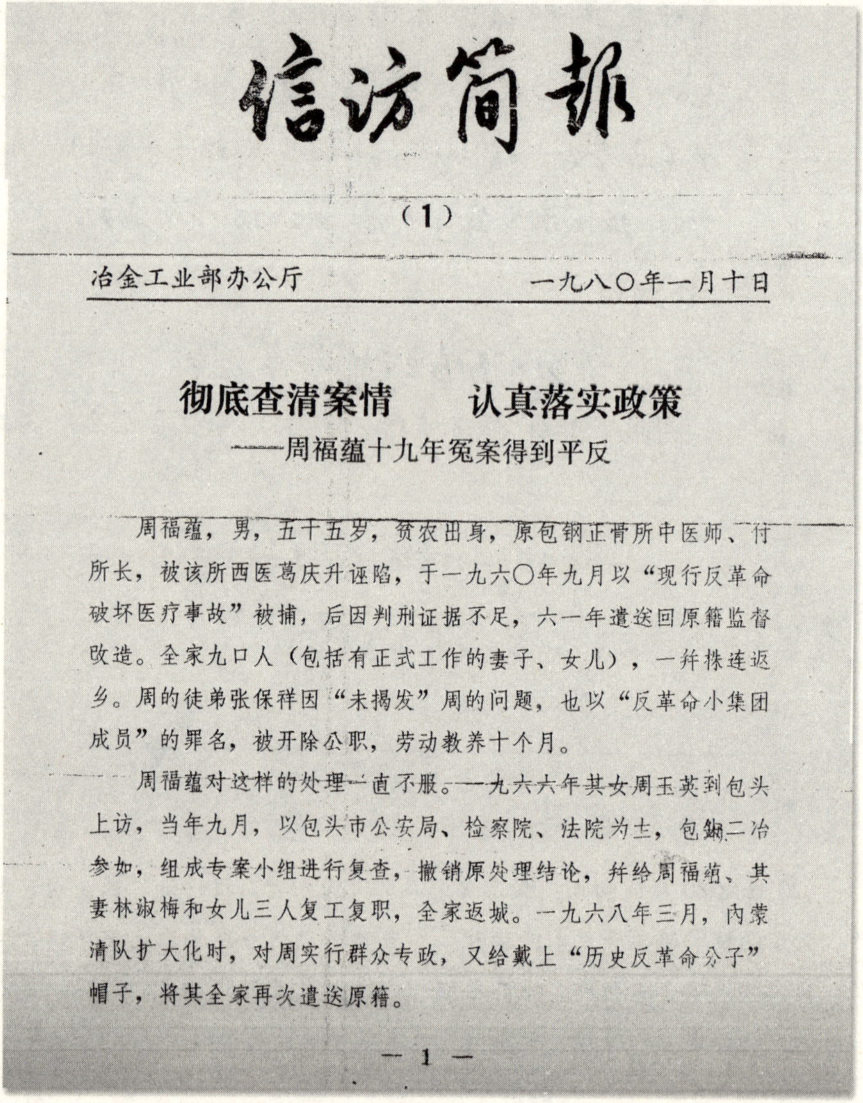

信访简报

（1）

冶金工业部办公厅　　一九八〇年一月十日

彻底查清案情　认真落实政策

——周福蕴十九年冤案得到平反

周福蕴，男，五十五岁，贫农出身，原包钢正骨所中医师、付所长，被该所西医葛庆升诬陷，于一九六〇年九月以“现行反革命破坏医疗事故”被捕，后因判刑证据不足，六一年遣送回原籍监督改造。全家九口人（包括有正式工作的妻子、女儿），一并株连返乡。周的徒弟张保祥因“未揭发”周的问题，也以“反革命小集团成员”的罪名，被开除公职，劳动教养十个月。

周福蕴对这样的处理一直不服。一九六六年其女周玉英到包头上访，当年九月，以包头市公安局、检察院、法院为主，包钢二冶参加，组成专案小组进行复查，撤销原处理结论，并给周福蕴、其妻林淑梅和女儿三人复工复职，全家返城。一九六八年三月，内蒙清队扩大化时，对周实行群众专政，又给戴上“历史反革命分子”帽子，将其全家再次遣送原籍。

— 1 —

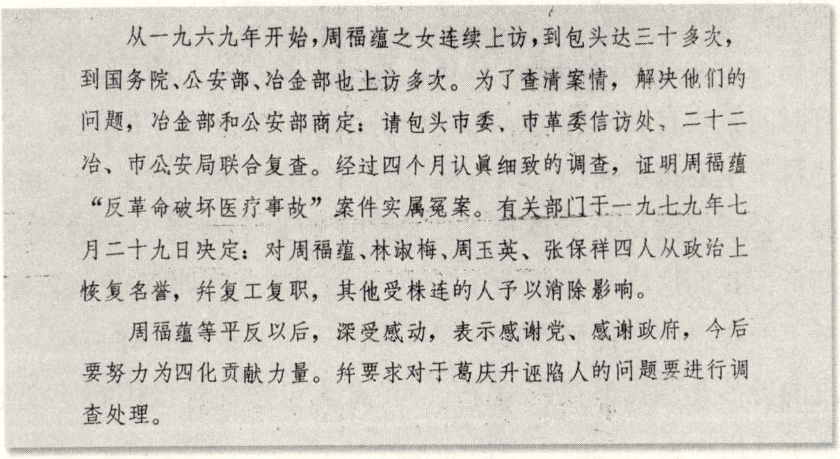

从一九六九年开始，周福蕴之女连续上访，到包头达三十多次，到国务院、公安部、冶金部也上访多次。为了查清案情，解决他们的问题，冶金部和公安部商定：请包头市委、市革委信访处、二十二冶、市公安局联合复查。经过四个月认眞细致的调查，证明周福蕴“反革命破坏医疗事故”案件实属冤案。有关部门于一九七九年七月二十九日决定：对周福蕴、林淑梅、周玉英、张保祥四人从政治上恢复名誉，并复工复职，其他受株连的人予以消除影响。

周福蕴等平反以后，深受感动，表示感谢党、感谢政府，今后要努力为四化贡献力量。并要求对于葛庆升诬陷人的问题要进行调查处理。

刊载父母亲冤案的信访简报

人们常说，人在大喜之时会喜极而泣的。

在平反昭雪大会上，面对欺压和侮辱从不屈服的母亲、大姐都感动得泪流满面。这是对19年来的所受屈辱的释放，这是对19年来所受迫害的抗争，这是对19年来所受不公的宣泄，这是对19年来所有委屈的无声表白，这是对党和政府平反昭雪、给予我们家人政治解放的无声感谢！

第三节 枯木逢春 陈花重放

好花成对，好事成双。平反昭雪后，瘫痪多年的父亲奇迹般地能扔下双拐行走了。

在我的记忆里，父亲就是个瘫痪病人，他每天用双手拄着两个小板凳一前一后，慢慢地往前挪动着。他自己能够活动的范围从来就没有出过村子。小时候，我曾多次幻想着父亲站起来会是什么样子。当每次父亲拄着板凳走路时，我都不忍心看下去，难过地扭过头去。

在那个动乱的时期家长都在忙着参加各种政治活动，根本就没有时间管教自己的孩子，因此许多孩子都缺乏基本的教育。特别是村子里的孩子家长，根本就没有精力管教他们的子女，这些人经常会成帮结伙打架欺负人。他们不仅欺负普通人家的孩子，更欺负像我们这样“反革命”家的子女。单单是欺负我就算了，我最不能容忍的是他们骂父亲是“周瘫子”。记得，有一次一个调皮的男孩儿骂我爸“周瘫子”，我忍无可忍，直接用石头把他的鼻子打出血。

父亲瘫痪是当年被打成“反革命”时在监狱里被打残的。当时，父亲已经被宣告病危了，如果不是当时包头市市长的父亲担保出狱，恐怕早就没命了。

父亲出狱后，母亲就日夜精心地照料着。当时，父亲从颈椎以下截瘫，大小便都没有知觉。吃饭靠我母亲一勺一勺地喂，看书要由我哥哥姐姐给一页一页地翻。一直到了我记事时，父亲才开始能自己端碗吃饭，但走路还要用板凳拄着才行。每天，父亲都在给自己开药方吃药，一大碗一大碗的中药，每隔几天姐姐就要到金州县城给父亲抓中药，风雨无阻。

为了躲避大队治保主任的检查，母亲经常是在深夜给父亲炼药。为了能有钱给父亲治病，母亲又养猪又养鸡，到了年底母亲偷偷把猪和鸡卖掉换成钱。之所以偷偷地卖，是因为当时卖猪是犯投机倒把罪的。

经过自己的治疗、家人的精心护理，父亲终于能自己站立起来并架双拐走路了。那一年，我 15 岁。

父亲是个有心人，他亲历了高位截瘫患者的痛苦，也最懂得病人的甘苦和艰辛。他对自己所用药物都做了详细记录，并仔细地研究每一种草药的药性，以及自己每一个阶段病情的变化，为他以后治疗同类疾病奠定了坚实的基础。

第四节　铭记党恩　爱岗敬业

1979 年，父亲的冤案平反后，大连市甘井子区革镇堡镇小辛寨子一再邀请我父母到小辛寨子开医院，并与父亲签署了合作医疗协议。随后，父母亲又用平反后补发的款项，建筑了一座漂亮的楼房。这在当时引起了巨大的轰动，《人民日报》、《大连日报》、《农民报》相继报道了此事，并刊登了照片。

小辛寨子是当时辽宁省一条非常有名的街道，是许多国外旅游团到大连参观考察交流的一个定点区域。人员流量大，信息传播快，全国各地的很多患者都慕名前来求治。更有许多患者是看到中宣部组织编写、群众出版社出版的全国平反冤假错案案例专著——《春风化雨》“正骨中医昭雪记”的报道后，千里迢迢赶来的。

小辛寨子街也因为父母亲的到来，而更加热闹了。以至于大连市多家企事业单位都与医院签定了门诊和住院协议。

良好的工作环境，平等舒心的同事关系，组织领导的信任，患者们期盼的眼神，激发起父母亲无限的工作热情和干劲儿。父母亲都把所有的时间用在了工作上，好像要把丢失了 20 年工作的时间抢回来。用不分昼夜来形容他们的工作，毫不为过。以至于我们每次回家父母亲都是在忙他们的工作，家里连正常的交流都很少。至今，我都感觉和父母亲相处的时间太少太少，遗憾多多。但我十分理解父母亲的心情和愿望，他们是要用努力的工作来报答所有帮助过我们的人，救治更多的病人。他们把更多的时

父母亲（右二、左三）在甘井子区小辛寨子医院和治愈患者合影

间留在了研究课题上，留在了把祖传中医中药的发扬光大上。

母亲更是把患者当自己的亲人，把医院当成了自己的家，对病人掏心掏肺地爱。

记得，有位患者叫冯玉柱，是辽宁省新金县大谭乡的一名已婚下乡知青。在落实已婚下乡青年政策的前一天，不幸遭遇了车祸，被送往医院治疗。当时，医院的检查结果是：腰椎压扁性骨折，滑脱，下肢失去知觉，二便失禁。医院给冯玉柱做了手术治疗。手术后，冯玉柱在医院继续治疗了一年时间，但病情仍不见好转。

冯玉柱的妻子问主治大夫："还能恢复吗？"

主治大夫说："可能要终身瘫痪。"

面对病人恢复无望的现状和家徒四壁的经济窘态，冯玉柱的父亲和妻子极度绝望了。一回到老家他的父亲就自焚了；而他的妻子也对生活失去了信心，在冯玉柱转到甘井子区小辛寨子医院的前一天，上吊自尽了。孤独的冯玉柱在来到甘井子区小辛寨子时，并不知道家里发生的悲剧，他每天都在期盼父亲和妻子前来探望。

父母亲了解了他的情况后，给了冯玉柱亲人般无微不至的关怀和照顾。只要一有时间，母亲就坐在冯玉柱身边陪他聊天。

为了给冯玉柱增加营养，母亲就在家里单独给他开伙食。凡是当时能够买到的营养品，母亲都毫不犹豫地买回来，给他做着吃。在父母亲的精心治疗和照顾下，冯玉柱的双腿很快恢复了知觉，并能自理生活了。

在出院的前夕，母亲与冯玉柱长谈，试探着谈起了他们家发生的事情。

没想到冯玉柱反而很冷静，他说："林大夫啊！谢谢您的救命之恩，我家里的事我已经猜想到了。"

原来，冯玉柱的父亲和妻子在他生病初期，每天都伴随在他左右，如今却几个月都不来见他一面。开始，他还很生父亲和妻子的气。后来，他慢慢地感觉事情不妙！又看到我母亲这么忙还抽出时间来陪他聊天，并且每天都从家里给他带各种饭菜和营养品，他就已经猜出事情的八九了。

终于，冯玉柱的泪水夺眶而出："林大夫，如果不是为了不辜负你们对我的付出，看到您像妈妈一样对我，我真的也想随他们而去了。那样，我们全家就全都解脱了，我们全家就团聚了。"

听着冯玉柱发自肺腑、感人至深的话，坐在一旁的母亲强忍住泪水，劝导冯玉柱要面对现实，好好生活。"玉柱啊！你年轻，今后的路还长着哪。人的一生哪有一帆风顺的，沟沟坎坎的多了去了。如果你知道我和你周叔叔的遭遇，你就能理解我们对你的一片苦心了。”随后，母亲对冯玉柱讲起了她和父亲近二十年的痛苦遭遇。坎坷的经历、屈辱的折磨、悲惨的生活，加上入情入理地劝解，冯玉柱的心结终于解开了。出院时，冯玉柱对我母亲动情地说：“林大夫！您就放心吧，我一定好好活下去，我一定会再来看您。”

为了安排好冯玉柱的生活，父母亲给冯玉柱准备了所有的生活用品和营养品，并派车送其回家。

冯玉柱出院时和父母亲合影

1995 年 7 月，当冯玉柱在电视上看到我母亲去世的消息后，立即赶来吊唁。他在我母亲灵前长跪不起，痛哭失声。

父母亲的工作是忙碌的，医院的运转是高效而紧张的。转眼到了 1985 年，患者的就诊量急剧增加，已有的 100 张病床远远不够使用。而且来治疗的患者大多是瘫痪病人和危重病人，治疗时间长相应的占用病床的时间就长。医院开始考虑扩大规模的事了。

此时的父母亲依然在忙碌着，甚至到了饭都顾不上吃的境地了。可是，他们对患者的爱心没有变，对医术的钻研没有变，对祖国中医中药的坚守没有变。

记得那是20世纪80年代初，日本、加拿大、新加坡和中国香港等国家和地区的有关人士曾邀请父母前去合作，并且开出了令人心动的条件——全家移民。面对这些被一般人看来极具诱惑的天价，父母亲没有动心，他们婉言谢绝了对方的邀请。父亲说："中医是中国的，是老祖宗传下来的宝贝，我们的根儿在中国。"

母亲（左2）迎接来访的日本友人和陪同前来的甘井子区区委书记

父母亲不仅牢牢地坚守着祖国中医中药的沃土，刻苦钻研和发展着老祖宗的中医正骨医术。而且不分份内份外，凡是有需求他们都义不容辞地伸出援手。

那是20世纪80年代中期，我刚刚到冶金工业部二十二冶金建设公司医院工作。

一天，瑞卿表姐的女儿因为不小心被工厂的机器轧扁了左手。

当我闻讯赶到外科病房时，和我同龄的外甥女已经被送进了手术室。

职业经验告诉我，如果是一般的伤情，在门诊的处置室就可以处置。而伤员一旦被送进手术室就说明伤势很重。我估计如果伤情真的严重的话，医院就会对其施行截肢手术。

在手术室外，我不断地同可效姐夫说："如果医院要让你签字，你千万不要签字。不然，外甥女就会被截肢的。还是保守治疗吧。"

当时，可效姐夫可能是因为焦急而惊慌，又加之我当时才刚刚20岁，他还把我当成孩子。所以，对我的提议根本没有理会。我知道，面对爱女的受伤他一定痛彻心扉，心烦意乱，所以不能冷静地思考问题。但我一定要阻止表姐夫签字，不能让外甥女小小年纪就落下残疾。

果然没过一会儿，医院的外科主任和外科大夫都从手术室走出来。主任对可效姐夫说："要从手掌开始截肢，不然感染面积大了连整个手都保不住。你们家属赶快签字吧！"不等骨科主任说完，我立即抢上前说："主任不能截肢！姐夫不能签字。"

这位主任脸黑黑的，而且络腮胡子很浓，所以大家都叫他大胡子。平时不苟言笑、总板着个脸，全医院的人从没有看见他有过笑模样儿，他在医院里很有权威。平日里，我见到这位主任从不敢打招呼。

当大胡子听到我的话后，十分不满地看了我一眼说："不截肢你能治啊？”

我说：“我爸爸能治！”

大胡子说：“你爸爸能治啊？”

我坚定地说：“能！”

此时，虽然没有看到这个和我同龄外甥女的伤情如何，但我知道父母亲平日治疗的病人绝大多数都是医院要截肢的，经过他们的治疗都康复了，没有留下残疾的。

在我的一再坚持下，可效姐夫最终选择了保守治疗方案，带着女儿从唐山连夜赶往大连小辛寨子医院。经过父母亲3个多月的精心治疗，外甥女的手终于保住了，而且没有留下后遗症。

后来，那位外科大夫还曾问我：“那个女孩手咋样了？保住了吗？”

我说：“不但手指保住了，连手指甲也都长出来了。”

外科大夫赞许道：“老前辈真的太厉害了！”

第十一章 创办医院

第一节 昔日患者 鼎力相助

1987 年，时任国家卫生部部长到小辛寨子视察时，看望了我父母。他握着我父亲的手说：“老周！你干得很好！不过现在的规模还是有点小了，那么多的病人看不上病，要想想办法啊。你要大胆地干，自己开医院。不要一朝被蛇咬，十年怕井绳啊。”

然后，他对陪同前来的市区领导说：“你们要好好照顾二位专家啊。他们受迫害那么多年，为人民作出了那么多贡献，很值得我们去尊敬、学习和帮助。”

在国家卫生部、大连市卫生局，以及开发区领导和甘井子区政府、各界朋友的大力支持鼓励下，父亲开始筹建一家专治骨伤病的医院。

为了筹集建院的资金，父亲把用平反后补发的钱建的独楼卖掉，筹到 12 万元。可 12 万元只是杯水车薪，父亲想到了贷款。于是，父亲就找到了金州区工商银行，直接拜见了银行行长。父亲把反映他冤情的专著《春风化雨》和他治愈患者的资料，以及各级政府的介绍信、邀请函一并展示出来。行长仔细地审看完材料后，当时就答应同意贷款 40 万元，并嘱咐我父亲第二天来银行办理贷款手续。

听到这样的答复，父亲激动得一夜没有睡好。第二天一大早，父亲就早早来到了银行大门口等着行长。银行开始营业都两个多小时了，还没有看到行长上班。父亲就到行长室去找，办公室的同志说，行长没来。父亲暗想：行长这是在躲我吗？

尽管银行里有空调，可是焦急万分的父亲，竟然还是汗流浃背，汗水顺前胸后背直往下流。

这时，身后有个熟悉的声音问父亲："周大夫你怎么在这儿？"

父亲回头一看，原来是他的一位老患者。这个人是大连市最早从事建筑业的开发商之一，名叫王善吉。

说起父亲和王善吉的相识相知，还有一段近乎传奇的故事。

早在 20 世纪 70 年代初时，王善吉就与我父亲相识。当时，他母亲患有严重的腰椎病，还是我父母给治愈的。后来，他的两个哥哥因为车祸腰和腿骨折了，也是找我父母给治好的。特别是，他 8 岁的儿子患病高烧 40 度，经医院检查是肺部长了一个肿瘤，腿上也长了一个，疼痛不已。医院准备给孩子做手术治疗。王善吉不同意，找到我父母请求治疗。当时，父亲为难地说："我们治疗骨科病有把握，肿瘤病没看过。可别给孩子耽误了。"王善吉就是相信我父母亲的医术，不肯罢休地对我父亲说："死马当活马医吧，治治看。实在治不了了再做手术。"

我父亲试着给他开了药方。在给孩子吃了几十副汤药后，再配合服用家传的中成药，经过近 2 个月的治疗，奇迹出现了。经医院拍片检查，孩子肺部的肿瘤消失了，腿上也不疼了，所有症状都消失了，连儿童医院的专家都称真是一个奇迹。

但父亲从不宣扬自己治愈肿瘤之事，直到他病逝前都和我们说：“对于肿瘤治疗我们是外行，如果治愈了纯属巧合和幸运。”由此事也看得出，父亲为人的低调和对名誉的淡漠。

再说王善吉见到我父亲汗流浃背、神情焦急、四处张望，就问：“周大夫你在等谁?”

父亲说：“我在等行长，行长答应给我贷款，约我 9 点在这里等他。可我 8 点就来了，现在都 11 点多了，他还没有到。真是急人。”

王善吉说：“你要贷多少?”

父亲说：“40 万。”

王善吉从皮包里拿出支票问：“40 万够了吗?”

父亲说：“够了。”

父亲（右）和王善吉在医院开工前的工地上，
身后是当年最著名的开发区银帆宾馆

父亲用这借来的 40 万元，加上他之前卖楼的 12 万元，开始办理审批项目、办理土地等手续了。在 20 世纪 80 年代末，办理建设手续是相当繁琐的，需要经过几十个部门的审批。后来，全部建设手续办好后，父亲数了一下盖过的公章竟有180多个。

建设手续基本审批完成后，紧接着就准备开始动工了。可是资金又出问题了。父亲总共筹集到的50多万元，等到办理完土地、交税等手续后，就所剩无几了。

父亲（右2）和前来工地视察的区委领导

关键时刻又是王善吉鼎力相助。为了完成父母亲造福百姓的愿望，为了组织和领导的重托，为了圆千千万万骨病患者康复的期盼，王善吉拿出了全部精力帮助医院的建设。他派卡车拉来了所有需要的建筑材料，派出数百名工人昼夜奋战在建筑工地上，并垫付了所有建筑资金。要知道，即使在20世纪80年代后期，建设一幢几千平方米的大楼，所需资金也是一笔巨款啊！如果没有一颗感恩的心，没有造福百姓的善良，没有远大的人生目标，是无论如何都做不到的。

经过三年多的奋战，在大连开发区商业文化区、银帆宾馆对

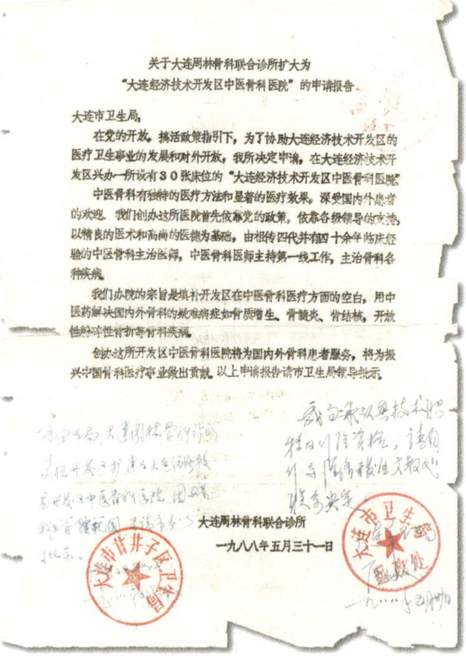

关于大连周林骨科联合诊所扩大为
"大连经济技术开发区中医骨科医院"的申请报告

大连市卫生局：

在党的开放、搞活政策指引下，为了协助大连经济技术开发区的医疗卫生事业的发展和对外开放，我所决定申请，在大连经济技术开发区兴办一所设有３０张床位的"大连经济技术开发区中医骨科医院"

中医骨科有独特的医疗方法和显著的医疗效果，深受国内外患者的欢迎。我们创办这所医院首先依靠党的政策，依靠各级领导的支持，以精良的医术和高尚的医德为基础，由祖传四代并有四十余年临床经验的中医骨科主治医师，中医骨科医师主持第一线工作，主治骨科各种疾病。

我们办院的宗旨是填补开发区在中医骨科医疗方面的空白，用中医药解决国内外骨科的疑难病症如骨质增生、骨髓炎、骨结核，开放性粉碎性骨折等骨科疾病。

创办这所开发区中医骨科医院将为国内外骨科患者服务，将为振兴中国骨科医疗事业做出贡献。以上申请报告请市卫生局领导批示。

大连周林骨科联合诊所

一九八八年五月三十一日

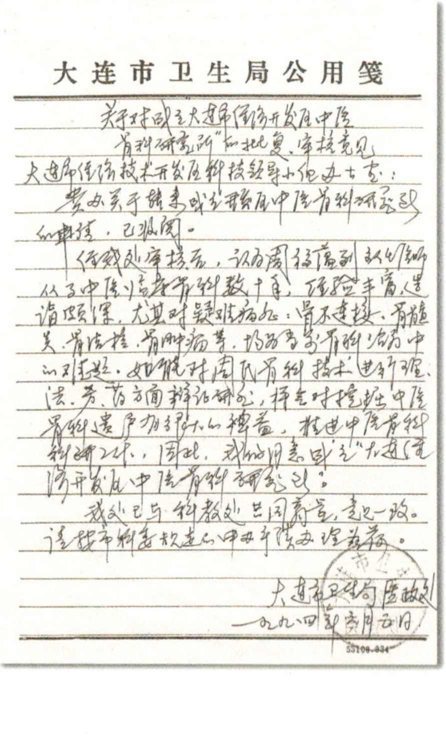

大连市卫生局公用笺

关于对成立"大连经济开发区中医骨科研究所"的批复、审核意见

大连经济技术开发区科技领导小组办公室：

贵办关于转来成立开发区中医骨科研究所的申请，已收阅。

经我处审核后，认为周福德副主任医师从事中医临床骨科数十年，经验丰富，造诣颇深，尤其对疑难病如：骨不连接、骨髓炎、骨结核、骨肿瘤等，均为当前骨科治疗中的难题。如能对周氏骨科技术进行理、法、方、药方面辩证研究，将会对挖掘中医骨科遗产加强大的裨益，推进中医骨科科研工作。因此，我们同意成立"大连经济开发区中医骨科研究所"。

我处已与科教处共同商定，意见一致。请按市科委执行的申办手续办理为荷。

大连市卫生局医政处

一九九四年八月五日

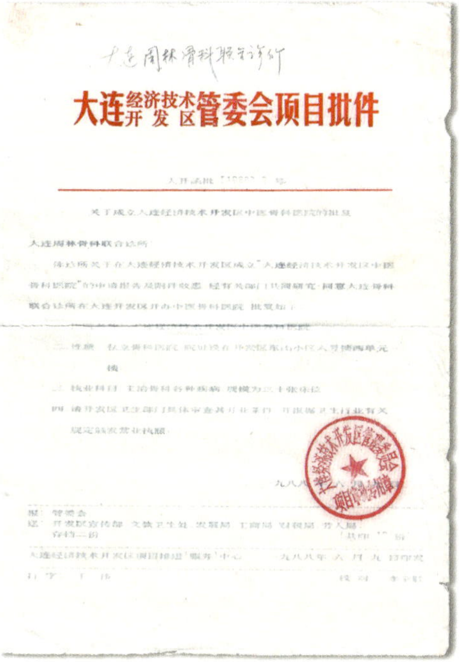

大连周林骨科联合诊所

大连经济技术开发区管委会项目批件

大开函批〔1988〕[illegible]号

关于成立大连经济技术开发区中医骨科医院的批复

大连周林骨科联合诊所：

你诊所关于在大连经济技术开发区成立"大连经济技术开发区中医骨科医院"的申请报告及附件收悉，经有关部门共同研究，同意大连周林骨科联合诊所在大连开发区开办中医骨科医院，批复如下：

一、[illegible]

二、性质：私立骨科医院，院址设在开发区东山小区[illegible]单元楼。

三、执业科目：主治骨科各种疾病，规模为三十张床位。

四、请开发区卫生部门具体审查其开业条件，并根据卫生行业有关规定颁发营业执照。

一九八八年六月[illegible]日

抄报：管委会

抄送：开发区宣传部、文教卫生处、计划局、工商局、财税局、劳人局，存档二份。（共印[illegible]份）

大连经济技术开发区项目审批"服务"中心　一九八八年六月九日印发

打字：[illegible]　校对：[illegible]

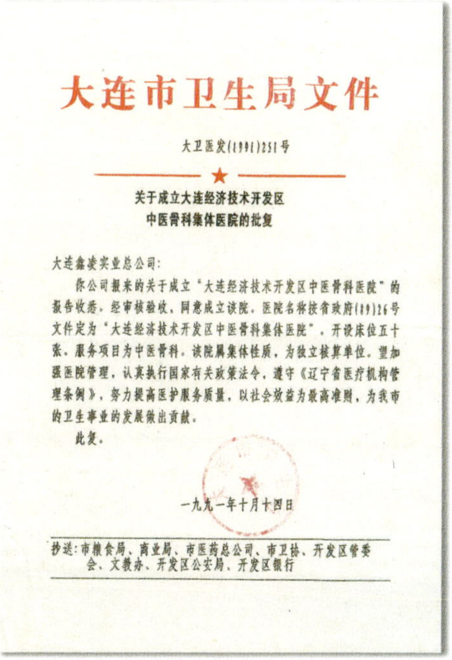

大连市卫生局文件

大卫医发(1991)251号

关于成立大连经济技术开发区
中医骨科集体医院的批复

大连鑫凌实业总公司：

你公司报来的关于成立"大连经济技术开发区中医骨科医院"的报告收悉。经审核验收，同意成立该院。医院名称按省政府(89)26号文件定为"大连经济技术开发区中医骨科集体医院"。开设床位五十张。服务项目为中医骨科。该院属集体性质，为独立核算单位。望加强医院管理，认真执行国家有关政策法令，遵守《辽宁省医疗机构管理条例》，努力提高医护服务质量，以社会效益为最高准则，为我市的卫生事业的发展做出贡献。

此复。

一九九一年十月十四日

抄送：市粮食局、商业局、市医药总公司、市卫协、开发区管委会、文教办、开发区公安局、开发区银行

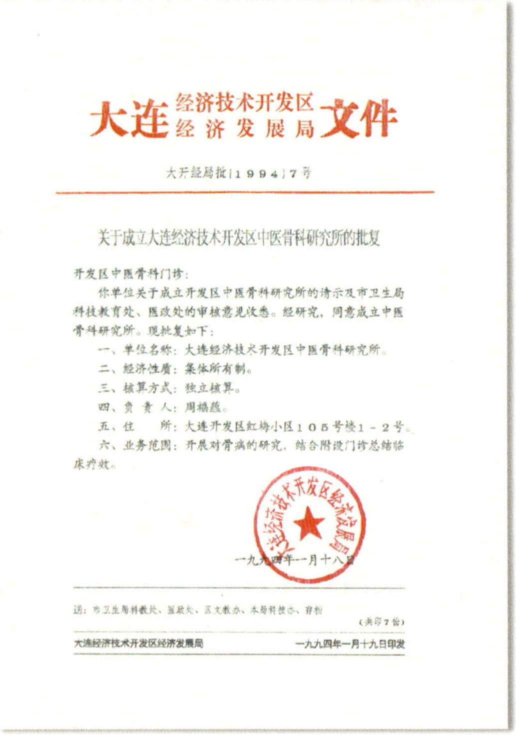

大连经济技术开发区经济发展局文件

大开经局批〔1994〕7号

关于成立大连经济技术开发区中医骨科研究所的批复

开发区中医骨科门诊：

你单位关于成立开发区中医骨科研究所的请示及市卫生局科技教育处、医政处的审核意见改悉。经研究，同意成立中医骨科研究所。现批复如下：

一、单位名称：大连经济技术开发区中医骨科研究所。

二、经济性质：集体所有制。

三、核算方式：独立核算。

四、负 责 人：周福蕴。

五、住　　所：大连开发区红梅小区105号楼1－2号。

六、业务范围：开展对骨病的研究，结合附设门诊总结临床疗效。

大连经济技术开发区经济发展局

一九九四年一月十八日

送：市卫生局科教处、医政处、区文教办、本局科技办、存档

（共印7份）

大连经济技术开发区经济发展局　　一九九四年一月十九日印发

聘书

兹聘中医骨科副主任医师周福蕴为大连经济技术开发区中医骨科医院院长。

大连市甘井子区卫生局

局长：程远贵

程远贵印

一九九一年三月二十日

面，一栋美观大方的建筑拔地而起。从此，辽南第一家私人中医骨科医院诞生了。医院总面积达4500平方米，共设病床500张，各种仪器设备一应俱全，真是不愧对“辽南第一”的称号。极大地方便了本地和全国各地的骨病患者看病就医。

第二节 悬壶之喜 施仁布德

1992年3月21日，医院在震耳欲聋的鞭炮声中宣布开业。第二天，《大连日报》为此刊登了医院开业的消息，并盛赞之为辽南第一家中医正骨专科医院。

面对这盛况空前的开业庆典，父母亲高兴之余忘不了国家卫生部、大连市委、开发区区委领导给予的具体指示和支持，忘不了区政府领导顶风冒雨到工地视察慰问的日日夜夜，忘不了王善吉那无私的支持和帮助，更忘不了经常到工地看看建设进展、盼望医院早日建成的病人和老百姓……

甘井子区政府更以“弘扬民间享有盛誉的祖传周氏中医骨科技术，改善开放医疗窗口”将医院的重要性提升到了一个新的高度，这在一所医院的定位上、以政府名义支持的力度上更是前所未有的。

医院开业后，全国各地的病人蜂拥而至。其中，有好多是在各大医院久治不愈的重病患者。他们带着无限的希望，跋山涉水、千里迢迢地赶来，要求父母亲亲自诊治。那急迫的语气，满含期待的眼神，严重的病情，无不透露着他们对这所医院和父母亲的无限信任和期望。随着医院名声的远播，父母亲高明的医术更是远近闻名。全国许多综合性的大医院、企事业单位都纷纷与开发区骨科医院签订治疗协议和合作协议。

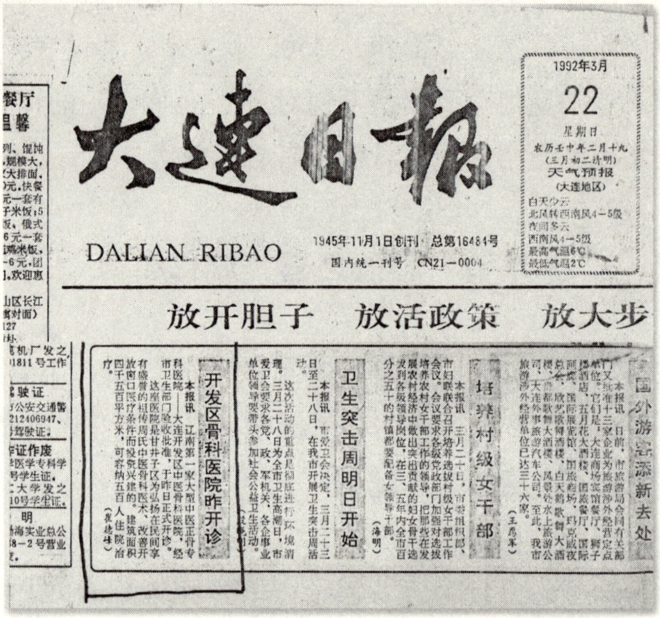

大连日报

DALIAN RIBAO

1945年11月1日创刊 总第16484号

国内统一刊号 CN21－0004

1992年3月 22 星期日

放开胆子 放活政策 放大步

开发区骨科医院昨开诊

本报讯 辽南第一家大型中医正骨专科医院——大连开发区中医骨科医院，经市卫生部门验收批准，于昨日正式开诊。

这座医院是甘井子区为弘扬在民间享有盛誉的祖传周氏中医骨科医术、改善开放窗口医疗条件而投资兴建的。建筑面积四千五百平方米，可容纳五百人住院治疗。

卫生突击周明日开始

培养村级女干部

报道大连开发区骨科医院开业消息的《大连日报》

一时间，开发区骨科医院超乎寻常地忙碌起来。而我母亲作为医院技术方面的主要负责人，除了日常的管理和繁杂的事务性工作外，还负责对开放性骨折、严重外伤、感染换药、粉碎性骨折对位等大量的医疗工作。用工作人员的话说是“非林大夫莫属。”

紧张的工作节奏，超负荷的工作量，加上几十年的精神折磨和经济拮据导致的营养不良，严重地损害了母亲的身体健康。可是，母亲依然忘我地工作着，因为有太多的患者等着她哪！

记得，当时有一位女患者是大连客车厂的工人，刚 32 岁，在工作时被机械搅伤左小腿。受伤后，她被送往市里一家医院紧急治疗，经诊断为胫腓骨粉碎性骨折，医院手术采用钢板固定。由于患者腿部有大面积的外伤，加之手术后处理不当，她的腿部外伤感染严重。

随后，医院从她右腿取肉、取皮，然后植入左腿，但没有成功。她腿部肌肉组织坏死，胫腓骨非但没有新生骨茄，而且已经开始坏死。经医院专家会诊，决定为她实施截肢手术。抱着一线

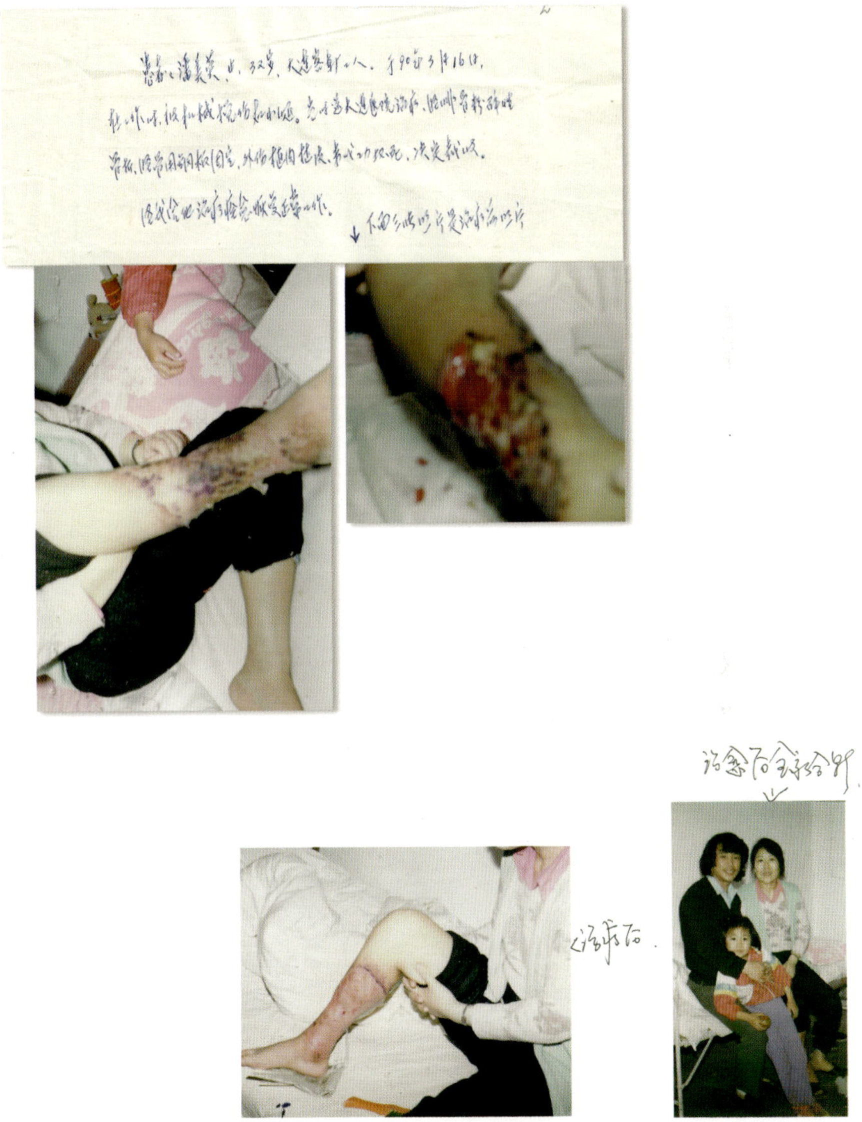

受伤女工患处治疗前后对比照片

希望，这位受伤女工的家属抬着她赶到开发区骨科医院。刚住院时，由于病人的伤口大面积感染，高烧不退。面对着这样一位病危患者，父母亲感到了空前的压力。可是，面对着患者的丈夫和姐姐的苦苦哀求，面对病人年轻的生命和对康复的渴求，他们决心一定要治好她的伤腿。

下决心容易，真正治疗起来是有相当难度的，治疗过程也是相当艰苦的。单单说母亲每天给病人换药吧，每次都需要两个多小时。因为，病人被取皮那条右腿也开始感染了。而每次换药时，都要把病患处所有的腐肉细致地清除干净，必须见到新肉才能上药。

清除腐肉的工作，说起来容易做起来难。一方面病人要忍受巨大的痛苦，另一方面操作者要精细操作、全神贯注，无论在体力和心理上都要承受巨大的压力。母亲每次给受伤女工换药后都累得几近休克，连药品和器械的托盘都拿不住了。当时，大家都认为母亲只是劳累过度，都没有当回事儿。

平时，母亲经常会应邀到其他医院进行会诊，坐车往返从来就没有什么异常。可是，那几天从不晕车的母亲，经常是一坐到车上就剧烈地呕吐，几近昏迷。如此严重的症状让姐姐感到非常诧异和担心，就动员母亲赶快检查一下，而母亲总是轻描淡写的以没时间为由拒绝检查。

就这样，白天母亲在医院里在病人面前好像是打了兴奋剂一样，忙来忙去的。可一到晚上回到家里就像瘫痪了似的躺在床上，不吃不喝。全家人看在眼里，急在心上。关键时刻大姐又拿出了她上访时的决绝。在姐姐的一再坚持下，母亲被强行带到医院做了全身检查。结果在她的肺部发现了一个饭碗大的恶性肿瘤。

晴天霹雳啊！全家人都惊呆了，怎么也想不到在我们眼里那么善良助人、正直勇敢、无所不能的母亲居然会得了癌症。惊慌之中，还是父亲保持了冷静。为了稳定母亲的情绪，父亲嘱咐我们一定要保密，千万不能让我母亲知道。可是，这怎么能瞒得了身为医生的母亲呢？身体检查后，她一定要看CT片子。

母亲是看片子的专家，在医院有什么疑难杂症的片子都要给她看。她拿起自己的CT片子时，仔细地看了一会儿，平静地告诉我父亲："我是肺癌，但还没有扩散，我决定手术。"

手术进行得很顺利，可术后刚拆线母亲就要回家。我们知道，她是离不开她的那些患者，离不开她日夜牵挂的开发区医院啊！

回家休养没几天，母亲就带着还未长好的术后伤口又投入到了紧张忙碌的工作中。

一天，时任开发区管委会主任班耀日前来看望我母亲。他们是多年的老朋友了，在甘井子区时他就是区委书记，经常带患者和外宾到家里来找母亲看病和交流。当看到身患肺癌的母亲正在给骨折患者作固定时，既担心又感动，两眼红红的对母亲说："大姐！您歇歇吧。"随后又对父亲说："不能再让她工作了。"可父亲知道只要医院存在一天，我的母亲就不会休息，任何语言和任何人都无法劝阻她。

思虑再三，父亲下狠心做出了把医院转让出去的决定。

为了母亲，父亲把历经3年建设起来的中医骨科医院以低廉的价位转让给了本溪一个制药厂。

这是父亲一生唯一一次没有按照母亲的意愿做事儿，也是他一生唯一一次没有同母亲商量而做出的重大决定。可见他拯救母亲的决心和急迫心情。

我们知道，父亲是要以此来强迫母亲休息，他要挽救母亲的生命，他要让一生操劳的母亲好好享受一下今天的好日子。

医院转让后，父亲就带着母亲在全国各地开始游览。国内走完了，就到国外旅游。他们先是到东南亚一带各国游览，从香港回来后，父亲就给旅行社打电话，报名要去美国。因为，父亲知道母亲时日已经不多了。

父母亲游览时的留影

那时候，国内游客到美国旅游的手续不太好办。父亲把和母亲到美国的所有费用都交了，可是签证一直没下来。这时，母亲的身体状况每况愈下，焦急的父亲只好带着母亲重游了东南亚各国。这次旅行是母亲最后一次旅行，也是她和父亲最后一次携手出行了。从东南亚回来后，母亲就病重住进了医院。

在母亲住院期间，大连市政府领导、协作的各企事业单位领导都前往医院探望她，祝愿她早日康复。市委一位女领导握着我母亲的手说："大姐啊！你为老百姓解除了那么多的病痛，我代表大连市人民和政府谢谢您！"

更有众多的患者听到林大夫住院的消息，急切地赶来探望。有的人赶到家里，更多的患者直接找到了医院要求看看母亲。为了让母亲能休息好，我们只好在病房门口给堵了回去。可母亲知道后，却严厉地批评了我们，并要求我们今后来看她的患者一定不能再拦挡了。她是不想伤了患者们的一片真情！

不仅不想伤了患者们的心，而且母亲还在自己病重时想着帮助别人。

在母亲住院的隔壁病房，有一位老人患了肝癌。他的家属都是下岗工人，因交不起医药费而停药了，老人的女儿在病房门口急的痛哭。我母亲知道情况后，马上帮助他们交了医药费，请医生赶快继续治疗。并嘱托我们兄妹，对这位老人以后的医药费一定要负责到底！

母亲是位伟大的女性，遇到任何事情都能非常冷静，做出非常理智的判断抉择。无论是面对生活的困难重压，还是面临残酷的政治迫害，母亲始终挺直腰杆坚信正义，冷静做出正确的选择。这一次面对死亡，母亲同样冷静勇敢。在医院住了十几天后，母亲了解了自己病情的严重性，知道再住下去已经没有任何意义了，就和父亲做了一些后事交代，然后要求出院。

1995 年 7 月 20 日凌晨 3 点，母亲病逝了，享年 73 岁。

那天早上，天空下着毛毛细雨，阴云低回，仿佛在痛悼母亲的去世。

早上，患者关培德的儿子拉着关培德和老伴像往常一样前来看望我母亲。可是，当车进入我们居住的小区后，突然发现我家门口摆放着花圈，他们惊呆了。关培德的爱人跪着爬到我母亲的灵前，痛哭不已。他们不相信那个善良、乐于助人的林大夫会去世，更不相信拯救他们于病痛的救星会这么快就离开了。

雨，一直不停地下着。直到举行母亲遗体告别仪式那天，天突然大晴了，仿佛要让母亲风风光光地走，仿佛要让人们清清亮亮地送母亲最后一程。

在告别仪式上，告别大厅挤满了前来送别的人们。大厅里的人已经挤满了，大厅外也挤满了众多父母亲曾经的患者。其中许多人都是看了大连电视台的晚间新闻播报，前来参加母亲的告别仪式的。

大连市委市政府的领导来了，开发区的领导来了，父母曾经工作的二十二冶建筑公司的领导及工会代表来了……就连曾在“文革”中打了我母亲嘴巴的那个人也从唐山赶来祭奠母亲。

这个人的到来，从另一个侧面说明了我父母亲的人格高尚和魅力无穷。

想当年我父亲平反后，二十二冶公司派人来了解当时都有谁参与打人、动用私刑。按照党中央的政策，这些人都将被定为“三种人”，是要全部离开领导岗位的。可是父亲却以德报怨原谅了这些人，他说：“都过去了。当年他们也都年轻，给他们一次改正错误、重新做人的机会吧。”

在母亲的坟前，那个打母亲的人长跪不起痛悔自己的过去。人生最困难的事情是认识自己，知错就改。德国诗人海涅说过：

反省是面镜子，它能将我们的错误，清清楚楚的照出来，使我们有改过的机会。

但是，有些人可就真的没有这个机会了。

我不知道做坏事的人是否有遭报应这一说法，但我敢肯定，做坏事的人一定不会快乐和幸福。

据说，陷害父亲的那个当年的造反派 50 岁就得了肺气肿病不能上班，生活也不能自理；打母亲的人的老伴常年有病孩子又多，还没等到退休就去世了；曾经组织对我父母游斗 12 个大队的王 × ×，到了老年境况十分悲惨。他的独生儿子因为家庭矛盾将自己的母亲打死了，自己也因为杀人犯罪被判入狱，落了个家破妻亡的下场。

《三世因果经》讲，人要行善积德切忌行凶作恶干坏事，否则就会遭因果报应。正像佛教教义讲的：种什么因，结什么果。

母亲一生不仅善良勇敢、热心助人，更是广结善缘。

第三节　积德累善　碧血丹心

要说父母亲的善举，还要从瓦房店的得利寺龙潭山龙华宫复建讲起。

那是 1992 年，母亲到金州响水寺进香，与张礼矩道长相遇。她对张道长的人品和修行很是尊重，不仅拜其为师，还为道观捐助了一万元善款。通过了解知道：张礼矩道长是辽宁省道教协会的副会长，他自幼出家，修养深厚，为人宽厚。但在“文革”中被当作“四旧”强制遣散下山回家。后来，结婚成家生子。改革开放恢复宗教信仰以后，张礼矩毅然回山继续修行。

有一次，母亲和张道长谈话中得知：瓦房店龙华宫具有悠久的历史，当时建筑完整、设施齐全，香火旺盛。但在“文革”开始后，被当作反封建破四旧的典型捣毁了，至今无力恢复。

在张道长的陪同下，母亲和父亲来到了龙潭山，实地查看了龙潭寺的实际情况。但见，四面群山环抱，宛如一条巨龙围住山间的龙潭寺和一潭清水。古老的寺庙苍松翠柏环绕，通过残垣断壁依稀还能看得出古老的墙体还存在，还有几间快要倒塌的禅房在风中颤栗着。看着眼前的情景，母亲和父亲商量着准备修建寺庙。

回到家后，母亲同父亲最终做出了资助修建得利寺龙潭山龙华宫的决定。但是，因为母亲突然被查出患了重病，此事就被耽搁了下来。

如今母亲已经仙逝，作为她的老伴和后人，父亲和我们是一定要完成母亲的这个遗愿的。不是仅仅出于纪念母亲的想法，也是为了弘扬祖国传统的宗教教义。

母亲在病逝前曾交代父亲，要父亲一定要修建好龙潭山龙华宫，并要皈依龙华宫。

根据母亲生前的愿望，由父亲资助在大连市瓦房店得利寺龙潭山龙华宫修建了神医殿，应张道长的提议和广大患者的强烈要求，母亲的塑像也位列神医殿并将永远坐落在那里，供大家敬仰和怀念。

为了保质保量地修建好龙华宫，父亲曾多次前往龙潭山龙华宫，查看地形，审阅图纸，并于 1996 年 8 月 24 日与当地政府签署了建庙协议书，以父亲的名义自愿捐款 50 万元用于修建

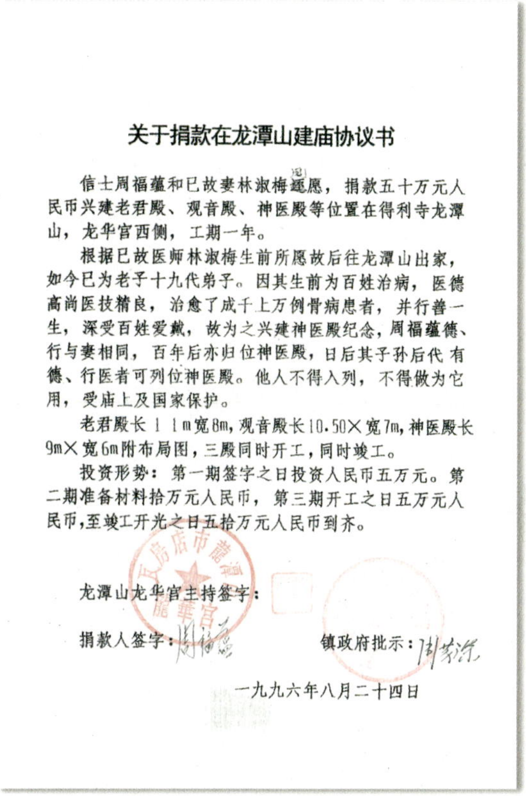

关于捐款在龙潭山建庙协议书

信士周福蕴和已故妻林淑梅遗愿，捐款五十万元人民币兴建老君殿、观音殿、神医殿等位置在得利寺龙潭山，龙华宫西侧，工期一年。

根据已故医师林淑梅生前所愿故后往龙潭山出家，如今已为老子十九代弟子。因其生前为百姓治病，医德高尚医技精良，治愈了成千上万例骨病患者，并行善一生，深受百姓爱戴，故为之兴建神医殿纪念，周福蕴德、行与妻相同，百年后亦归位神医殿，日后其子孙后代有德、行医者可列位神医殿。他人不得入列，不得做为它用，受庙上及国家保护。

老君殿长11m宽8m，观音殿长10.50×宽7m，神医殿长9m×宽6m附布局图，三殿同时开工，同时竣工。

投资形势：第一期签字之日投资人民币五万元。第二期准备材料拾万元人民币，第三期开工之日五万元人民币，至竣工开光之日五拾万元人民币到齐。

龙潭山龙华宫主持签字：

捐款人签字：　　　　镇政府批示：

一九九六年八月二十四日

捐款建庙协议书影印件

施工。

经过一年紧张的施工，得利寺龙潭山龙华宫终于于1997年7月竣工了，同时举行了隆重的开光仪式。

那一天，父亲的神态既兴奋又悲伤。兴奋的是母亲的遗愿终于完成了，悲伤的是睹物思人感伤母亲的离世。

如今，母亲虽然离我们远去了，但是母亲的塑像在得利寺常驻，与她的儿女们相伴，与她的患者和她救助过的人们相伴，让我们时刻牢记母亲的教诲——做好人、做善事，发扬光大祖国的正骨中医医术。

1997 年 7 月寺庙开光典礼现场

第十二章 德艺双馨

第一节 陪伴父亲 感受父爱

送走了母亲，父亲好像一夜之间老了许多。

1997 年元旦刚过完，父亲就带着我们到东南亚旅游，那是我至今难忘的一次旅行。因为之前母亲刚来过，我们此次一行，潜意识中是在寻找母亲的足迹。

在旅游团里，因为父亲年龄最大，我们叫老爸，全团的人也都随着我们叫老爸，父亲高兴的，谁叫他“老爸”都答应。那种温馨和亲情让我想起了母亲，如果是和母亲也有一次旅行该多好。

以前，母亲总是忙她的患者，而我们也总是忙着各自的小家、工作和孩子，总以为父母亲不会老的，总是想等有时间了再陪父母亲，如今想来真是太遗憾！

所以，我经常和身边朋友说：“如果您的父母健在，那么请您一定在百忙之中带他们旅游或陪他们做他们喜欢做的事，千万不能错过！”

子欲养而亲不待！我确实体验了其中的苦涩。

自从大连开发区的医院转让出去后，父亲就一直在开发区红梅小区居住并在这里开设了中医骨科门诊继续为患者服务。后来，父亲的中医骨科门诊改为中医骨病咨询，每天仍然是患者不断。这也成为父亲每天最开心的事儿，最期盼的事儿。他不是为了钱，而是感到自己没有老，还能为患者治病。

国家施行医疗改革以后，虽然好多患者都选择了到公立医院看病就诊。但是，来找父亲看病的患者仍然络绎不绝。他们大多是在其他公立医院无药可医需要手术治疗的患者，如：腰椎间盘突出椎管狭窄、滑膜炎、骨不连接或者股骨头坏死的患者。也就是说，都是疑难杂症的患者。

父亲每天早起问我的第一句话是：昨天告诉你的那个方子记住了？而且，每天他都会换一个方子。父亲的记忆力实在是让我钦佩。

为了不被父亲问得措手不及，我就下功夫背记，以备不时之需。父亲一有时间就给我讲解药性，教我看 X 光片子、CT 片子，传授骨折如何对位等医疗技术。随着时间的推移，病例的增多，我的中医正骨医术也日渐成熟。

一转眼，父亲到了 80 岁了。在他老人家过 80 大寿时，众多至爱亲朋和患者都来祝贺。特别是他的老朋友艾桂林和夫人辛霞、王善吉、世界骨联秘书长，以及大连市政府、甘井子区政府、开发区的领导也都前来贺寿。

父亲 80 岁以后，我基本上都陪伴在他身旁。这个时期，是我享受到陪伴父亲最幸福、最快乐的时光。

我们父女俩每天有说不完的悄悄话。不是我问他过去的往事，就是听他讲他童年和后来行医的经历。父亲娓娓道来，我认真地听，还经常提一些不懂和好奇的问题。交谈中，我学到了很

辛霞、艾桂林、父亲、王丙才在寿宴上（从左至右）

多知识，掌握了很多资料，为写作和整理这部《仁心仁术》做了准备。

王善吉、王善树（王善吉哥哥）和
父亲在寿宴上（从左至右）

父亲、王善吉、国际骨联秘书长在寿宴上（从左至右）

辛霞阿姨（左）和作者

陪伴父亲是快乐的，更是幸福的。它给了我一个关心和照顾父亲的机会和荣誉。

记得有一年冬天，父亲的两只脚踝因糖尿病导致糖尿病足，不能穿袜子，我用笨拙的手给他做了一双棉袜子。父亲穿上棉袜子后点头说：“真暖和呀!”望着父亲年迈的脸颊和孩子般的笑容，我的心很温暖。默默地祝福：老天爷保佑父亲吧！保佑他长命百岁。

抚摸着厚厚的棉袜子，父亲说：“我小时候穿过最好的棉鞋就是靰鞡头了。”

靰鞡是旧时满语词汇，又称“乌拉”。那是一种用牛皮制作的鞋，鞋里宽大，再絮上锤制松软的乌拉草，鞋底踩在雪地上不打滑。

父亲回忆说，那是在他几岁的时候，马上要过年了，我的爷爷到南关岭去买过年的年货。那天大雪纷飞，路面上的雪有2尺厚了，有的地方雪深1米多，父亲穿着奶奶做的单鞋去迎接爷爷，走到半路脚冻得已经不会迈步了，就坐在雪地里捂住两只脚等爷爷。爷爷见到我父亲冻的惨状，心疼地把他搂在怀里，还掏出一双靰鞡头给父亲穿上。那是父亲有生以来穿过的最暖和的鞋了。

回到家，奶奶赶紧给我父亲的脚敷上了防冻疮的药，才使他幸免于冻伤双脚。

父亲说，一次我爷爷带他上山采药，不知不觉走出了几十里路。按现在来说就是旅顺北路了，往回走时天已经很晚了，我父亲选择了大路，就是夏家河子那条路。当时，这个地区都是日本人的居住区。

年近60岁的爷爷，由于一天没有吃任何东西，虚脱了，坐在一棵树下直冒虚汗。父亲就到老乡家想要点水给爷爷喝。

父亲到了一家店铺门前说明来意，好心的店铺老板直接给了我父亲一瓶“八王寺”牌汽水。爷爷喝下这瓶汽水，才慢慢缓过劲来，带着父亲赶回了家。

父亲说到这里，抿了一下嘴唇又向我夸赞道：“八王寺汽水真好喝，我现在要是能喝上一瓶这个汽水就好了。”

听到父亲的话后，我爱人马上跑去附近的超市。一会儿，我爱人抱着一堆汽水回来了。仔细一看，有韩国、日本的，还有我们国家台湾和香港的。我把每种都打开让父亲品尝，可他都摇头说不是这个味儿。我就对爱人说，再试试买当地产的，应该能行。

超市的工作人员看到我爱人又一次来买汽水，就问你想要啥样的汽水。我爱人说：“我想要啥样的你这儿也没有。80 多年前的汽水你这能有吗?”

售货员说;“八王寺就是 80 多年前的汽水啊!”

我爱人一听高兴极了，不由分说就把各种口味的都买了一瓶。

这回父亲高兴了，直夸女婿说：“你真行，就是这个味呀。你还真能买到。”

这就是亲情，这就是孝顺，这就是天伦之乐!

为了父亲的健康，我们每天都要给他做轻轻的按摩，父亲也喜欢让人守在他的身边。我想这就是老年人害怕孤独的表现吧。我和丈夫推掉了好多社会活动，尽量减少朋友的邀请和聚会等，争取时间多陪陪父亲。

父亲在 85 岁以后总是被病痛所折磨。他患糖尿病 40 多年了，以前自己调理的一直还不错。但近几年，他的糖尿病开始出现综合症症状，最明显的症状就是肾衰、心衰和糖尿病足，而且每年都要住上几次医院进行治疗和调理。

即使在医院治疗，他也不能安心养病。许多患者会直接找到医院来请他治疗骨病。每到这时，父亲就会忘记自己也是个病人，全身心地投入到治疗患者之中，病房也就成了他的临时骨科门诊。面对这种情况，医院的主任和主治大夫对这位老前辈的善举既赞赏，又很无奈，但还是给予了大力的支持和无比的尊重。

第二节　不忘教诲　遵守承诺

在父亲最后的日子里，他对我讲的最多的是要把家族中医药技艺发展下去。他常夸奖我说："你很有灵性，而且心地善良，一定要把周氏医药发展下去。我要是走了你要给用药的患者继续用药，不要耽误他们的治疗，对新患者你要热情接待，对生活困

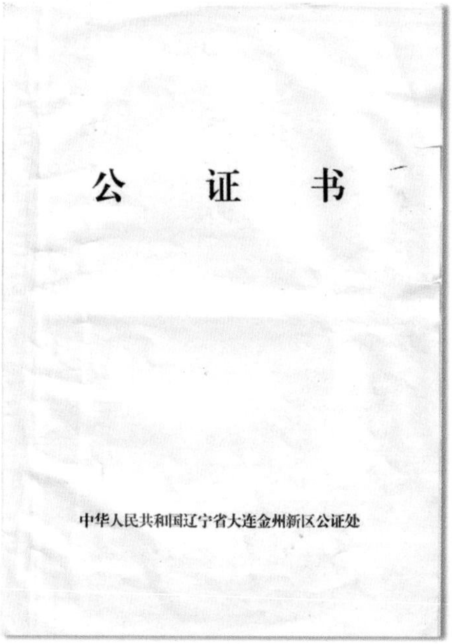
公　证　书

中华人民共和国辽宁省大连金州新区公证处

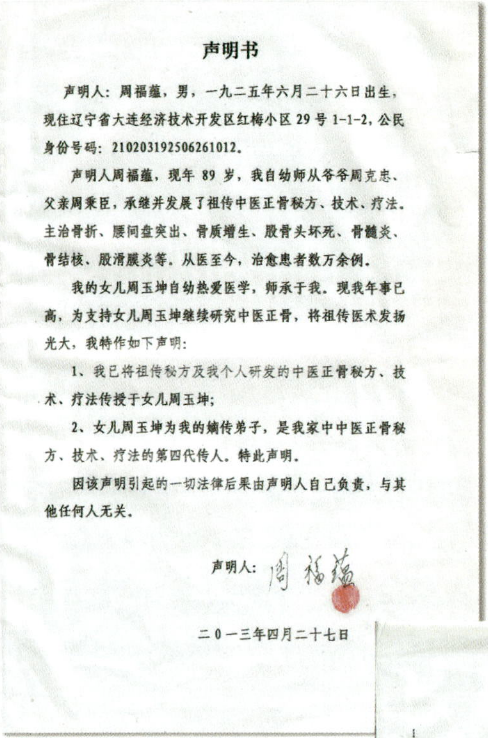

声明书

声明人：周福蕴，男，一九二五年六月二十六日出生，现住辽宁省大连经济技术开发区红梅小区 29 号 1-1-2，公民身份号码：210203192506261012。

声明人周福蕴，现年 89 岁，我自幼师从爷爷周克忠、父亲周秉臣，承继并发展了祖传中医正骨秘方、技术、疗法。主治骨折、腰间盘突出、骨质增生、股骨头坏死、骨髓炎、骨结核、股滑膜炎等。从医至今，治愈患者数万余例。

我的女儿周玉坤自幼热爱医学，师承于我。现我年事已高，为支持女儿周玉坤继续研究中医正骨，将祖传医术发扬光大，我特作如下声明：

1、我已将祖传秘方及我个人研发的中医正骨秘方、技术、疗法传授于女儿周玉坤；

2、女儿周玉坤为我的嫡传弟子，是我家中中医正骨秘方、技术、疗法的第四代传人。特此声明。

因该声明引起的一切法律后果由声明人自己负责，与其他任何人无关。

声明人：周福蕴

二〇一三年四月二十七日

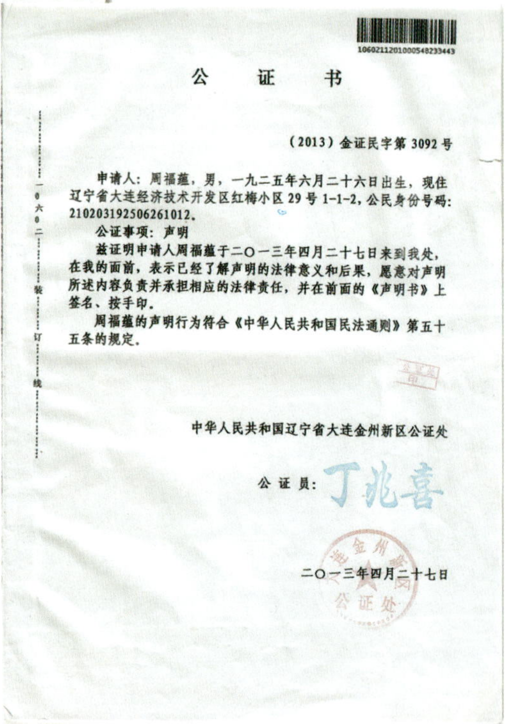

1060211201000548233443

公　证　书

（2013）金证民字第 3092 号

申请人：周福蕴，男，一九二五年六月二十六日出生，现住辽宁省大连经济技术开发区红梅小区 29 号 1-1-2，公民身份号码：210203192506261012。

公证事项：声明

兹证明申请人周福蕴于二〇一三年四月二十七日来到我处，在我的面前，表示已经了解声明的法律意义和后果，愿意对声明所述内容负责并承担相应的法律责任，并在前面的《声明书》上签名、按手印。

周福蕴的声明行为符合《中华人民共和国民法通则》第五十五条的规定。

中华人民共和国辽宁省大连金州新区公证处

公证员：丁兆喜

二〇一三年四月二十七日

难的患者要给予一定的帮助。”

父亲把自己的真传给了我，同时也把对患者的那份责任、对祖国中医骨病技术发扬光大的责任传给了我。我在感激的同时，又倍感压力很大。

我记住了他的教诲，决心用自己的行动遵守和践行我的承诺。

父亲多次与我说他死后要到得利寺龙潭山龙华宫，并写了委托书，委托我把龙潭山管理好。因为，那里是他投资修建的寺庙，母亲的塑像就在那里，他也要皈依那里，他要到那里陪伴母亲。

我含着眼泪答应了他的要求，并在父亲病逝后开始建造塑像。经过 3 个多月的修建，父亲的塑像于 2014 年 7 月 27 日举行了开光典礼。18 年后，父母亲终于团聚了！

……

父亲和母亲带着对生活的眷恋，对患者的牵挂，对子女的不

作者（右）与得利寺龙华宫道长

舍离去了。他们留下的是70余年的乐善好施，留下的是为人称道的高尚医德医术，留下的是对子女们殷切的希望。而留给我的则是痛彻心扉的思念和些许的愧疚，总感觉好多事情做的不够好，没有完全像父母亲一样凡事做得尽善尽美。

为此，我经常会去龙华宫供奉上水果，进一炷香，叩上几个头，思念的煎熬才能得到些许安慰。对今后的路应该怎么走，多了几分清醒的认知。

第十三章 业绩昭彰

第一节 春风化雨 传递信息

父亲去世后，我开始整理父亲的遗物，着手写《仁心仁术》。下面这些信件是父亲保留的部分患者的感谢信，以及求治信。当时，随着党的政策的落实、各级政府职能部门支持力度的加大、父母亲名气的日益扩大，特别是随着介绍父母亲行医生涯长篇通讯——“正骨中医昭雪记”的广泛传播，从祖国四面八方写来了大量求治信和治疗后的感谢信，足有上千封。当时，我在冶金工业部二十二冶医院工作，每天还会收到需要转收的这类信件。数量之大，颇有应接不暇的感觉。这些来信，虽然篇幅有长有短，文化水平有高有低，文字有工整的有潦草的，但都有两个共同的特点——急迫求救的情绪、见到救星的希冀。面对这样的来信，父亲自然会对每封信都认真阅读、分析并回复，尽量让所有求治的患者都得到满意的治疗方案并康复。

由于父亲行事低调，不喜张扬。所以，保留至今的患者来信寥寥无几。下面仅摘发几封，力求还原当时的情景。

部分患者给父母亲的来信

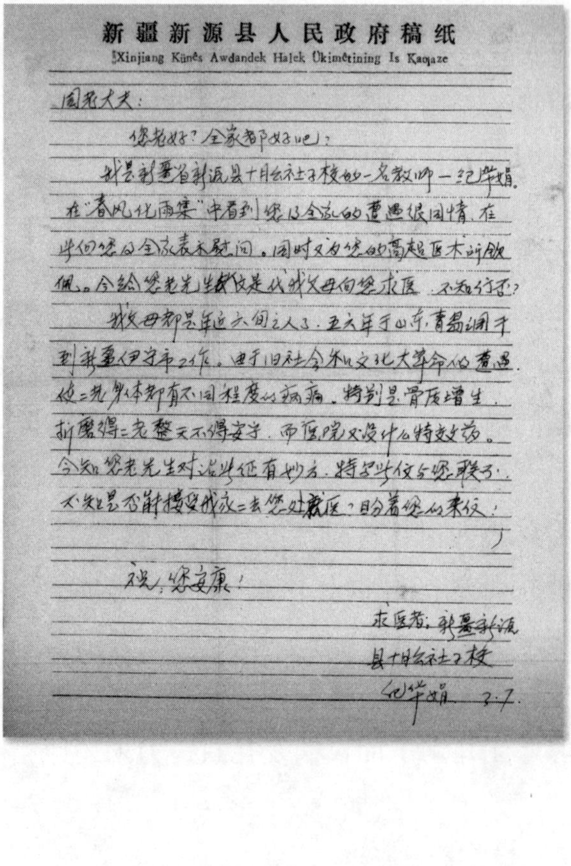

新疆新源县人民政府稿纸

Xinjiang Künês Awdandek Halek Ükimêtining Is Kaqaze

周老大夫：

您老好？全家都好吧？

我是新疆省新源县十月公社子校的一名教师—纪华娟。在"春风化雨集"中看到您们全家的遭遇很同情，在此向您们全家表示慰问。同时又为您的高超医术所钦佩。今给您老先生写信是代我父母向您求医，不知行否？

我父母都是年近六旬之人了，五六年于山东青岛调干到新疆伊宁市工作。由于旧社会和文化大革命的遭遇，使二老身体都有不同程度的疾病，特别是骨质增生，折磨得二老整天不得安宁，而医院又没什么特效药。今知您老先生对治此症有妙方，特写此信与您联系，不知是否能接受我家二老去您处就医？盼着您的来信！

祝：您安康！

求医者：新疆新源县十月公社子校

纪华娟 3.7.

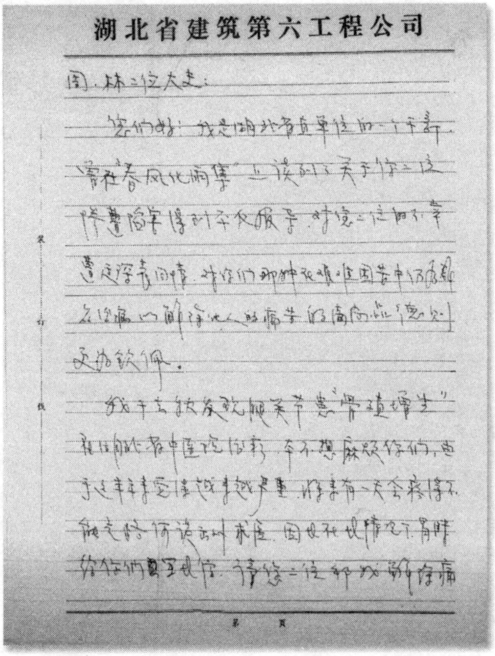

湖北省建筑第六工程公司

周、林二位大夫：

您们好！我是湖北省直单位的一个干部，曾在《春风化雨集》上读到了关于你二位[illegible]，对您二位的[illegible]遭遇深表同情，对你们那种在艰难困苦中仍能不停止地为解除他人的痛苦的高尚品德更为钦佩。

我十多年前被发现颈、腰关节患"骨质增生"，前往湖北省中医院治疗，本不想麻烦你们，由于这几年来症状越来越严重，很害怕有一天会瘫痪不能走路，所以[illegible]求医。因我很想得到你们的[illegible]，所以给你们写了此信，请您二位帮我解除痛

第　页

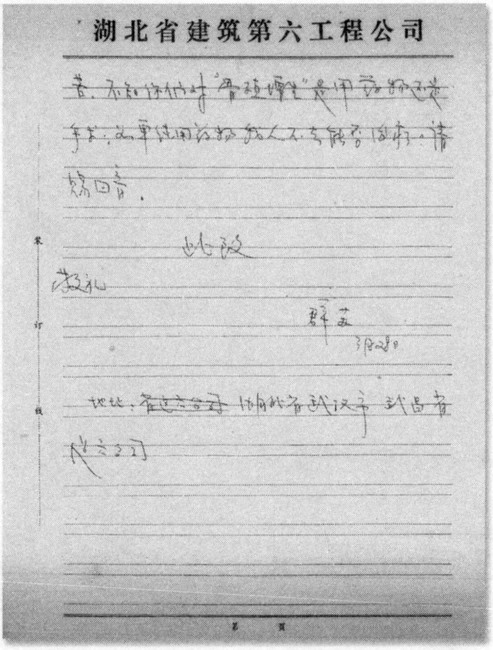

湖北省建筑第六工程公司

苦。不知你们对"骨质增生"是用药物还是手术，如果使用药物我人不去能否得到？请赐回音。

此致

敬礼

群英

3月28日

地址：~~省建六公司~~ 湖北省武汉市武昌省建六公司

第　页

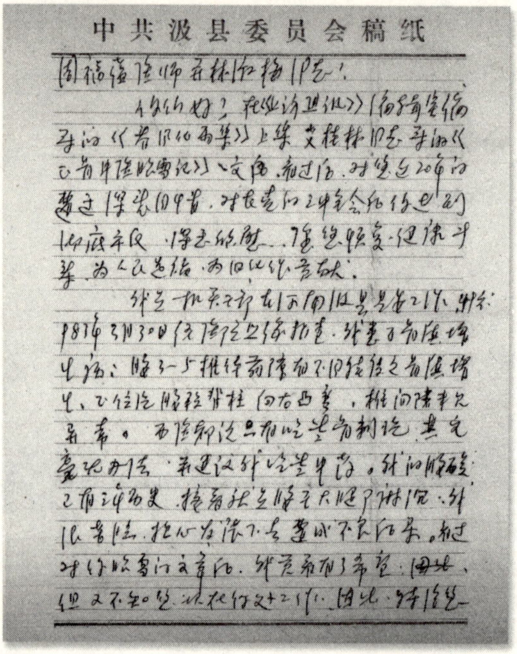

中共汲县委员会稿纸

周福贵医师并林红杨同志：

你们好！在《业余通讯》[illegible]写的《老师的医案》上集，又看林同志写的《正骨中医[illegible]记》一文后，对您20年的艰辛学习的过程，对长期的工作和全心为[illegible]到[illegible]，学习[illegible]……医德精良，继续努力，为人民造福，为四化作贡献。

我是一机关干部在河南汲县县委工作，我于1981年3月30日住院经X线拍片，我患了骨质增生症：腰3—5椎体前缘和[illegible]有骨质增生，下位腰椎骨柱向右侧弯，椎间隙变窄。西医都说只能吃些药物治疗，无完全根治办法，并建议我吃些中药。我的腰病已有两年多了，[illegible]。我很苦恼，担心发展下去造成不良后果。通过对你们的事迹的文章后，我产生了希望，因此，但又不知道你们在何处工作，因此，特写信

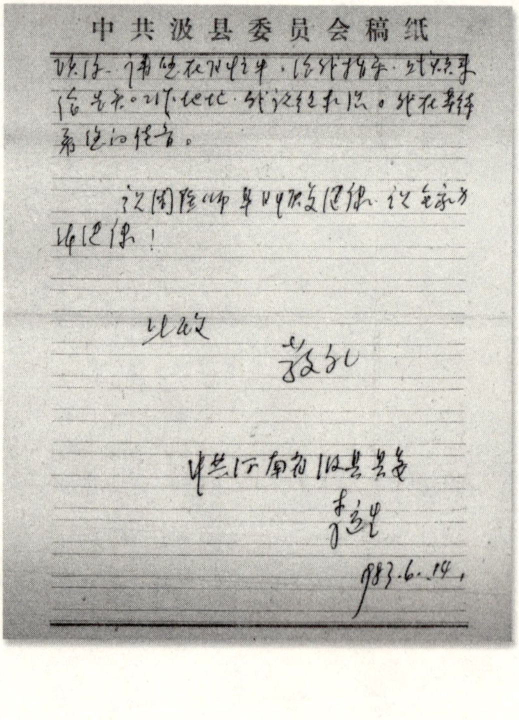

中共汲县委员会稿纸

联系，请您在百忙中，给我指点，以便我来信告知工作地址，我好治疗。我在期待着您的佳音。

祝周医师身体健康，祝全家幸福愉快！

此致

敬礼

中共河南省汲县县委

[illegible]

1983.6.14

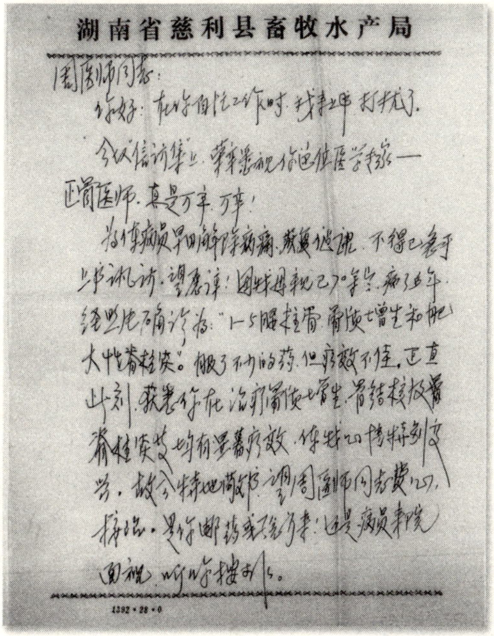

湖南省慈利县畜牧水产局

周医师同志：

你好：在你省城工作时，我来上门打扰了。

今以信访梁ⅹ，荣幸见到你这位医学专家——正骨医师，真是万幸，万幸！

为使病员早日解除病痛，获复健康，不得已来上门讯访，望原谅！因我母亲已70多岁，病了五年，经照片确诊为："1-5腰椎骨、前后增生和肥大性脊柱炎"。服了不少的药，但疗效不佳。正值此刻，获悉你在治疗前后增生，骨结核及骨脊柱炎等均有显著疗效，作出了特殊的贡献，故今特地前来，望周医师同志费心接治，是你邮药或登门来，还是病员来院面视，听候接到信。

1392·28·0

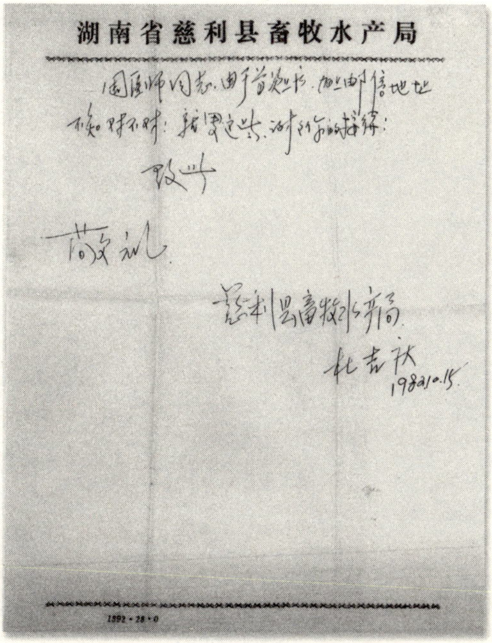

湖南省慈利县畜牧水产局

周医师同志，由于首次上门，加之邮信地址不知对不对，我因此，请你的接待！

此致

敬礼

慈利县畜牧水产局

杜吉秋

1982.10.15

1392·28·0

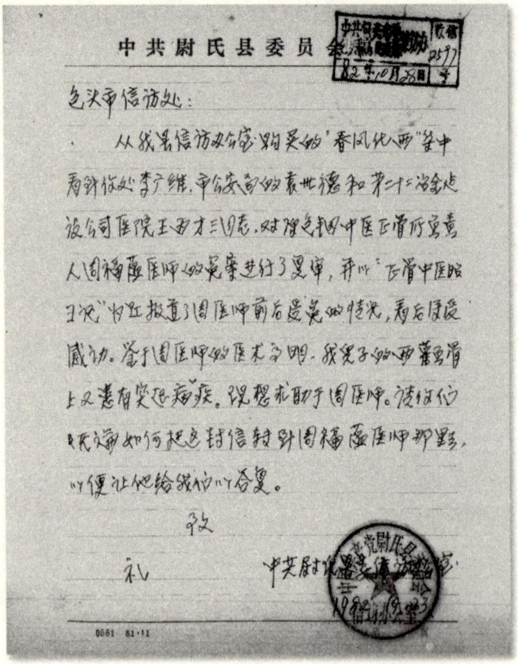

中共尉氏县委员会

包头市信访处：

从我县信访办公室贴见的“春风化雨”一文中看到你处李广维、市公安局的袁世德和第二冶金建设公司医院王西才三同志，对河南尉氏中医正骨所负责人周福藏医师的冤案进行了复审，并以“正骨中医路子宽”为题报道了周医师前后受冤的情况，看后深受感动。鉴于周医师的医术高明，我儿子的两条腿骨上又患有突出病疾，现想求助于周医师。请你们帮助如何把这封信转到周福藏医师那里，以便让他给我们以答复。

致

礼

中共尉氏县委信访办公室

0561 81·11

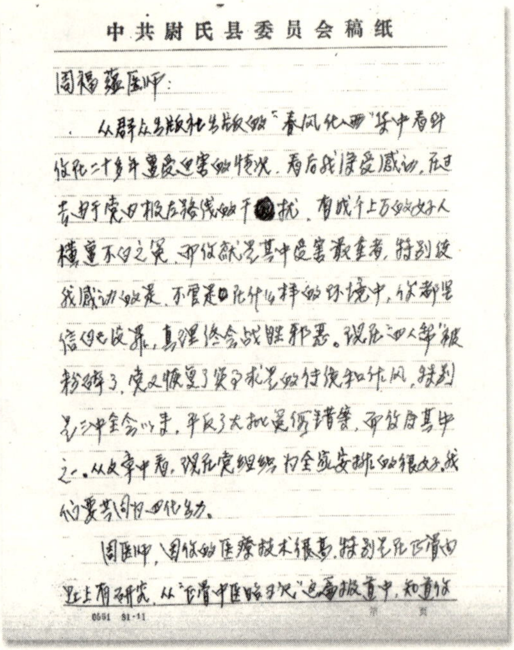

中共尉氏县委员会稿纸

周福藏医师：

从群众出版社出版的“春风化雨”一书中看到你在二十多年里受迫害的情况，看后我深受感动。在过去由于党内极左路线的干扰，有成千上万的好人横遭不白之冤，而你就是其中受害最重者。特别使我感动的是，不管是在什么样的环境中，你都坚信自己无罪，真理终会战胜邪恶。现在“四人帮”被粉碎了，党又恢复了实事求是的传统和作风，特别是三中全会以来，平反了大批冤假错案，而你是其中之一。从文章中看，现在党组织对你安排的很好，我们要学习你的作为。

周医师，因你的医疗技术很高，特别是在正骨方面上有研究，从“正骨中医路子宽”这篇报道中，知道你

0561 81·11 第 页

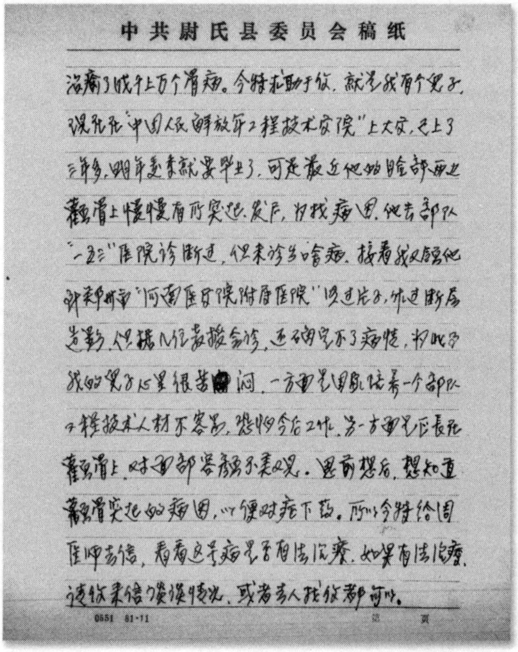

中共尉氏县委员会稿纸

治瘉了成千上万个骨病。今特求助于您，就是我有个儿子，现在在"中国人民解放军工程技术学院"上大学，已上了三年多，明年夏季就要毕业了。可是最近他的腰部两边髂骨上慢慢有所突起、发疼，为找病因，他去部队"一五三"医院诊断过，但未诊出啥病。接着我又领他到郑州市"河南医学院附属医院"照过片子，作过断层造影，但据几位教授会诊，还确定不了病情，为此，我的儿子心里很苦闷，一方面是因他是一个部队工程技术人材不容易，担心今后工作。另一方面是正长在髂骨上，对外部容貌不美观。思前想后，想知道髂骨突起的病因，以便对症下药。所以今特给周医师去信，看看这号病是否有法治疗，如果有法治疗，请您来信讲讲情况，或者去人找您都可以。

0551 81·11 第 页

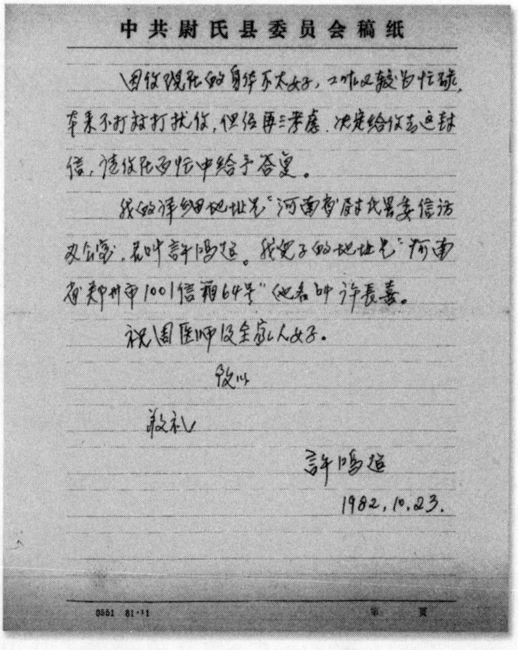

中共尉氏县委员会稿纸

因您现在的身体不太好，工作又较为忙碌，本来不打算打扰您，但经再三考虑，决定给您去这封信，请您在百忙中给予答复。

我的详细地址是"河南省尉氏县委信访办公室，名叫許鳴道。我儿子的地址是"河南省郑州市1001信箱64号"他名叫许长善。

祝周医师及全家人好。

致以

敬礼

許鳴道

1982，10.23.

0551 81·11 第 页

周福蕴、林淑梅医生：

你们好！我从《上访通讯》编辑室编写的"春风化雨"一书中的"正骨中医昭雪记"一文里看到了你们的不幸，看到了你们的医术，特别是骨科领域的疑难杂症，已突破"骨质增生"的治疗，特来信求医。现将病情介绍如下：

两次照片记录：

隆昌县人民医院：第五颈椎体后上、下缘均有轻度骨质增生，并稍向后突，符合颈椎病改变。

泸州医学院附属医院：各椎体形态、结构正常，顺列线在第四、五颈椎处有改变，第四椎体轻度向后移，提示第五、六颈椎，间隙轻度微变窄，符合颈椎病。

急病期，颈部疼痛，放射到双臂，尽后有麻木感，左手更凶些，现在理疗。据医生说，只能缓解，无根除治法，终为后顾之忧。来信求治愈之方为感。

此致

敬礼

四川省隆昌县新华书店

胡祖孟 敬上

一九八二年十月廿一日

（第　　页）

周福蕴同志：

您好，全家愉快！

从《上访通讯》编辑室出版的春风化雨集一书中看到您受迫害二十年，我们表示十分同情，并为您得到平反而高兴。

我是甘肃省武威地区邮电局的干部，在文化大革命中，只因我父是一个"当权派"，全家受到极大的冲击，父亲被关押，母亲多次被打，我和弟妹们有家不能归，东奔西走。老天爷总算有眼，给了"四人帮"应得的下场，使我们获得

10×20=200　　第　　页

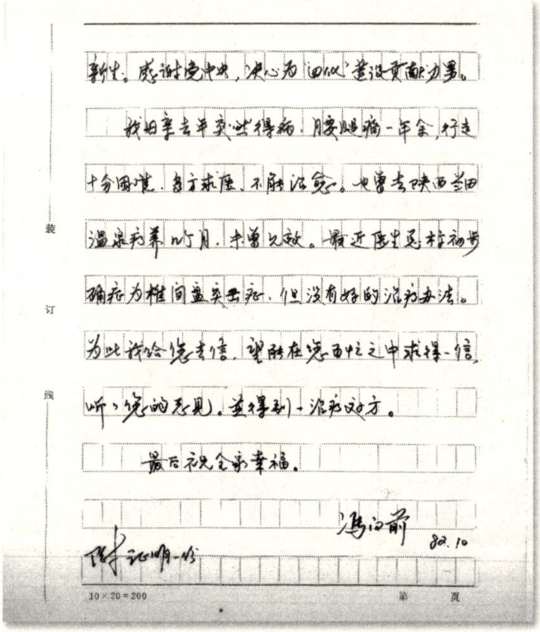

新生。感谢党中央，决心为四化建设贡献力量。

我母亲去年突然得病，腰腿痛一年余，行走十分困难，多方求医，不能治愈。也曾去陕西温泉疗养几个月，未见成效。最近医生又检查确诊为椎间盘突出症，但没有好的治疗办法。为此我给您去信，望能在您百忙之中求得一信，听听您的意见，并得到一治疗处方。

最后祝全家幸福。

冯向前

82.10

10×20=200　　第　页

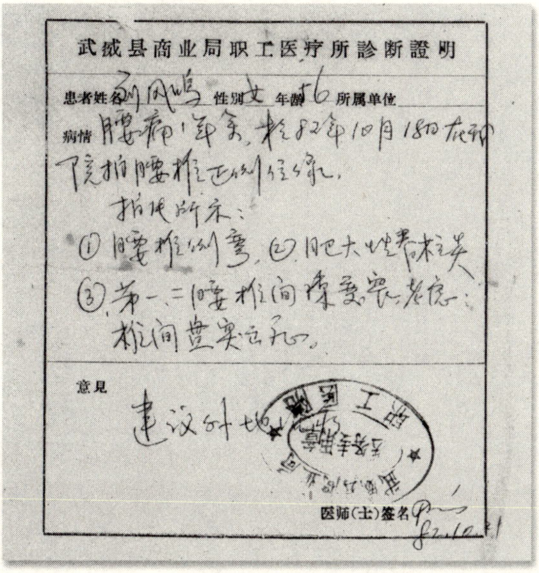

武威县商业局职工医疗所診断證明

患者姓名 高凤鸣 性别 女 年龄 56 所属单位

病情 腰痛1年余，于82年10月18日在部队医院拍腰椎正侧位片。

拍片所示：

① 腰椎侧弯，② 肥大性脊柱炎

③ 第一、二腰椎间隙变窄，考虑椎间盘突出。

意见 建议外地治疗

医师(士)签名

82.10.21

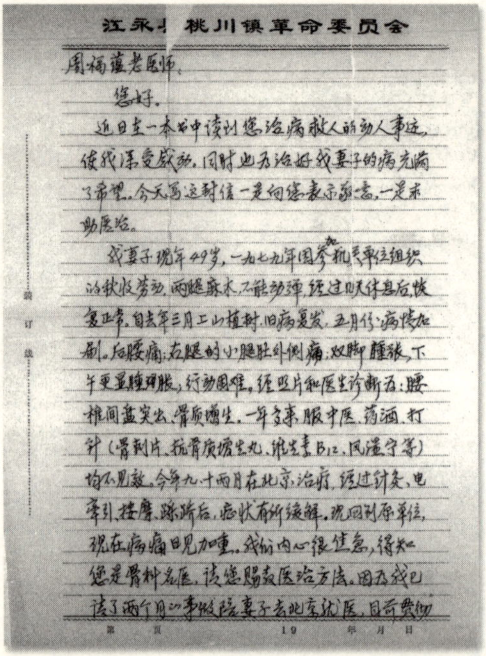

江永县桃川镇革命委员会

周福蕴老医师：

您好。

近日在一本书中读到您治病救人的动人事迹，使我深受感动，同时也为治好我妻子的病充满了希望。今天写这封信一是向您表示敬意，一是求助医治。

我妻子现年49岁，一九七九年因参加机关单位组织的秋收劳动，两腿麻木，不能动弹，经过几天休息后恢复正常。自去年三月上山植树，旧病复发，五月份病情加剧。后腰痛；右腿的小腿肚外侧痛；双脚肿胀，下午更显肿胀，行动困难。经照片和医生诊断为：腰椎间盘突出、骨质增生。一年多来服中医、药酒、打针（骨刺片、抗骨质增生丸、维生素B12、风湿宁等）均不见效。今年九、十两月在北京治疗，经过针灸、电牵引、按摩、踩跷后，症状有所缓解。现回到原单位，现在病痛日见加重。我们内心很焦急，得知您是骨科名医，请您赐教医治方法。因为我已请了两个月事假陪妻子去北京就医，目前贯彻

第　页　　19　年　月　日

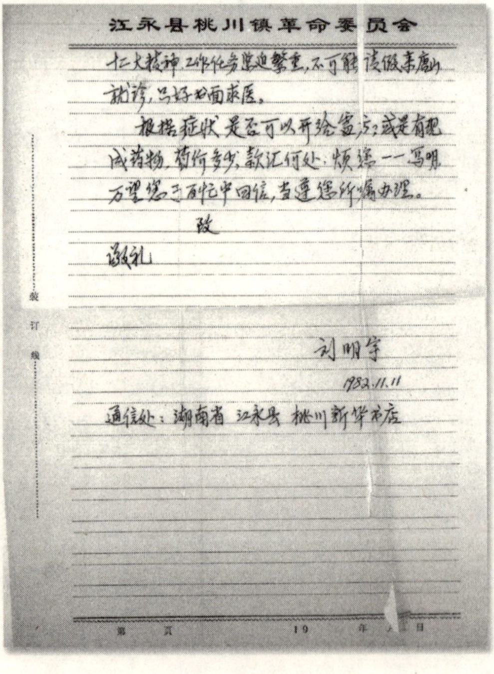

江永县桃川镇革命委员会

十二大精神，工作任务紧迫繁重，不可能请假来唐山就诊，只好书面求医。

根据症状是否可以开给偏方；或是有现成药物，药价多少，款汇何处，烦您一一写明。万望您于百忙中回信，当遵您所嘱办理。

致

敬礼

刘明学

1982.11.11

通信处：湖南省江永县桃川新华书店

第　页　　19　年　月　日

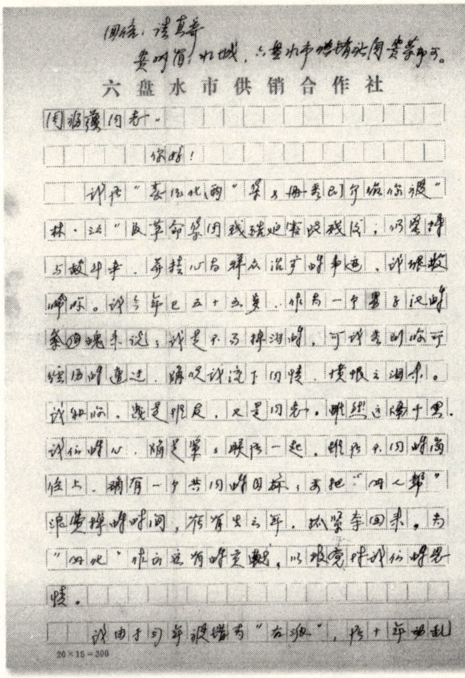
六盘水市供销合作社
你好！
20×15=300

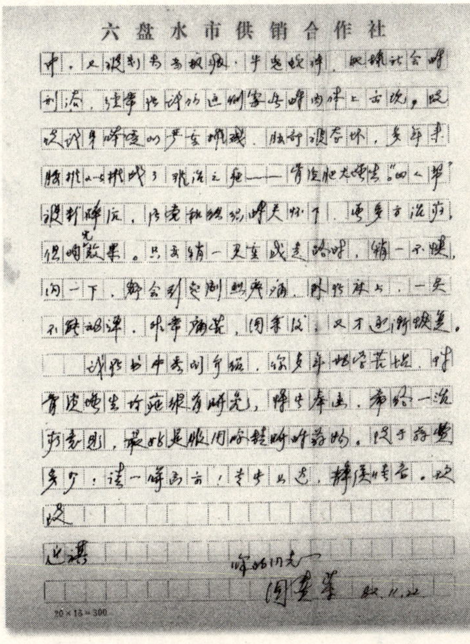
六盘水市供销合作社
20×15=300

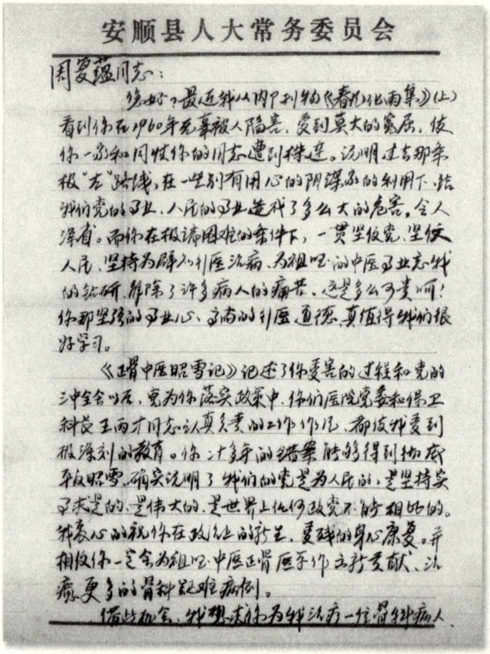
安顺县人大常务委员会

周爱蕴同志：

你好！最近我从内部刊物《春风化雨集》（上）看到你在1960年无辜被人陷害，受到莫大的冤屈，使你一家和同情你的同志遭到株连。说明过去那条极“左”路线，在一些别有用心的阴谋家的利用下，给我们党的事业、人民的事业造成了多么大的危害，令人深省。而你在极端困难的条件下，一贯坚信党、坚信人民，坚持为群众行医治病，为祖国的中医事业忘我的钻研，解除了许多病人的痛苦，这是多么可贵啊！你那坚强的事业心、高尚的行医道德，真值得我们很好学习。

《正骨中医昭雪记》记述了你受害的过程和党的三中全会以后，党为你落实政策中，你们医院党委和保卫科长王雨才同志认真负责的工作作风，都使我受到极深刻的教育。你二十多年的错案能够得到彻底平反昭雪，确实说明了我们的党是为人民的，是坚持实事求是的，是伟大的，是世界上任何政党不能相比的。我衷心的祝你在政治上的新生，更祝你身心康复。并相信你一定会为祖国中医正骨医学作出新贡献、治疗更多的骨科疑难病例。

借此机会，我想求你为我治疗一位骨科病人

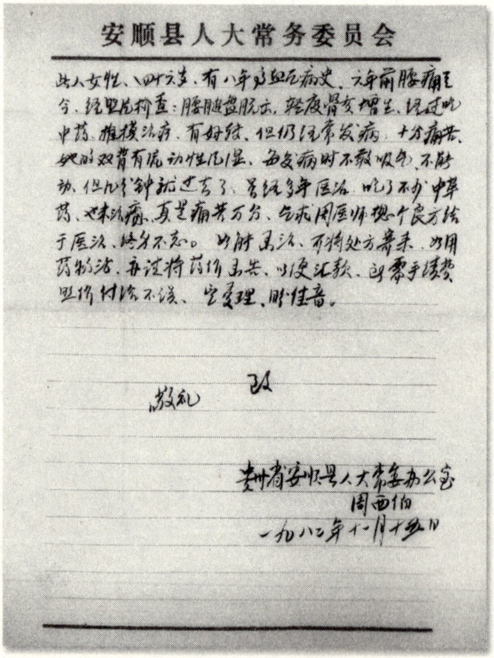
安顺县人大常务委员会

此人女性，四十六岁，有八年多腰疼病史。六年前腰痛至今，经医院检查：腰椎盘脱出，轻度骨质增生，经过吃中药、推拿治疗，有好转，但仍经常发病，十分痛苦。她的双背有流动性风湿，每发病时不敢吸气，不能动，但几分钟就过去了。曾经多年医治，吃了不少中草药、也未治愈，真是痛苦万分，今求周医师想个良方给予医治，终身不忘。如能医治，可将处方寄来，如用药物治，再请将药价告知，以便汇款，邮寄手续费照价付给不误。望受理，盼佳音。

致

敬礼

贵州省安顺县人大常委办公室

周西伯

一九八二年十一月十五日

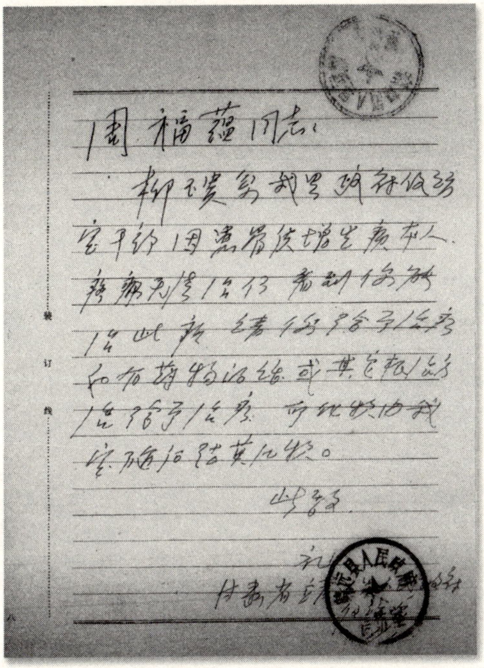
周福蕴同志：

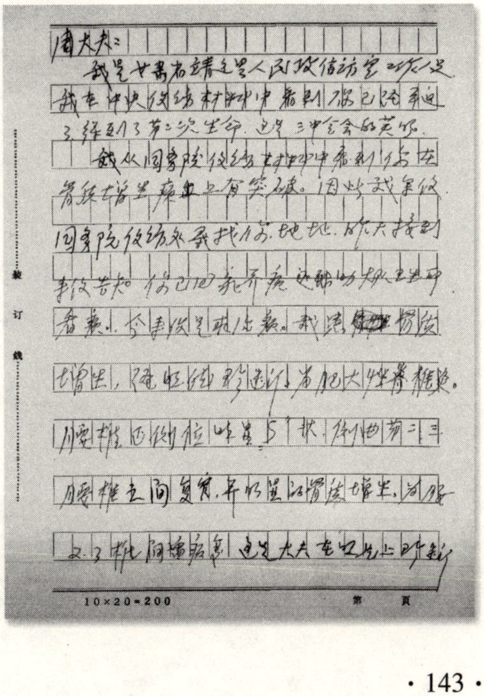
周大夫：

10×20=200 第 页

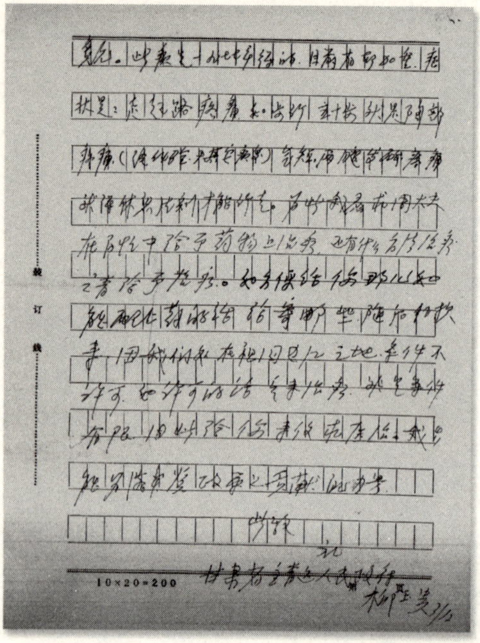
10×20=200

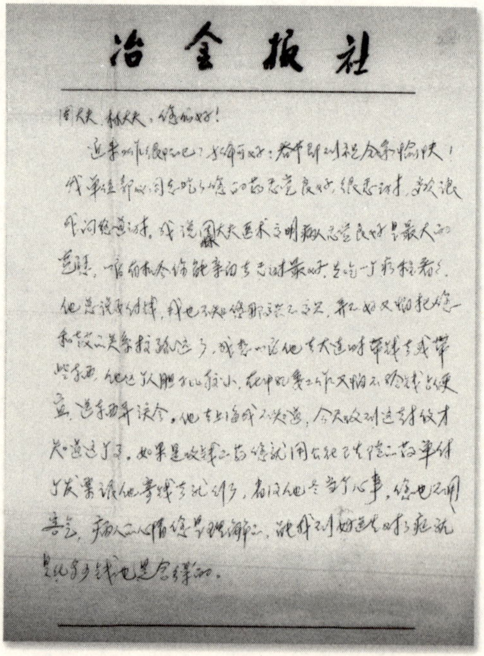
冶金报社

周大夫、林大夫，您们好！

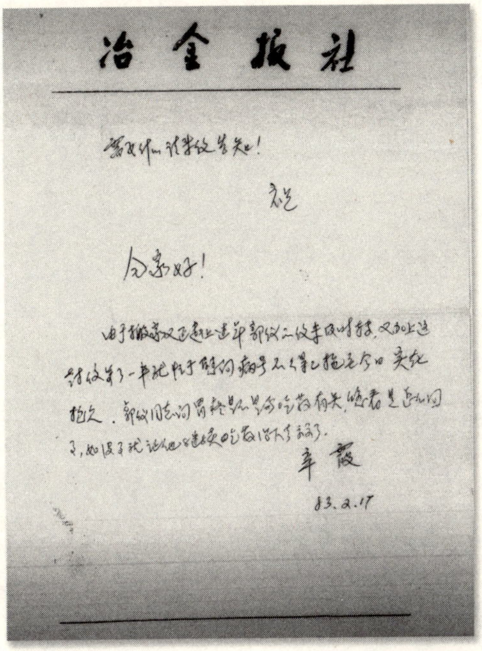

冶金报社

[illegible]！

[illegible]

全家好！

[illegible]

辛葭

83.2.17

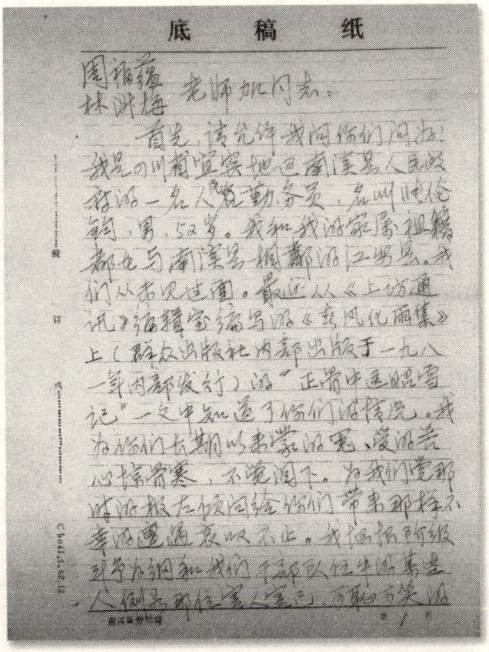

底稿纸

周稻薇
林洪梅 老师和同志：

首先，请允许我向你们问好！我是四川省宜宾地区南溪县人民政府的一名人民勤务员，名叫陈伦[illegible]，男，52岁。我和我的家属祖籍都是与南溪县相邻的江安县。我们从未见过面。最近从《上访通讯》编辑室编写的《春风化雨集》上（群众出版社内部出版于一九八一年内部发行）的"正骨中医[illegible]记"一文中知道了你们的情况。我为你们长期以来蒙受的冤、受的苦心惊胆寒，不觉泪下。为我们党那时的那股左倾向给你们带来那样不幸的遭遇哀叹不止。我[illegible]

第 1 页

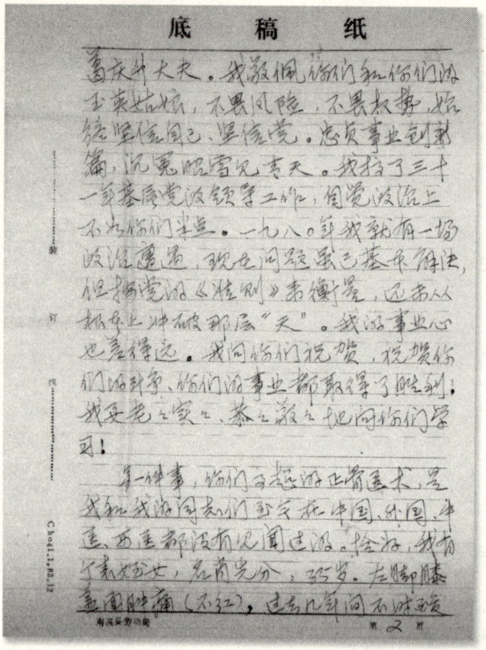
底稿纸

香庆升大夫。我敬佩你们和你们的伟英姑娘，不畏风险，不畏权势，始终坚信自己、坚信党。忠贞事业创新篇，说明照雷见青天。我搞了三十一年基层党的领导工作，自觉政治上不如你们坚定。一九八〇年我就有一场政治遭遇，现在问题虽已基本解决，但按党的《准则》来衡量，还未从根本上冲破那层“天”。我的事业心也差得远。我向你们祝贺，祝贺你们的斗争、你们的事业都取得了胜利！我要老老实实、恭恭敬敬地向你们学习！

第一件事，你们高超的正骨医术，是我和我的同志们到今在中国、外国，中医、西医都没有见闻过的。恰好，我有个表姑女，名肖光分，35岁。左脚膝盖周肿痛（不红），近三几年间不时发

南涧县劳动局　　第 2 页

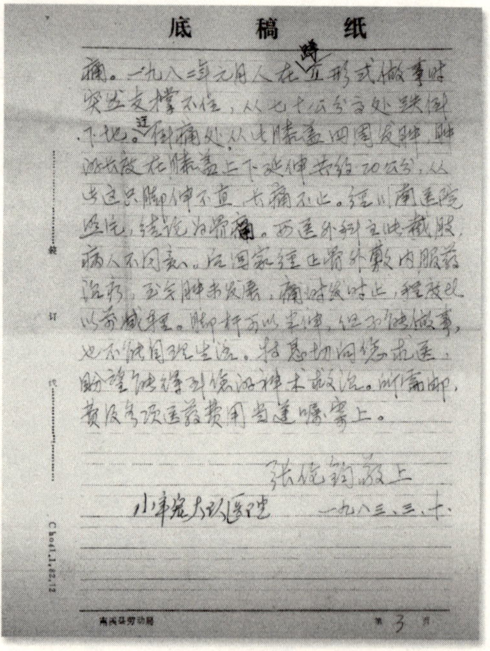
底稿纸

痛。一九八三年元月人在站立形式做事时突然支撑不住，从七十公分高处跌倒下地。过倒痛处从此膝盖四周发肿，肿涨长度在膝盖上下延伸达约20公分，从此这只脚伸不直，长痛不止。经××医院透视，结论为骨痛。西医外科主张截肢，病人不同意。后回家经正骨外敷内服药治疗，至今肿未发展，痛时发时止，程度比以前减轻。脚杆可以半伸，但不能做事，也不能自理生活。特恳切向您求医，盼望能得到您的神术救治。所需邮、资及各项医药费用当遵嘱寄上。

张德钧敬上

小車宽大队医生　　一九八三、三、十、

南涧县劳动局　　第 3 页

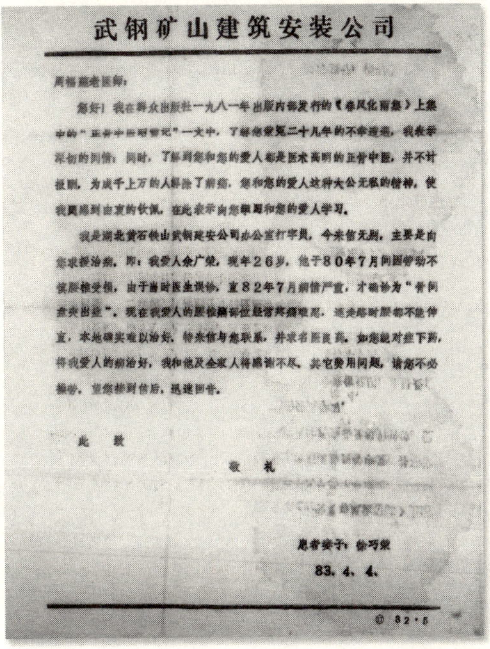

武钢矿山建筑安装公司

周福慈老医师：

您好！我在群众出版社一九八一年出版内部发行的《春风化雨集》上集中的"正骨中医研究记"一文中，了解您饱受二十九年的不幸遭遇，我表示深切的同情；同时，了解到您和您的爱人都是医术高明的正骨中医，并不计报酬，为成千上万的人解除了病痛。您和您的爱人这种大公无私的精神，使我真感到由衷的钦佩，在此表示向您学习和您的爱人学习。

我是湖北黄石铁山武钢建安公司办公室打字员，今来信无别，主要是向您求援治病。即：我爱人余广荣，现年２６岁，他于８０年７月间因劳动不慎腰椎受损，由于当时医生误诊，直８２年７月病情严重，才确诊为"骨间盘突出症"。现在我爱人的腰椎病部位经常疼痛难忍，连弯腰时腰都不能伸直，本地确实难以治好，特来信与您联系，并求名医良药。如您能对症下药，将我爱人的病治好，我和他及全家人将感谢不尽。其它费用问题，请您不必操劳。望您接到信后，迅速回告。

此致

敬礼

患者妻子：徐巧荣

83.4.4.

82·5

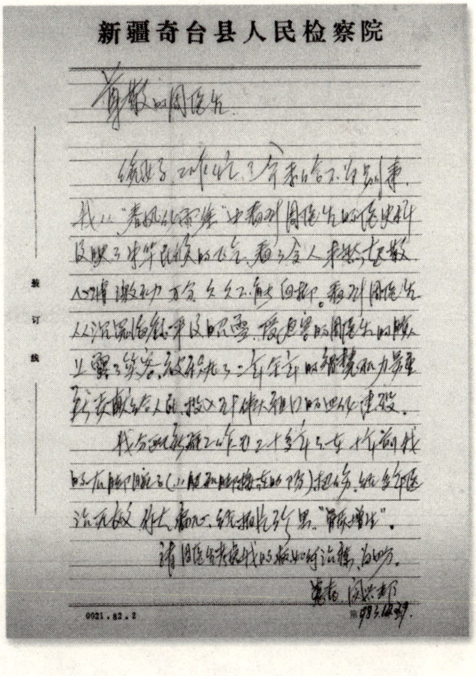

新疆奇台县人民检察院

尊敬的周医生：

[illegible]

装订线

0021.82.2

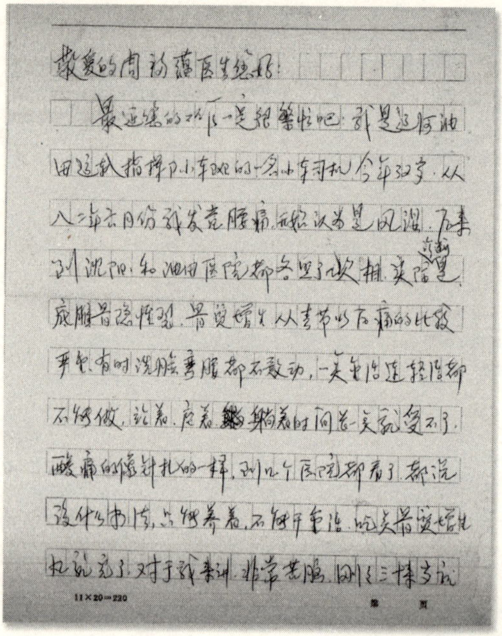

敬爱的周前蕴医生您好！

最近您的工作一定很繁忙吧。我是辽河油田运输指挥部小车队的一名小车司机，今年32岁。从八二年六月份我发觉腰痛，一般认为是风湿。后来到沈阳、和油田医院都各照了X光相，诊断是底腰骨隐性裂，骨质增生。从去年以后痛的比较严重，有时洗脸弯腰都不敢动，一天生活连轻活都不能做，站着、座着、躺着时间长一点就受不了，酸痛的像针扎的一样，到几个医院都看了，都说没什么办法，只能养着，不能开车活。说是骨质增生就完了，对于我来讲非常苦恼，刚刚三十多岁

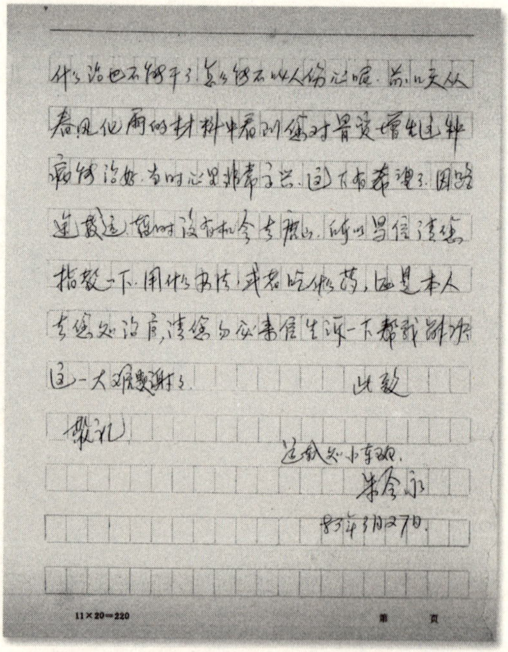

什么活也不能干了，怎么能不叫人伤心呢。前几天从春风化雨的材料中看到您对骨质增生这种病能治好，当时心里非常高兴，这下有希望了。因路途遥远，暂时没有机会去瞧病，所以写信请您指教一下，用什么办法，或者吃什么药，如果本人去您处治疗，请您务必来信告诉一下，帮我解决这一大难题，谢谢。

此致

敬礼

运输处小车队

朱金永

83年3月27日

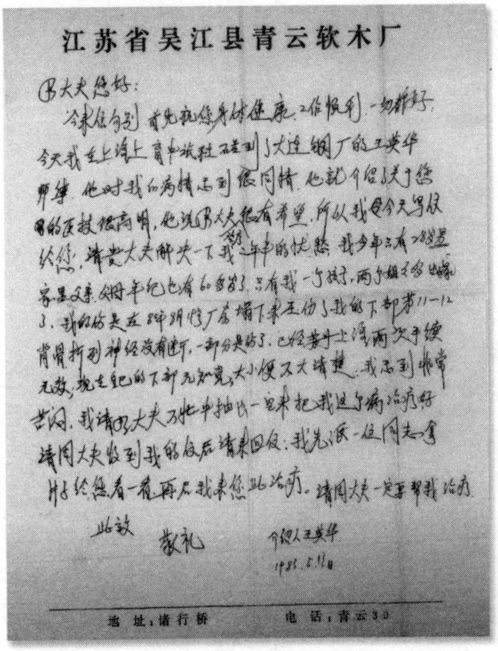

江苏省吴江县青云软木厂

周大夫您好：

今来信问到 首先祝您身体健康，工作顺利，一切都好。今天我在上海上商业旅社碰到了大连钢厂的王英华师傅，他对我的病情感到很同情，他就介绍了关于您的医技很高明，他说周大夫很有希望，所以我今天写信给您，请贵大夫解决一下我多年来的忧愁。我今年只有28岁，家里父亲、母亲年纪也有60多岁了，只有我一个孩子，两个姐姐都已出嫁了。我的伤是在84年1月份厂房墙下来压伤了我的下部第11-12背骨折到神经没有连断，一部分是伤了。已经去上海两次手续无效，现在的下部无知觉，大小便不太清楚，我感到非常苦闷。我请周大夫万忙中抽出一些来把我这个病治疗好。请周大夫收到我的信后请来回信，我先派一位同志拿片子给您看一看，再后我来您处治疗。请周大夫一定要帮我治疗

此致

敬礼

介绍人王英华

1985.5.11日

地　址：诸行桥　　电　话：青云30

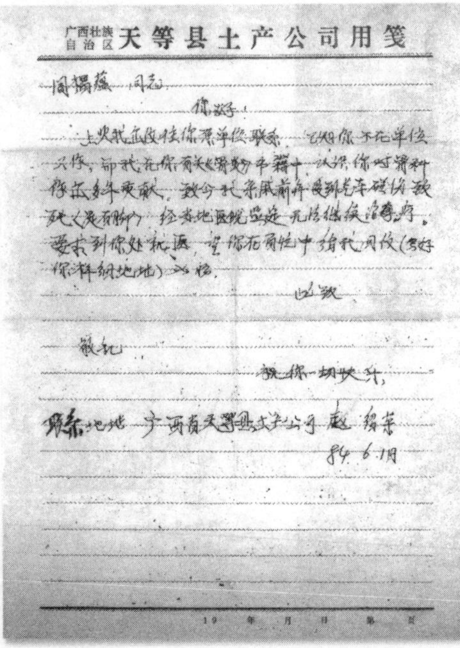

广西壮族自治区天等县土产公司用笺

周锡蕴　同志：

你好！

上次我直接往你单位联系，已知你不在单位工作，而我在你有关《骨科》书籍中，认识你对骨科作出多年贡献。致今我是前年受到汽车碰伤致使我下肢瘫痪，经当地医院医治，无法继续治疗。要求到你处就医，望你在百忙中给我回信（写好你详细地址）为盼。

此致

敬礼

祝你一切快乐！

联系地址：广西省天等县土产公司　赵锡荣

84.6.1日

19　年　月　日　第　页

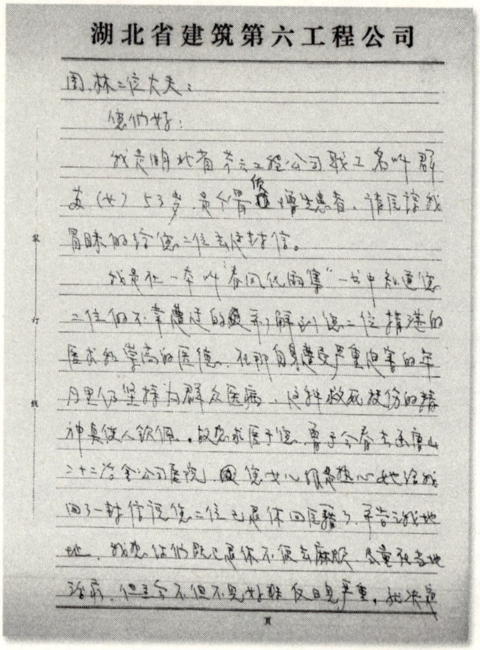

湖北省建筑第六工程公司

周、林二位大夫：

您们好：

我是湖北省第六工程公司职工名叫郭英（女）53岁，是个骨质增生患者，请原谅我冒昧的给您二位去这封信。

我是在一本叫"春风化雨集"一书中知道您二位的不幸遭遇的，了解到您二位精湛的医术和崇高的医德，在那自身遭受严重迫害的年月里仍坚持为群众医病，这种救死扶伤的精神真使人钦佩。故来求医于您。曾于今春去函唐山二十二冶金公司医院，因您女儿很热心地给我回了一封信说您二位已退休回原籍了，并告之我地址。我想您们既已退休不便去麻烦，还曾到各地治疗，但至今不但不见好转反日见严重，才决定

页

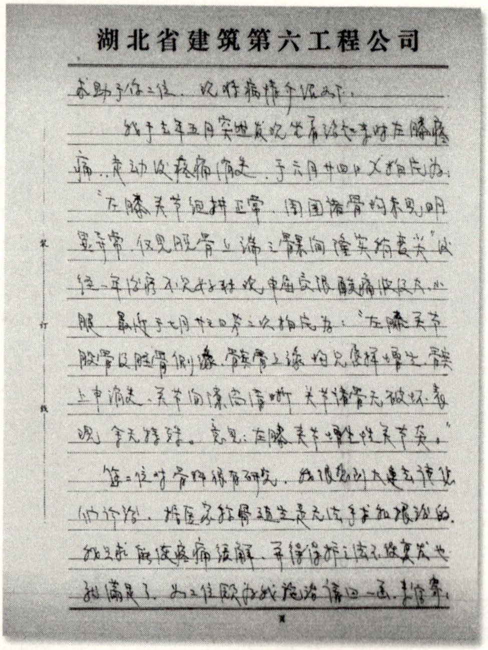

湖北省建筑第六工程公司

求助于你二位，现将病情介绍如下：

我于去年五月突然发现坐着站起来时左膝疼痛，走动后疼痛消失，于六月廿四日X光拍片为："左膝关节间隙正常，周围诸骨均未见明显异常，仅见胫骨上端二骨髁间隆突稍变尖"。经一年治疗不见好转，现在蹲下很酸痛波及大、小腿，最近于七月廿七日第二次拍片为："左膝关节股骨及胫骨侧缘、髌骨上缘均见唇样增生，髌骨上中消失，关节间隙窄清晰，关节诸骨无破坏，表现全无特殊。意见：左膝关节增生性关节炎。"

第二位对骨科很有研究，我很想到大连去请您们诊治，但医家都说骨质增生是无法手术和根治的，我只求能使疼痛缓解，并望保持正常不致复发也就满足了。为二位能为我施治请回一函，来信寄：

页

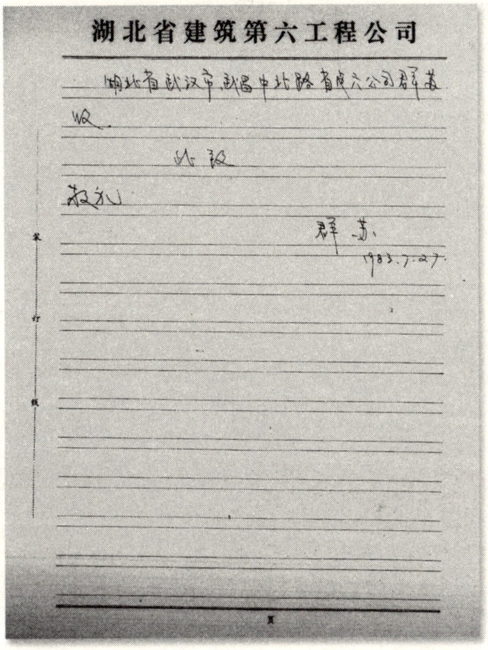
湖北省建筑第六工程公司

湖北省武汉市武昌中北路省六公司群英收。

此致

敬礼

群英

1983.7.27

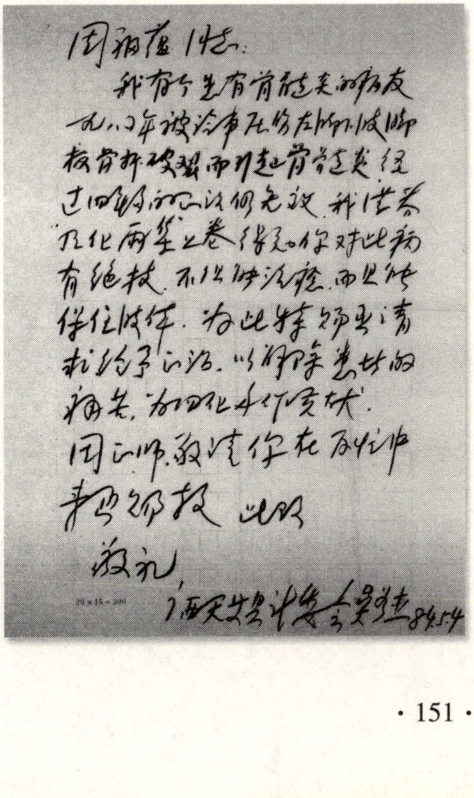
周炳蕴同志：

我市今年有前往美国访友，九八三年被冷车压伤左膝下胫腓骨折破裂而引起骨髓炎，经过四年的治疗仍无效。我们从“乙化两类之卷”得知你对此病有绝技，不但能治愈，而且能保住肢体。为此特写信请求你给予治疗，以解除患者的痛苦，为四化出力贡献。

同时顺致请你在百忙中来函赐教　此致

敬礼，

广西天峨县计委会

84.5.4

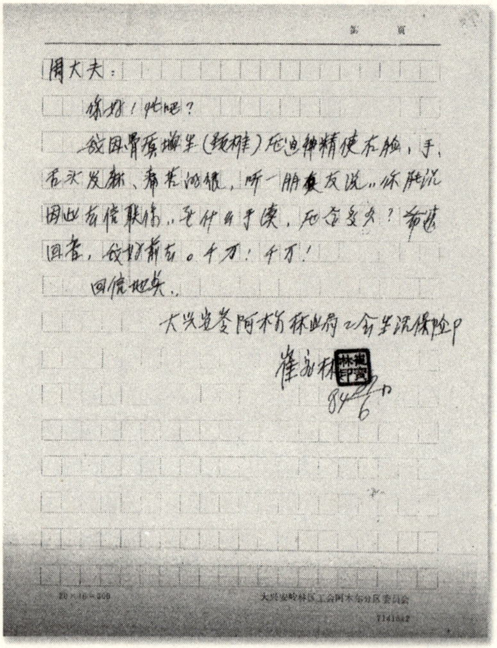

周大夫：

你好！忙吧？

我因骨质增生（颈椎）压迫神经使右脸，手、舌头发麻、疼痛难忍，听一朋友说，你能治，因此去信联系，是什么手续，应备多少？希速回音，我好前去。千万！千万！

回信地址：

大兴安岭阿木尔林业局工会生活保险户

崔永林（印）

84.10.6

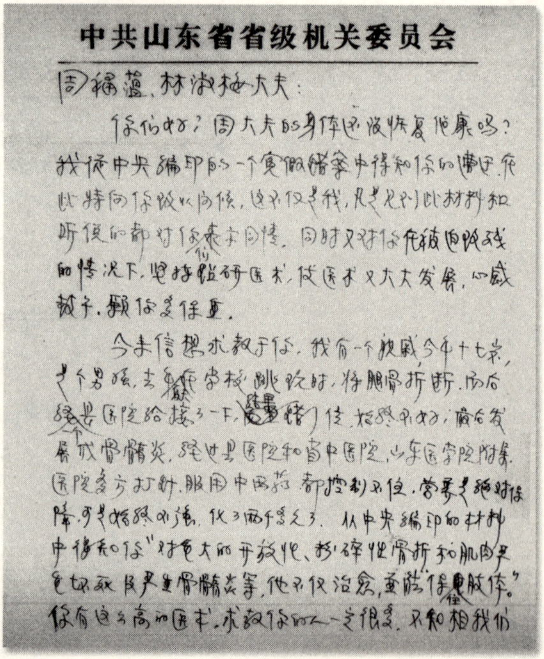

中共山东省省级机关委员会

周福蕴、林淑梅大夫：

你们好？周大夫的身体还没恢复健康吗？我从中央编印的一个冤假错案中得知你们的遭遇，在此特向你们致以问候，这不仅是我，凡是见到此材料和听说的都对你们表示同情，同时又对你们在被迫害的情况下，坚持钻研医术，使医术又大大发展，心感敬佩。愿你们多保重。

今来信想求救于你们，我有一个亲戚今年十七岁，是个男孩，去年在学校跳跳时，将腿骨折断，后经一个县医院给接了一下，结果错了位，始终不好，后发展成骨髓炎，经地县医院和省中医院、山东医学院附属医院多方打针，服用中西药，都控制不住，常要是随时陪伴，可是始终不见好，化了两千多元了。从中央编印的材料中得知你们"对重大的开放性、粉碎性骨折和肌肉严重坏死及严重骨髓炎等，他不仅治愈，并能保全肢体。"你们有这么高的医术，求救你们的人一定很多，不知能否我们

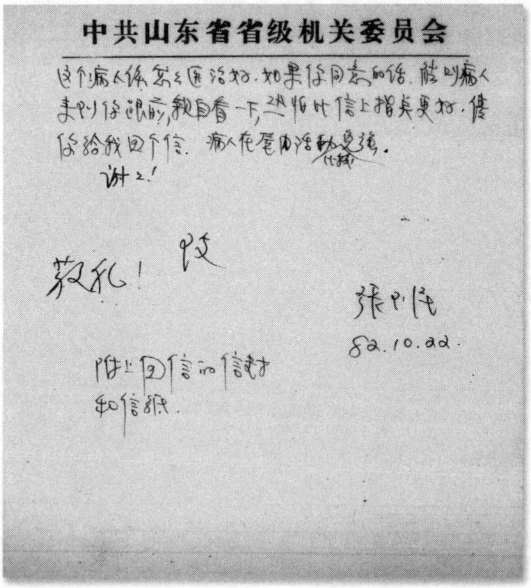

中共山东省省级机关委员会

这个病人经多々医治好，如果你同意的话，能叫病人来到你跟前，亲自看一下，恐怕比信上指点更好，使你给我回个信。病人在卧床活动不方便。

谢々！

此致

敬礼！

张XX

82.10.22.

附上回信的信封和信纸。

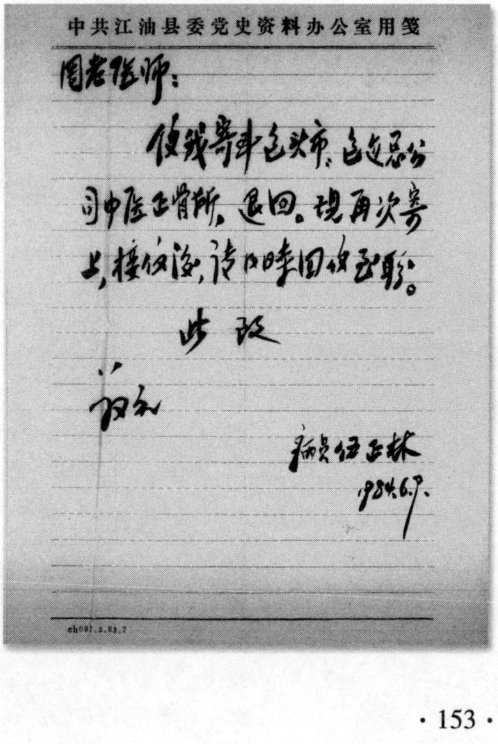

中共江油县委党史资料办公室用笺

周老张师：

你我寄来与头布、与县公司中医正骨所，退回。现再次寄出，接收后，请即时回信至联。

此致

敬礼

颜伍正林

1984.6.7.

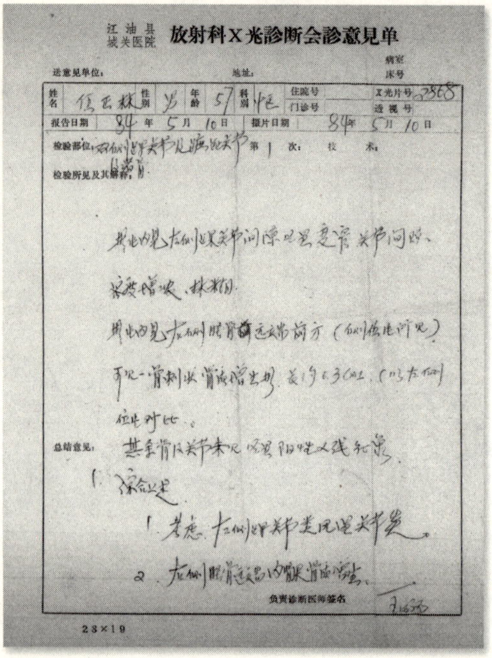

江油县城关医院　放射科X光診断会診意見单

送意見单位：　　地址：　　病室床号

姓名		性别		年龄	57	科别		住院号		X光片号	2368
								门诊号		透视号	

报告日期	84 年 5 月 10 日	摄片日期	84 年 5 月 10 日

检验部位：　　第 1 次：　　技　术：

检验所见及其解释：

总结意見：

负责诊断医师签名

23×19

第二节　真诚服务　功效显著

每当整理这些父亲亲手书写的患者病历时，我都会热泪盈眶。这不仅仅是父母亲工作的见证，更是父母亲对患者一片热诚的心！那历历在目的鲜活人物和文字，无不映衬出父母亲对患者那满腔的热忱和一片丹心，更反映出父母亲对祖国中医医药和正骨技艺的传承。

这是父亲治愈的患者。上面的字是父亲的亲笔，是当年大连市评选四大名医时、让父亲准备资料留下的。

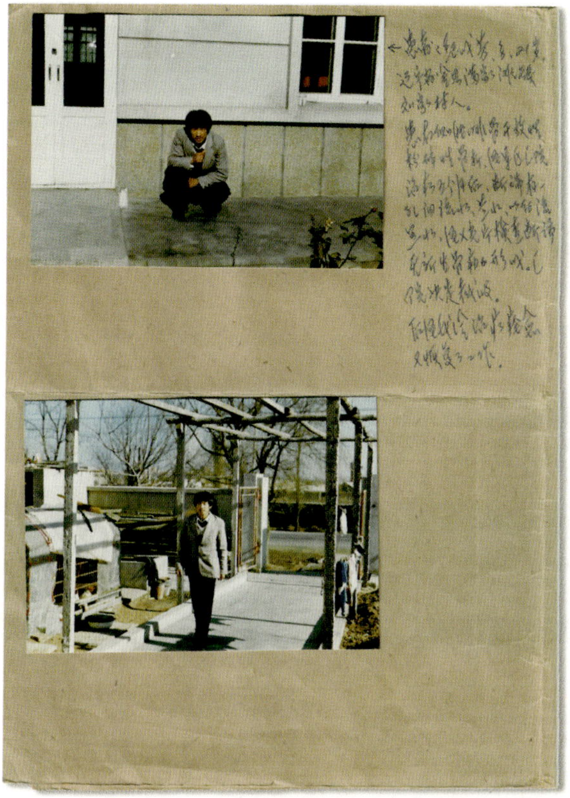

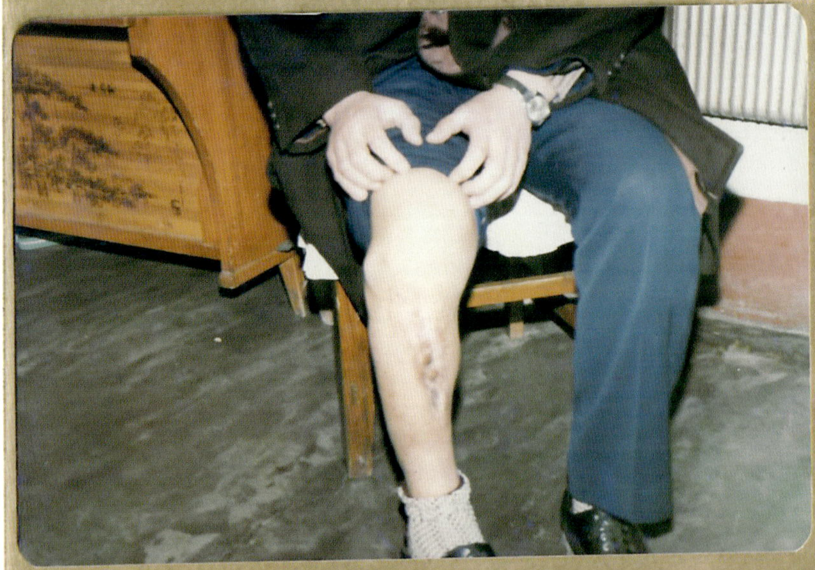

患者：高连科、男、30岁、大连运输公司三队司机。

因车祸患右小腿胫腓骨开放性、粉碎性骨折、先后经金州213医院治疗六个月，患有严重的骨髓炎、经各大医院决定截肢。患者很着急、[illegible]因此发愁，找到[illegible]，经我的给他治疗痊愈、现在大连运输公司当通勤机车驾驶。

（这是我亲自给他治疗痊愈后留影）

5

患者：王耀章、男、50岁、大连市甘井子区革镇堡公社华家大队社员。患脑膜瘤后颈部出血和脑内出血。经大连医院治疗四个月，逐渐不能动弹了，二便失禁、小便带血，不能失去知觉。经我给他治疗痊愈、恢复正常工作。现已十分完好。北京冶金工业部冶金报社总编辑、吴桂林同志陪同访问他。当时他已能劳动并走路。

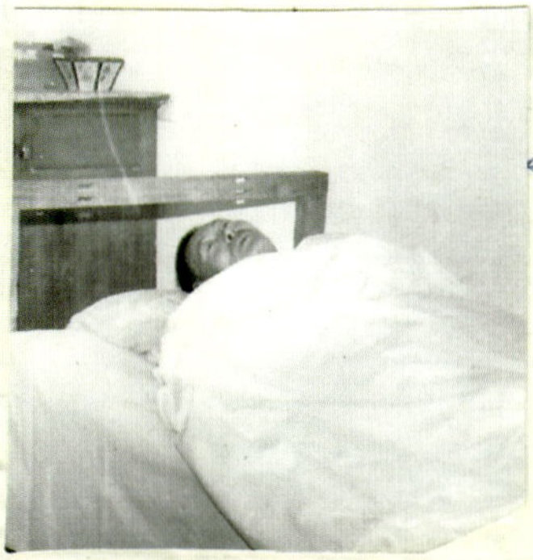

← 患病时照片

↓ 下面三个照片是治愈后照片

治疗前与治疗后的照片

经大医院决定截肢的患者

患者：邵作礼，男，29岁，辽宁省盖县线门人

右小腿被汽油桶爆炸烧伤

诊断：右小腿肌肉坏死，开放性粉碎性骨折，骨骼全部外露，知觉消失，

急性感染。经当地医学院诊断，决定截肢。本人和家属不同意。

经我给他治疗后完全保住肢体，恢复了劳动。

八五年日本、西德、瑞典、美国教授和我家坐客，他们看完X光片后

问我都用什么西药治愈的。我说一点西药未用，全用中药治愈的。

他们说在我们国家只有截肢。

← 医学院决定截肢的照片

↓ 下面两张照片治愈出院照片

患者：王丹、女、44岁、大连市甘井子区南关岭镇姚家大队社员

因骨结核病，截肢两节半之久，经我给她治愈后恢复正常工作。

←这张照片是王丹恢复正常工作后的照片。

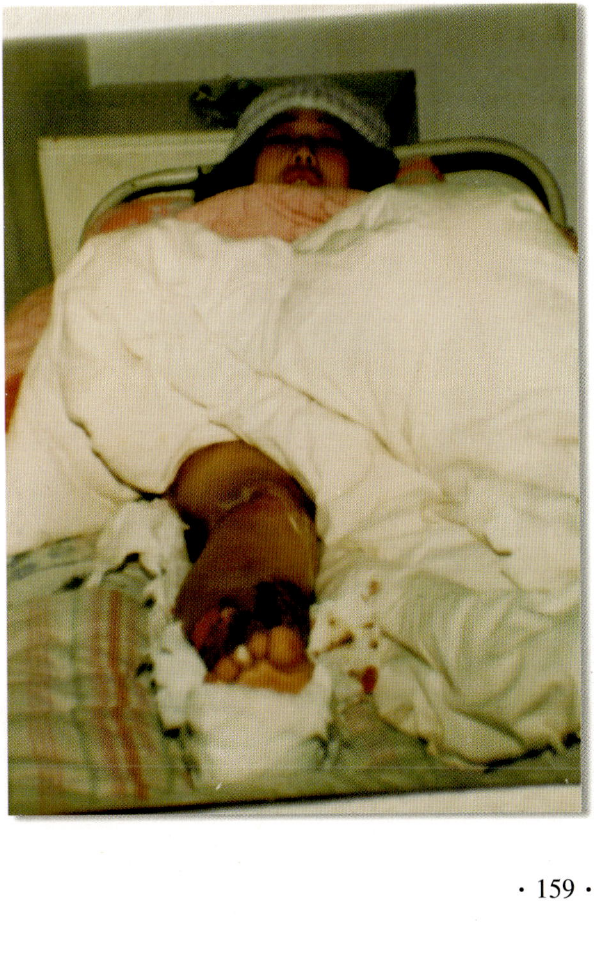

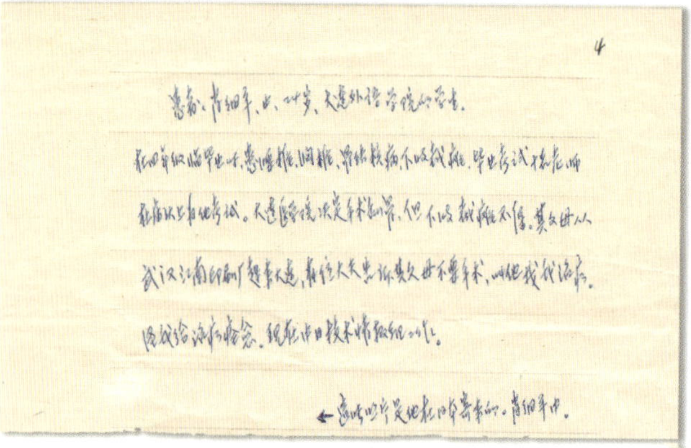

4

患者：肖细平，女，24岁，大连外语学院的学生。

在四年级临毕业时，患腰椎、颈椎、胸椎核病不能截瘫，毕业考试只能在病床上由他考试。大连医学院决定手术切开，但不能截瘫不偿。其父母从武汉江南印刷厂赶来大连，看法大夫忠诉其父母不要手术，叫他找我治疗。经我治疗痊愈。现在中日技术情报组工作。

←这张照片是她在日本帮我照的。肖细平中。

6

截瘫的患者

冯玉梭，男，32岁，辽宁新金县大谭公社大谭大队社员（已婚知青）。

在已婚知青分配后的秋天，因车祸把腰椎骨折，当时送大连医学院附属医院治疗。一年后不能好的截瘫，心很失望。冯的家人闻大夫说您的医术高超，大夫说终身瘫痪，冯的家人同意试试。80岁的父说他的儿子能好就谢天谢地。

经我给他治愈恢复工作。

这张照片是他出院时，我和杨淑梅和他一起照的。冯玉梭中。

旅大市第三人民医院治疗转回单

转回医疗单位					
姓　名		性别		职别	
诊　断	右股骨上段骨折.				

病情介绍：
李英才：1. 多发性骨折（右股骨中段错位折，〃下段粉碎折）
2. 右髌骨骨折.
3. 左肩关节脱位.

今后治疗方针与注意事项：4. 右踝外侧韧带及韧带断裂，距骨粉碎骨折.
5. 外伤性休克.
头颅骨性及胸部拼拢骨性均正常.
胸腹部脏器尚未发现损伤.

经过诊治观察结果认为可在你院（所）治疗，特此转回。
复查时：颅骨性正常，肩关节正常.
左尺骨下方斜形骨折，对位良好.
单位名称　　印
左髌骨粉碎骨折. 左股骨上方横骨折
年　月　日　医生　印

患者在院的诊断

治愈后留影

患者：李英才，女，28岁，大连起重机厂工人

因车祸患严重多发性骨折，患者送往市三院（大连医学院附属二院）治疗，骨科主任大夫告诉家属不能恢复了。后又经大连各大医院和车辆厂的结论，同样也不能恢复了，患了骨瘘。

经我院治疗痊愈，恢复了工作。愈后无任何后遗症。

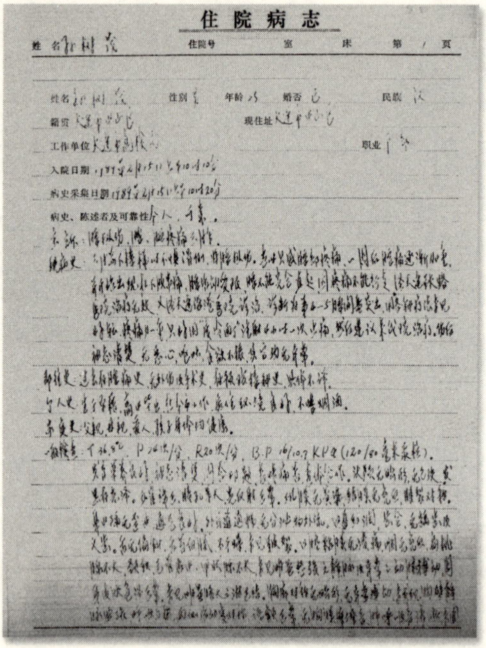

住院病志

姓名 住院号 室 床 第 1 页

姓名 性别 年龄 婚否 民族

籍贯 现住址

工作单位 职业

入院日期

病史采集日期

病史、陈述者及可靠性

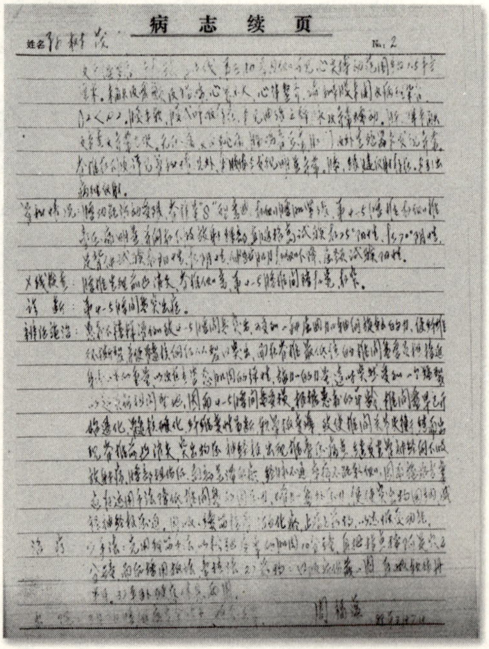

病志续页

姓名 No. 2

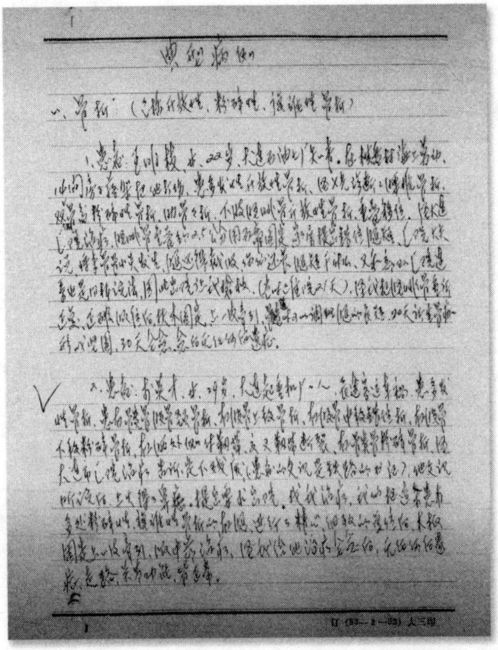
典型病例

一、骨折（包括开放性、粉碎性、陈旧性骨折）

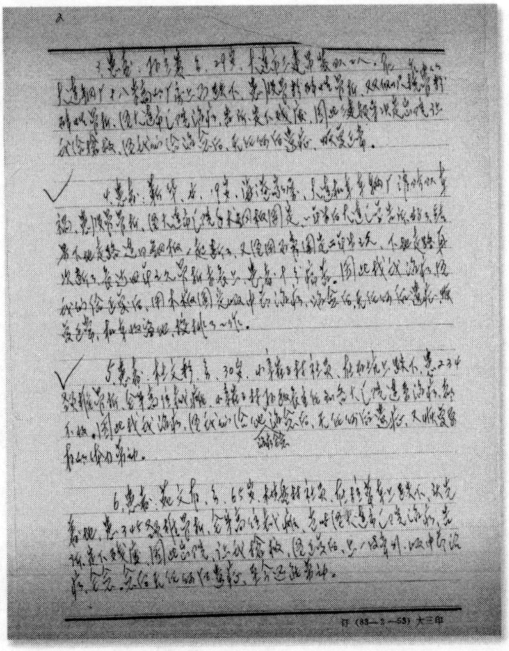

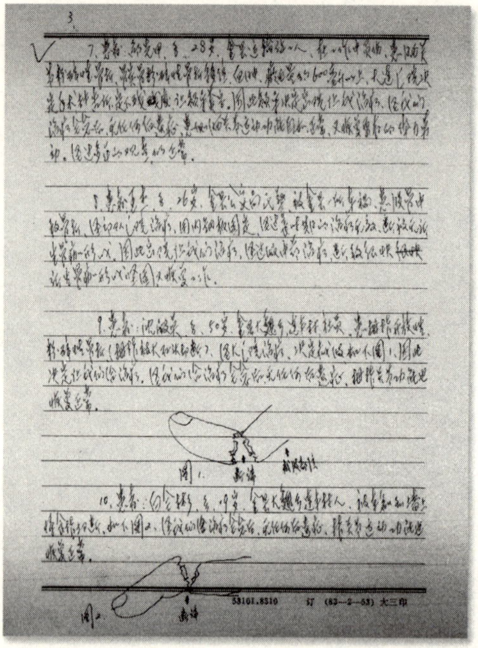
53101.8310　订 (83—2—53) 大三印

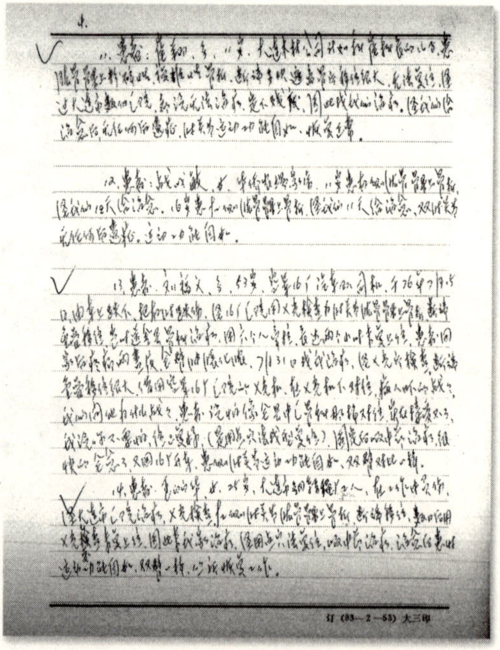
订 (83—2—53) 大三印

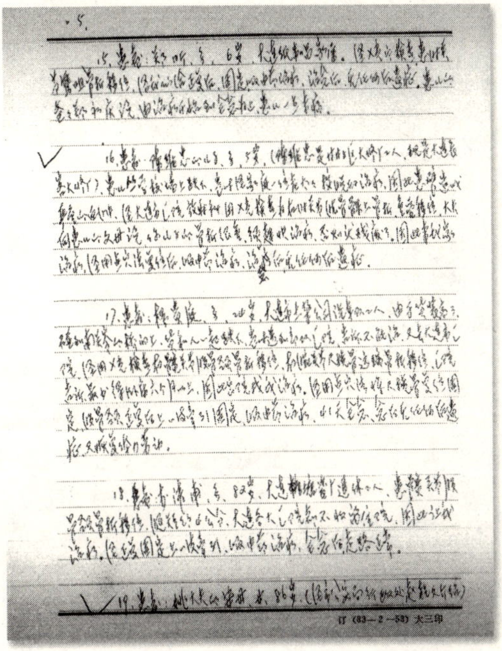
5
订（83—2—53）大三印

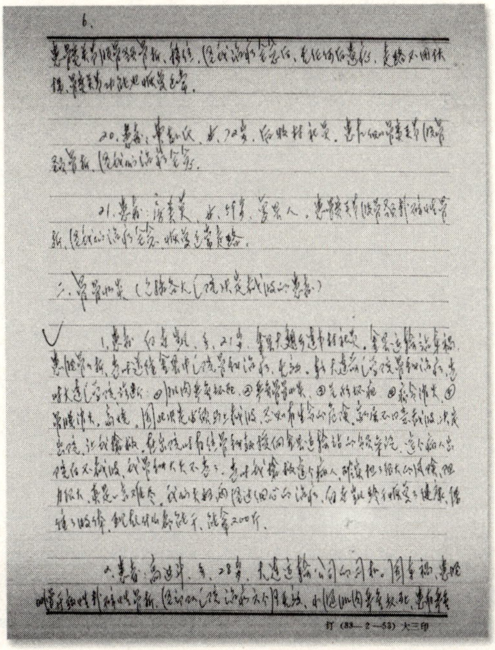
6
订（83—2—53）大三印

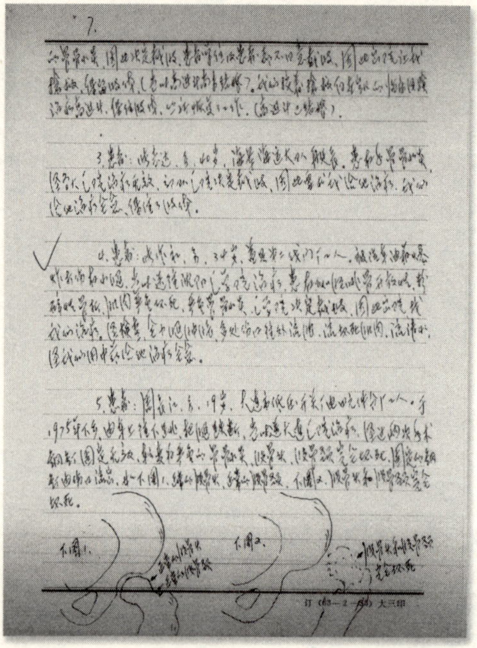

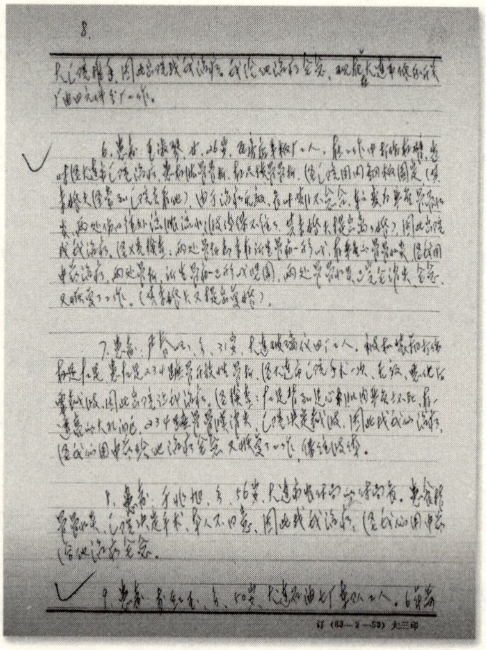

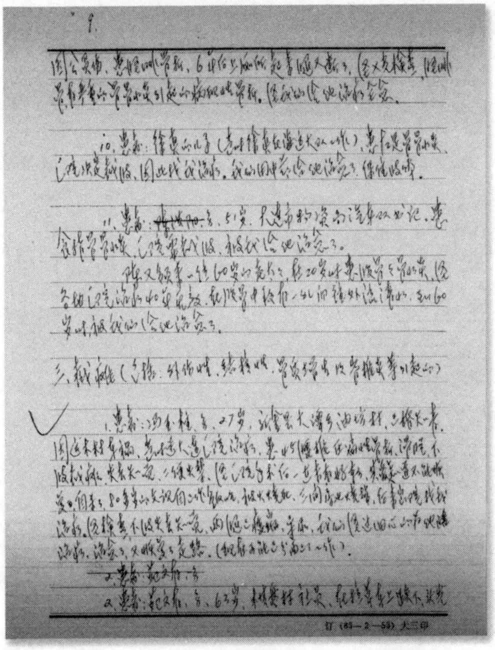
9.

三、截瘫（外伤性、结核性、骨质增生及脊椎炎等引起的）

订（83—2—53）大三印

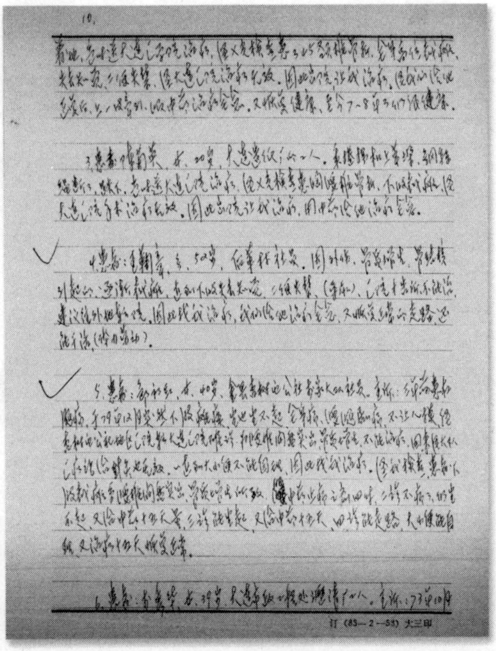
10.

订（83—2—53）大三印

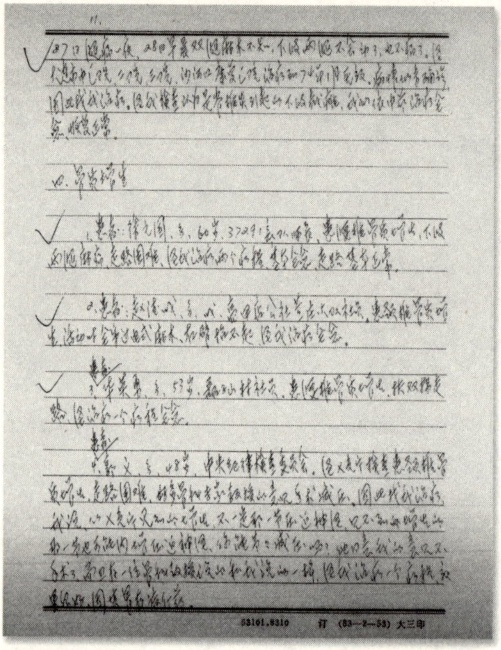
53101.8310 订 (83—2—53) 大三印

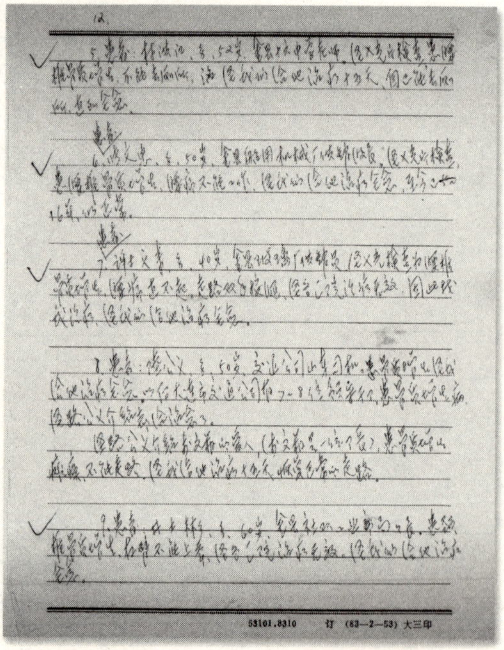
53101.8310 订 (83—2—53) 大三印

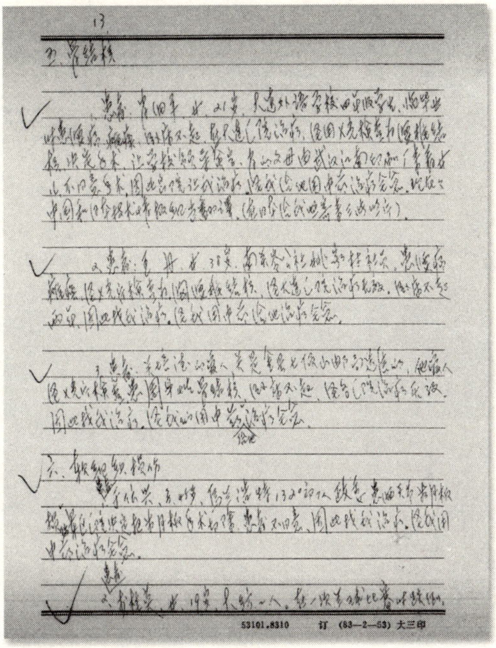
13

53101.8310 订 (83—2—53) 大三印

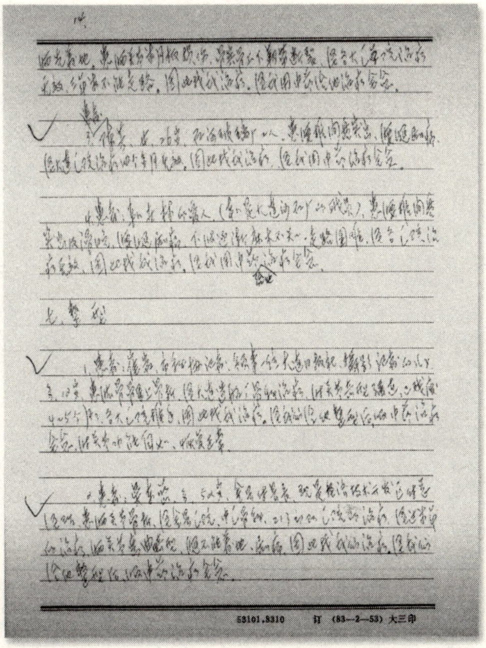
14

53101.8310 订 (83—2—53) 大三印

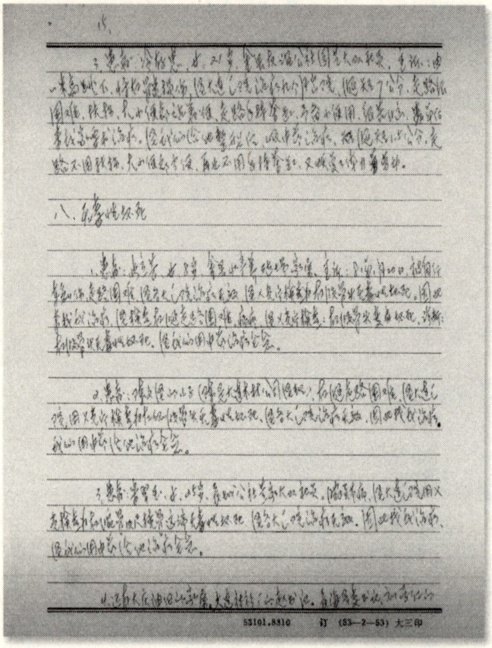

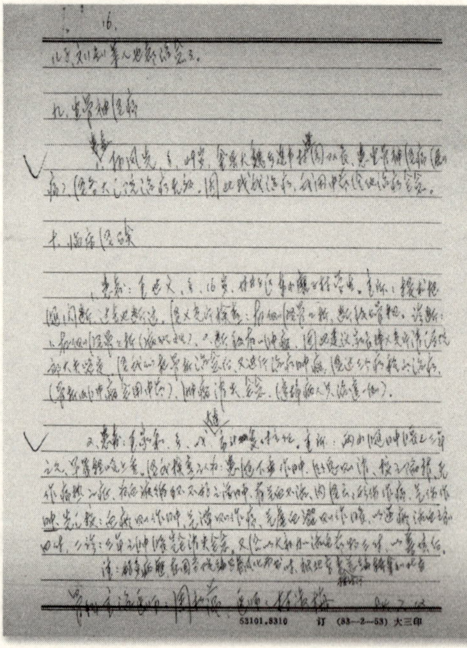

第三节　桃李不言　下自成蹊

依照父母亲的行事习惯和处事态度，凡是做了好事是不愿意声张的。但是，中国有句古语叫“盛情难却”，对于广大患者如潮的感谢和感恩，我们是无法推却的。为了纪念父母亲70年的行医生涯，为了表达父母亲曾经救治过的广大患者的一片心意，我勉强在仅存寥寥的患者来信中找到了几封感谢信。当我拿起这几封信的时候，我是真真切切地感受到了父母亲的伟大和平凡——与他们救治的成千上万名患者相比，这仅存的几封信真的是太不成比例、太微不足道了。

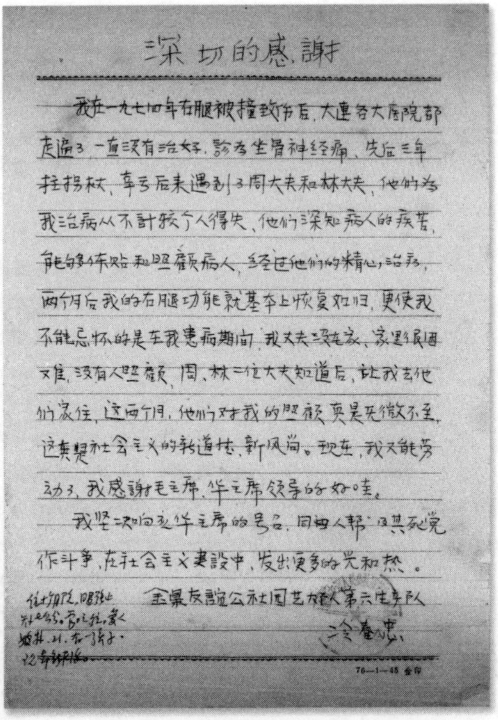

深切的感谢

我在一九七四年右腿被撞致伤后，大连各大医院都走遍了，一直没有治好，诊为坐骨神经痛，先后三年拄拐杖，幸亏后来遇到了周大夫和林大夫，他们为我治病从不计较个人得失，他们深知病人的疾苦，能够体贴和照顾病人，经过他们的精心治疗，两个月后我的右腿功能就基本上恢复如旧，更使我不能忘怀的是在我患病期间，我丈夫没在家，家里很困难，没有人照顾，周、林二位大夫知道后，让我去他们家住，这两个月，他们对我的照顾真是无微不至，这真是社会主义的新道德、新风尚。现在，我又能劳动了，我感谢毛主席、华主席领导的好哇。

我坚决响应华主席的号召，同“四人帮”[illegible]作斗争，在社会主义建设中，发出更多的光和热。

金县友谊公社周屯大队第六生产队

冷春忠

76—1—45 金印

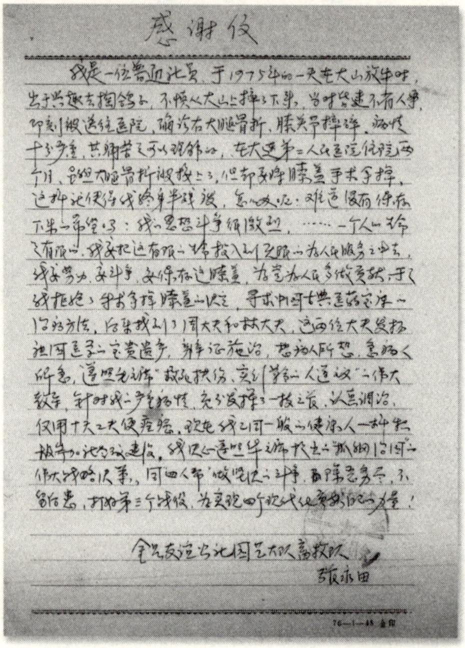

感谢信

我是一位普通社员，于1975年的一天在大山放牛时，出于兴趣去掏鸽子，不慎从大山上摔了下来，当时昏迷不省人事，即刻被送往医院，确诊右大腿骨折，膝关节摔碎，病情十分严重，其痛苦是可以理解的，在大连第二人民医院住院两个月，虽然大腿骨折被接上了，但却要将膝盖手术摘掉，这样就使得我终身成残，怎么办呢：难道只有保存下来一条命吗：我的思想斗争很激烈，……一个人的生命是有限的，我要把这有限的生命投入到无限的为人民服务之中去，我要劳动，要斗争，要保存这膝盖，为党为人民多做贡献，于是我拒绝了手术摘掉膝盖的决定，寻求中西医结合医药[illegible]治疗方法，后来我找到了周大夫和林大夫，这两位大夫发扬祖国医学的宝贵遗产，辨证施治，想病人所想，急病人所急，遵照毛主席"救死扶伤，实行革命的人道主义"的伟大教导，针对我的具体病情，充分发挥了一技之长，认真调治，仅用十天之久便痊愈，现在我已同一般的健康人一样参加社会主义建设，我决心遵照毛主席抓革命促生产的伟大战略决策，同四人帮做坚决的斗争，为革命多多奋斗，不留后患，打好第三个战役，为实现四个现代化贡献自己的力量！

金县友谊公社[illegible]屯大队高[illegible]队
张永田

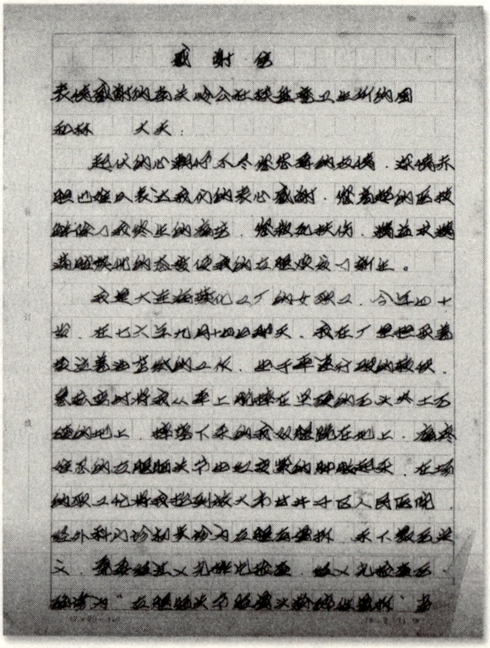

感谢信

衷心感谢旅大市金县友谊公社[illegible]周和林 大夫：

千言万语也表达不尽[illegible]的友情，我[illegible]也只能以表达我们的衷心感谢。您高超的医技解除了我终生的痛苦，您救死扶伤，精益求精[illegible]的态度使我的左腿获得了新生。

我是大连[illegible]化工厂的女职工，今年四十岁，在七六年九月十四日那天，我在厂里担负着装运[illegible]的工作，由于车[illegible]的颠[illegible]，突然将我从车上[illegible]在坚硬的石头块上[illegible]的地上，[illegible]下来的我双膝跪在地上，痛[illegible]的左腿膝关节由此发紫的肿胀起来，在场的职工们将我送到旅大市甘井子区人民医院，经外科门诊初步诊为左腿[illegible]，[illegible]文，[illegible]又光[illegible]，[illegible]又光[illegible]，[illegible]"左腿[illegible]"[illegible]

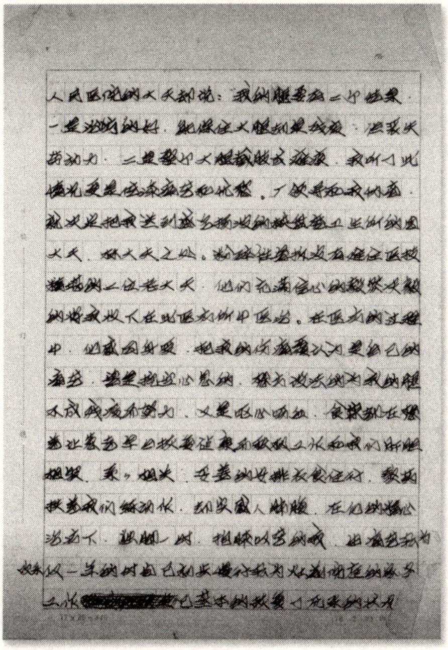

人民医院的大夫都说：我的腿要么二个结果，一是治疗的好，能保住大腿和膝盖，恢复劳动力。二是截断大腿截肢成残疾。我听了此情况更是感到痛苦和忧愁。厂领导和我的爱人又是把我送到某乡楼城的钢铁铁工医院的周大夫、林大夫之处。经过详细检查后确定医院接诊的二位老大夫，他们充满信心的毅然决然的将我收下在此医院中医治。在医治的过程中，他们因身受，把我的病痛认为是自己的痛苦，这是何等的思想，想尽办法的为我的腿不成残疾而努力，又是呕心沥血，使我的在患此病当中，也救要使我能从工作和我们的职业发展，来了照顾，安排的安排衣食住行，照顾扶着我们的生活，切实为人民服务。在他们精心治疗下，我的腿好，特别的可能的，由病危我的状态从一半的时间已到其他行动为尽到同志的本身工作[redacted]已基本的恢复了原来的状况

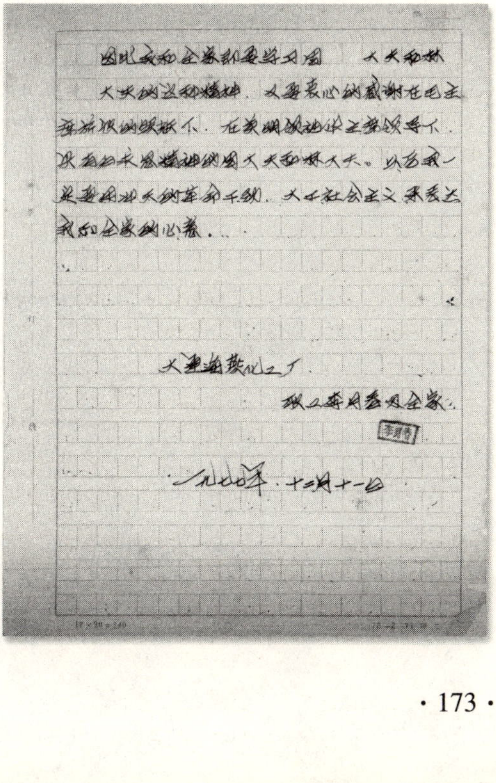

因此我和全家都要学习周　大夫和林大夫的这种精神，又要衷心的感谢在毛主席革命路线的照耀下，在英明领袖华主席领导下，涌现出来无数精神的周大夫和林大夫。以后我一定要做一个大的革命干部，大干社会主义来表达我和全家的心意……

天津染整化工厂

职工李月秀全家

李月秀

一九七七年十二月十一日

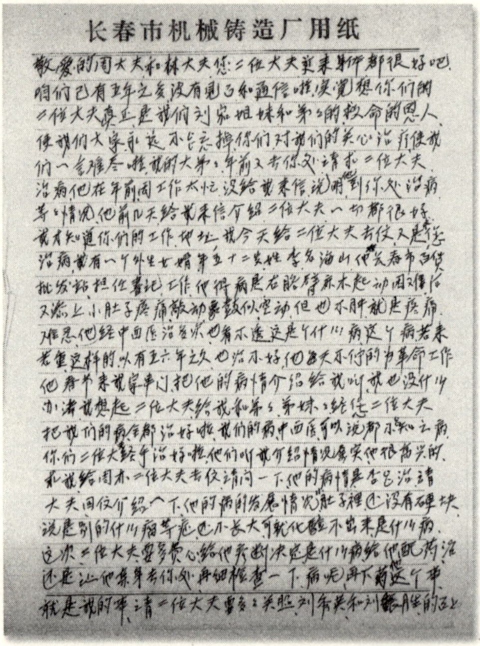

长春市机械铸造厂用纸

敬爱的周大夫和林大夫您二位大夫近来身体都很好吧，
咱们已有五年之多没有见面和通信啦，真想你们两
二位大夫真正是我们刘家姐妹和弟弟的救命的恩人，
使我们大家永远不会忘掉你们对我们的关心治疗使我
们一家难忘啦。我的大弟弟年前又去你处请求二位大夫
治病他在年前因工作太忙没给我来信说明到你处治病
等等情况。他前几天给我来信介绍二位大夫一切都很好，
我才知道你们的工作地址，我今天给二位大夫去信，又是给您
治病，我有一个外生女婿年五十二岁姓李名海山他在长春市百货
批发站担任书记工作，他得病是右胳膊麻木起动困难，后
又添上小肚子疼痛鼓动象鼓似空动但也不肿就是疼痛
难忍，他经中西医治医术也看不透这是什么病这个病若来
若重这样的以有五六年之久也治不好他每天不停的为革命工作
他春节来我家串门，把他的病情介绍给我们，我也没什么
办法，我想起二位大夫给我和弟弟、弟妹们，给您二位大夫
把我们的病全都治好啦，我们的病中西医可以说都不知之病，
你们二位大夫给予治好啦，他们听我介绍情况确实他很高兴的，
所以我给周林二位大夫去信请问一下他的病情是否能治，请
大夫回信介绍一下他的病的发展情况，肚子里也没有硬块，
说是别的什么病等，它也不长大可就化验不出来是什么病，
这求二位大夫要多费心给他判断决定是什么病给他配药治，
还是让他亲身去你处再细检查一下病呢，再下药，这个事
就是我的事，请二位大夫要多多关照刘秀英和刘[illegible]的五上

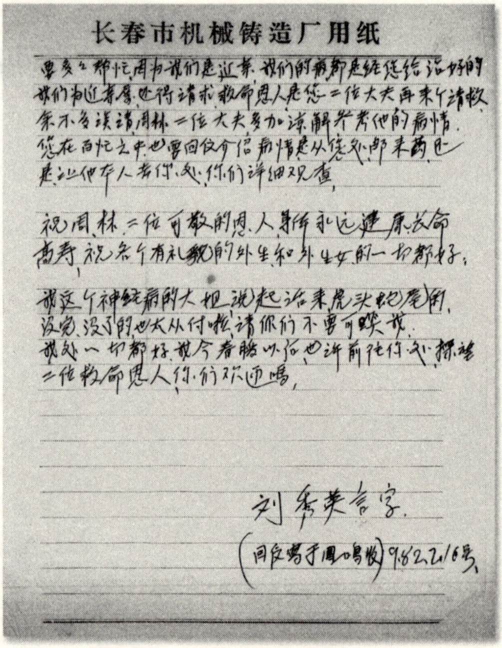

长春市机械铸造厂用纸

要多多帮忙，周书我们是近亲，我们的病都是经您给治好的
我们为近亲属也得请求救命恩人是您二位大夫再来个请救。
余不多谈，请周林二位大夫多加谅解考考他的病情。
您在百忙之中也要回信介绍病情是从您处邮来药还
是让他本人去你处，你们详细观查，

祝周、林二位可敬的恩人身体永远健康、长命
高寿，祝各个有礼貌的外生和外生女的一切都好；

我这个神经病的大姐说起话来虎头蛇尾的，
没完、没了的也太从付啦，请你们不要可笑我。
我处一切都好，我今春暖以后也许前往你处探望
二位救命恩人，你们欢迎吗，

刘秀英言字。

（回良姆子周鸣收）1982.2.16号

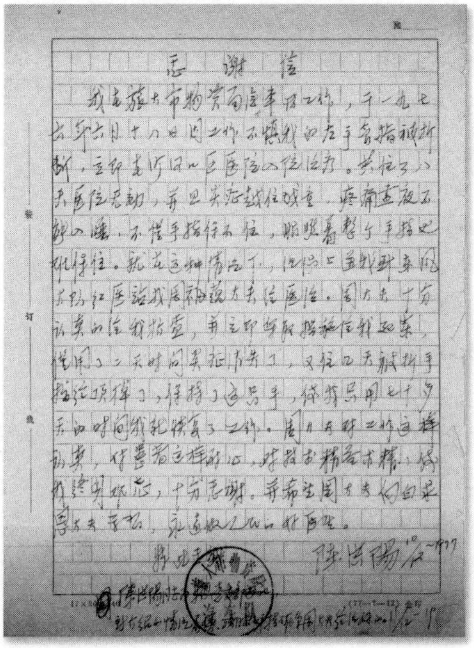

感谢信

我是旅大市物资局汽车队工作，于一九七六年六月十八日因工作不慎把我的左手食指被折断，立即去河口区医院入院治疗。共住了八天医院无效，并且出现感染很严重，疼痛昼夜不能入睡，不但手指保不住，眼看着整个手指也难保住。就在这种情况下，[illegible]东方红医院找周福蕴大夫给医治。周大夫十分认真的给我检查，并立即[illegible]，经用了二十天时间基本好了，又经四天锻炼手指能活动了，保住了这只手，总共只用了七十多天的时间我就恢复了工作。周大夫对工作这样认真，对患者这样耐心，技术精益求精，使我终身难忘，十分感谢。并希望周大夫[illegible]，[illegible]的好医生。

[illegible]

陈尚阳 10/1977

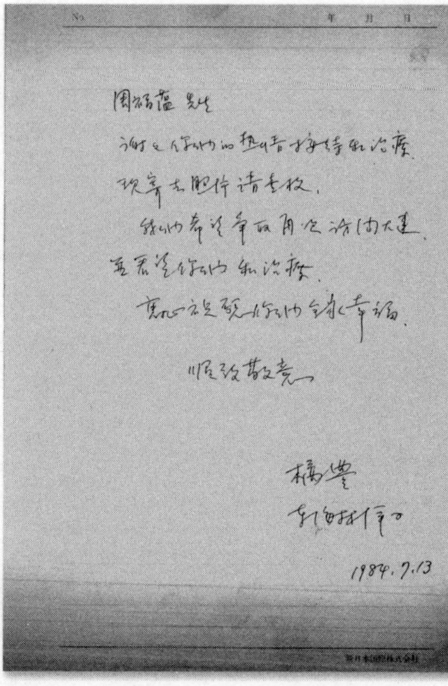

周福蕴先生

谢谢你们的热情接待和治疗，

现寄去照片请查收，

我们希望年后再访问大连，

再看望你们和治疗，

衷心祝愿你们全家幸福，

顺致敬意

[illegible]

1984.7.13

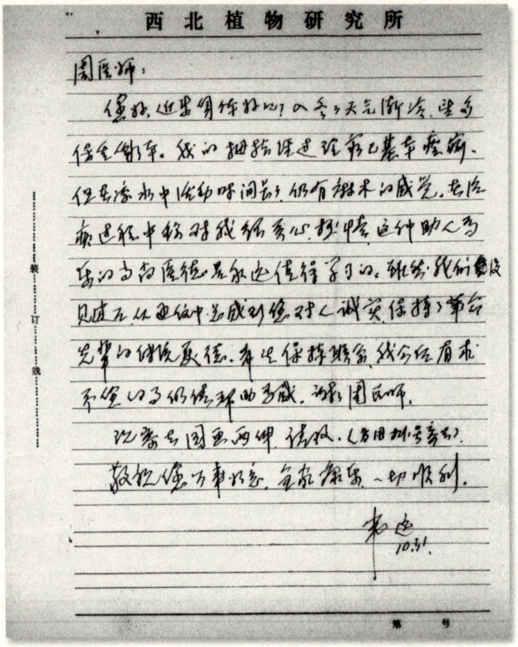
西北植物研究所
第 号

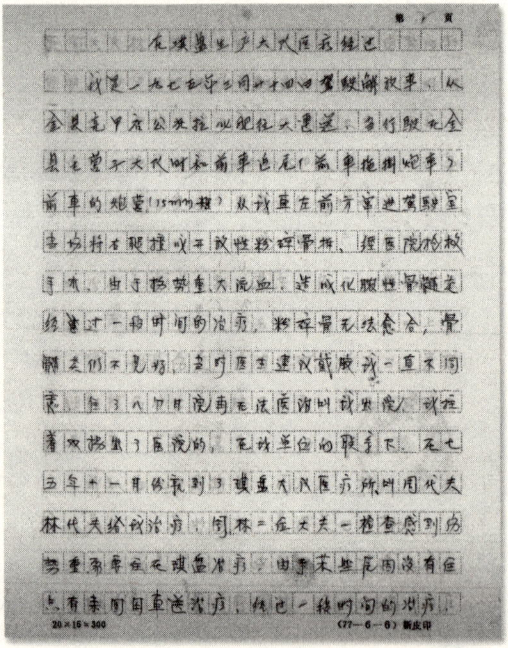
第 页
20×15=300
(77—6—6)

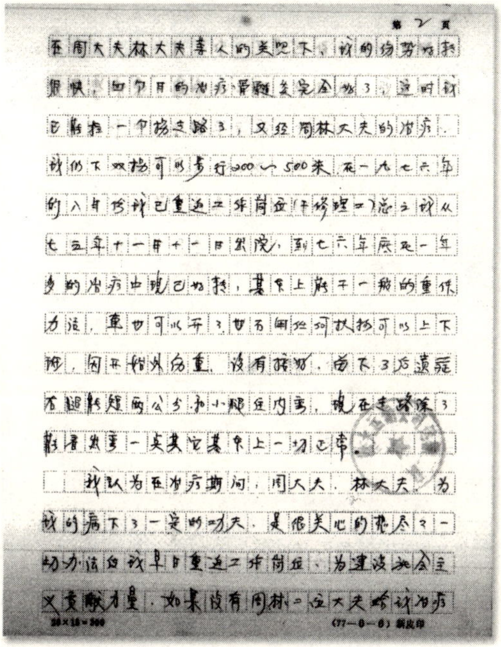
第 2 页

在周大夫林大夫等人的关心下，我的伤势好转很快，四个月的治疗骨头就完全好了，这时我已能拄一个拐走路了，又经周林大夫的治疗，我扔下双拐可以步行200～500米。在一九七六年的八月份我已重返工作岗位（干修理工）。总之我从七五年十一月十一日出院，到七六年底在一年多的治疗中现已好转，基本上能干一般的重体力活，车也可以开了，也可以爬梯子，扶梯可以上下梯，因开始外伤重，没有接好，留下了后遗症，不过能短两公分和小腿往内弯，现在走路除了鞋有些重一点，其它基本上一切正常。

我认为在治疗期间，周大夫、林大夫，为我的病下了一定的功夫，是很关心的，想尽了一切办法使我早日重返工作岗位，为建设社会主义贡献力量。如果没有周林二位大夫给我治疗

20×15=300　　(77—6—6) 新皮印

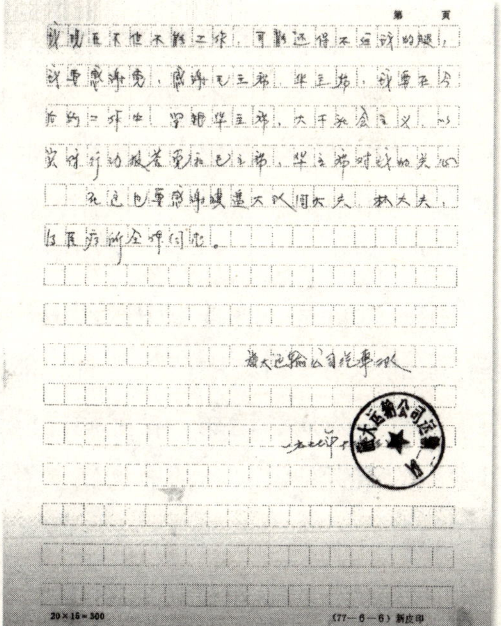
第　页

我现在不但不能工作，可能还保不住我的腿，我要感谢党，感谢毛主席、华主席，我要在今后的工作中，紧跟华主席，大干社会主义，以实际行动报答党和毛主席、华主席对我的关心。

在这也要感谢建连大队周大夫、林大夫，给医疗所全体同志。

[illegible]大运输公司汽车队[illegible]

一九七七年[illegible]

20×15=300　　(77—6—6) 新皮印

第十四章 浅谈骨病

骨病是一种普遍存在于老百姓中的普通疾病，有存在人群广、发病率高的特点。之所以在回忆我的父母亲生活和行医生涯的同时，单独辟出2章来谈谈这个问题，完全是为了继承父母亲中医骨病治疗的传统，实现造福广大黎民百姓的愿望，让更多的人了解骨病、预防骨病、正确治疗骨病，不再遭受骨病的折磨，幸福地生活和工作。这是父母亲生前的愿望，也是我今后为之奋斗的目标。这才有了“浅谈骨病”等两个章节。

我不是学者，更不是大师，不想谈那些深奥的医学理论和名词，只是根据父母亲积累的实践经验和遗留下来的文字材料，加以整理，用通俗易懂的大白话让大家多了解骨病，告诉老百姓如何了解、预防和治疗骨病，了解中医中药治疗骨病的过程。

中医骨科是一种基于中医药治疗骨科疾病的，并且是经过实践证实的实用学科。中药能接骨、能治病，是从几千年来人类繁衍、生息、防病、治病、祛除病痛验证而来的。周氏中医骨科是以中药为患者补肝肾、活血通络、补钙壮骨，可以长期服用，不会伤及肝肾，不含任何激素，无依赖性的治疗手段之一。

几千年来，中医骨科存续于广大百姓的防病和治病活动之中，从来没有离开过骨病患者的医疗实践。长期的实践也充分证明了它的普适性、重要性，对疑难病症、疑难杂症有着惊人的疗效。

第一节　了解骨病　谨慎治疗

从我记事起，就听父亲母亲讲骨病的预防、保养和治疗。而且，他们也是从小事情方面抓起的。记得小时候，不管是哥哥姐姐劳动累了，还是我调皮不小心碰伤了，如果是伤情严重母亲就用黄酒冲点药给我们喝，如果伤情不严重就外敷点药预防日后骨病的发生。

母亲经常说："没病要防，有病要治。这样就不会留下后遗症，日后也不会发生病变了。"

现如今在生活中，做父母的都知道让孩子预防近视、保护牙齿、预防感冒等。很多女同志每天都要护理皮肤，可唯独很少听人们讲怎样保护骨骼。

很多人都知道的职业病，都是类似尘肺病、放射病等有毒有害物质引起的疾病。其实，好多骨科方面的疾病也是由人们所从事的职业引起的。比如，长期伏案写材料、用电脑、司机、理发师等人群，或多或少都有颈椎和腰椎方面的疾病。

既然骨病如此之多，那么选择怎样的治疗又是大家必须慎重考虑的问题?

近年来，有许多不良媒体和药品厂商、经销商为了各自的利益，为宣传自己的产品，不惜与自己不相干的华佗、扁鹊连上亲、做一些夸大事实的广告，手段无所不用其极。个别丧失医疗道德的医院更是对不该置换的关节置换了，给患者带来终身痛苦，给个人和国家造成严重的经济负担。

当我们看到本不该手术的做了手术、不该置换的做了置换，很为患者惋惜，进而希望大家多了解一些骨病知识，多关爱一些自己的骨骼，在骨病的治疗上不再盲从。

下面我根据父母亲留下来的资料加以整理，把易发生的骨病、导致骨病发生的因素、怎样治疗以及骨病的预防和保养等内容介绍给大家，希望能给大家一点帮助。

第二节　骨骼在人体中的功能、作用

骨骼是人体内坚硬的组织，骨骼构成骨架，起着支撑身体的作用。人的全身共有 206 块骨头，每块骨头都有他的独特作用。而人的其他身体组织还包括了骨髓、骨膜、神经、血管、肌肉和软骨。

骨骼的功能有两个，一是保护功能；二是运动功能。

（1）保护功能：如颅骨保护脑组织、肋骨保护胸腔、长骨保护骨髓等。而且，身体内的重要矿物质都储存在骨骼之中。

（2）运动功能：身体的运动靠骨骼肌、骨骼、肌腱、韧带和关节共同传递能量和力量，使身体运动自如。

第三节　骨折、骨不连接疾病

骨折有很多种，比如开放性、粉碎性、压扁性骨折等。骨折后如果不能及时得到医治，就会转为陈旧性骨折、骨不连接，甚至导致骨坏死等疾病发生。

对老年群体而言，容易发生骨折的部位是股骨颈、股骨头。造成老年人骨折的主要因素有两个：

第一是骨质疏松，骨密度降低，强度下降。随着年龄的增长股骨颈生物力学结构强度逐渐减弱，导致股骨颈脆弱。

第二老年人髋周肌群退变，反应迟钝，不能有效地抵御外来应力，有时自行不当便会导致骨折。比如，滑倒、下床着力不当等都会导致股骨颈骨折。

股骨颈骨折后，患者只是感觉髋关节疼，如果没有移位现象，患者还能行走、站立，不会有红肿外伤等现象。因此，多不被重视，好多患者都是等到多日后疼痛难忍才会到医院就诊。

在这里，我简单介绍一下股骨颈骨折的临床表现：髋部有痛感，移动患肢时疼痛更为明显。在患肢足跟部叩打时，髋部也会疼痛。如有以上症状就应该立即去医院做X线检查，及时确诊治疗。

第四节　中药治疗骨折

（1）活血。骨骼折断后，局部必然会有淤血与坏死组织。活血会使血液循环加速，流通无阻，其代谢作用也随之加快，即将淤血和坏死组织吸收干净。即使不能全部吸收，也可借表散药物的辅佐，将淤血和坏死组织由局部排出体外。

（2）开瘀。骨折端的软组织会随外力的作用形成肿胀，甚至损伤撕裂，如不及时消散，便会随折断创伤面的愈合产生粘连，造成机能障碍。而使用中药治疗能使肿胀消散，破损愈合。另外，还能兴奋运动神经，使固定后静止不动的肌肉内经常发生轻度痉挛，借此以防止粘连。

（3）收敛药物。收敛和钙能使骨折断面淤血化尽，体内营养借血液循环和内分泌的作用大量供给创伤部位，促进伤口愈合。

（4）表散。辅佐活血药物将淤血和坏死组织排出体外。

（5）止疼。外力损伤，组织损坏，必然伴有严重的疼痛，故中药止疾也是必须的。同时，也不会伤及肝肾。

第五节　如何预防骨折

骨折在人们生活当中是经常发生的疾病之一，但只要注意还是可以预防的。

有的骨折发生除外力因素造成外，如骨质疏松导致骨折、习惯性崴脚导致骨折，还有徒步导致疲劳骨折等，都是应该避免的。

习惯性崴脚，看起来是个小病，但会影响你一生的生活质量。而且，习惯性崴脚，会随着年龄的增长，很容易导致骨折。

徒步是我们大家喜欢的健身运动方式之一，但如果行动过急、过快，走的时间过长，也会导致疲劳性骨折。

对于骨质疏松导致的骨折，大多为老年人。而老年人多为股骨头、股骨颈骨折。主要是下床快、走路磕绊、行走滑倒等原因。

因此，对于可以预防的骨折，要采取预防措施，如习惯性崴脚，在第一次发病时就要正规治疗，不可马虎大意，留下后遗症。以至到最后因崴脚导致骨折。

第六节　颈　椎　病

颈椎病又称颈椎综合病，是颈椎骨关节炎、增生性颈椎炎、颈神经根综合症、颈椎间盘突出症的总称，简称退行性病变。

一、颈椎病的表现形式

颈椎病是一种以退行性病变为基础的疾患，表现为颈椎间盘退变，本身及继发性的一系列病理改变，常表现为椎节失衡、松动、髓核突出或脱出，骨刺形成，韧带肥厚，重者椎管狭窄。刺激或压迫临近的神经根、脊髓、椎动脉等组织，引发了不同症状和体征的综合症。

二、颈椎病的患病因素

颈椎病的患病因素主要有 5 点：

（1）劳损。长期头颈部处于单一姿势，比如使用电脑时间过长，伏案书写时间过长等都可造成颈椎劳损；

（2）头颈部外伤。比如外力撞击，或扭转脖子动作过猛等；

（3）不良姿势。比如高枕、坐睡等；

（4）慢性感染。比如咽喉炎、牙周炎、中耳炎等；

（5）风寒湿邪。风寒湿邪能降低肌体的耐受力、肌肉痉挛、血管收缩、淋巴回流减慢、软组织血循环障碍等，都可以产生无菌性炎症。

三、颈椎病的症状

颈椎病的症状多样而复杂，患者的症状多数都是由轻逐渐加重。主要症状有：头、颈、肩、背手臂酸疼，颈部有僵硬感，活动受限；有时放射至头部发热，出汗异常，肩背部有沉重感，重者会有恶心、呕吐、手脚麻木、心慌等症状；有的还会出现胃肠胀气等，更严重者会导致二便失禁、吞咽困难。

以上症状不是每个人都有或同时存在的，因为各自的身体状况、身体素质不同，所表现的症状自然也不同。

中医对颈椎病的治疗。中医认为除以上症状可导致颈椎病外，以下几个方面也会导致颈椎病的发生。

（1）寒湿阻络；

（2）气血两虚；

（3）脾肾阳虚或阴虚。

因此，中医治疗多以调和气血、补肝肾、益气养阴、醒脑宁神、通经络等方式为主。

第七节　如何预防颈椎病

颈椎病的预防应该从儿童甚至婴儿开始。想想我们小时候，都是枕头很硬、很高，出生的小孩要做个枕头睡头。由于长时间养成的习惯，成年后我们习惯于高枕，并且以高枕无忧自居。到了40岁以后，风寒湿邪的侵入，钙的流失，骨质的退变，使我们这代人基本都有颈椎病。

现如今手机、电脑、电视、坐的时间过长等，使我们这一代甚至下一代过早的患上颈椎病。因此，预防颈椎病要从小、从习惯上来改变。

第八节　腰椎间盘病

一、什么叫腰椎间盘

腰椎间盘存在于腰椎的各个椎体之间，对腰椎起着支撑、连接和缓冲的作用。腰间盘相当于一个微动关节，由髓核、纤维环、软骨、椎体共同组成。其中，髓核为中央部分，纤维环为周围部分，包绕髓核，软骨分为上下部分，直接与椎体骨相连。

髓核是椎间盘中央的凝胶状的缓冲部分，包含在数层软骨层中，随着年龄增长、个人的自身体质、劳累等不同程度逐渐脱水。

腰椎间盘突出、腰椎间盘膨出、腰间盘脱出，总称为腰椎间盘病。

二、什么叫腰椎间盘膨出

腰椎间盘膨出是指椎间盘退变松弛，椎间纤维环均匀性超出椎间隙范围，椎间组织没有呈局限性突出。

三、什么叫腰椎间盘突出

腰椎间盘突出是指椎间盘组织局限性移位，超过椎间隙移位，椎间盘组织尚与原椎间盘组织相连，其基底连续部直径大于超出椎间隙移位的椎间盘部分。

四、什么叫椎间盘脱出

椎间盘脱出是指移位椎间盘组织的直径大于基底连续部，并移向于椎间隙之外。脱出的椎间组织块大于破裂的椎间盘间隙，并通过裂隙流于椎管内。

五、腰椎间盘膨出与腰椎间盘突出的区别

腰椎间盘膨出与腰椎间盘突出疾病的痛感和治疗基本一致，但在病理上有明显的区别。

腰椎间盘膨出：其纤维环完整，主要是向前及两侧掀起韧带

和骨膜。

腰椎间盘突出：是软骨环断裂，髓核溢出。

腰椎间盘膨出与腰椎间盘突出都可导致椎管狭窄。

六、腰椎间盘病患病的主要因素

腰椎间盘病患病的主要因素有6点：

（1）外伤。曾经有过外伤，比如骨折、扭伤、摔倒等，没有及时治疗。

（2）劳伤。劳累过度，如抬、扛、搬重物等。劳累过度会伤其筋骨。

（3）遗传。根据临床验证，腰椎间盘有遗传基因。父母任意一方患有此病，子女因自身体质等原因，也易发生此病。

（4）风寒湿邪。随着年龄增长，骨质疏松，遇有风寒湿邪侵入，也同样容易患有此病。

（5）身体自身素质。如体重过重、过轻都会导致此病。

（6）气血亏损。当人的年龄到了40岁以后，气血会逐渐亏损；过了50岁以后人的肾气不足，气血两亏，痹症出现也会导致此病。

七、腰椎间盘膨出和腰椎间盘突出的主要症状

其主要症状有两点：

（1）根据每个人的自身体质不同，出现的症状自然也不相同，而相同点是到了严重时期都会有坐骨神经疼。早期患者患有腰椎间盘病有的感觉腿麻、腿无力、腿疼、腰部不适等。

（2）腰椎间盘病的患者极易患腰脱。随着年龄的增长，腰脱的频率会逐渐增加，形成习惯性滑脱。

八、中医对腰间盘病的治疗

根据患者不同的年龄、不同的患病因素，中医治疗时给予不同的治疗方式和手段。首先就是行气血、补肝肾。

第九节　如何预防腰椎间盘膨出、腰椎间盘突出

腰椎间盘膨出和腰椎间盘突出的发病因素，我在前面已经讲过。怎样预防很难，因为每个人的生存条件不同，劳动强度自然不同。除外力因素和自身身体素质之外，劳动强度大的患者和有遗传基因的患者患病机率会高些。

因此，提醒大家尽量不要超极限劳动、运动。如果感觉腰背不适时，尽量休息一下，缓解腰部的疲劳。我们每年做体检时不要忘记，腰椎检查同样重要。

如果发现自己患有腰椎间盘膨出或腰椎间盘突出疾病时，要尽快治疗，不要以止疼为目的，这样会隐藏病情，导致更严重的后果。另外，不要做一些不正规、不科学的按摩或激烈运动，有条件的最好多休息。

第十节　滑　膜　炎

一、什么叫滑膜炎

滑膜炎是骨关节炎病中的一种多发性疾病，其发病部位主要在膝关节上。膝关节是人体滑膜最多、关节面最大和结构最复杂的关节。由于膝关节滑膜分布广泛，并位于肢体表较浅的部位，也

是身体承重最多、最关键的关节，故遭受损伤和感染的机会较多。

二、滑膜炎患病的主要因素

滑膜炎患病的主要因素有5点：

（1）外伤。比如碰撞、骨折、崴伤等。

（2）感染。比如手术、创伤等。

（3）邪寒侵袭。骨关节发生变化时，受到风寒侵入。

（4）腰椎间盘病导致。患有严重腰间盘病的患者，由于整体骨质有所退变、疼痛、腰椎变形，膝关节不正常受压等。

（5）劳损。过度劳累也会损伤膝关节。比如登山、爬楼梯、练武术、大量运动等。

三、滑膜炎的主要症状

滑膜炎可分为急性发作、慢性发作及增生性滑膜炎3种。

（1）滑膜炎急性发作。这种情况一般多发生于青壮年人群。当膝关节受到碰撞，或运动时损伤，如踢球等，受伤后不在意，伤后膝关节开始发生轻度水肿疼痛，行动受限及跛行，这种情况最早可在几小时之内发生。滑膜反应性积液，膝关节明显肿胀、发热，下蹲时困难并疼痛，关节周围压痛感。个别患者不治自愈，但隐藏了病情，一段时间后就会复发。

（2）滑膜炎慢性发作。也叫慢性损伤性滑膜炎，有时无明显外伤史，主要表现为膝关节发软及活动受限，肿胀持续不退，活动增多时病情加重、休息后减轻。

急性滑膜炎如果没有得到及时治疗或治疗不当，也会转变为慢性滑膜炎。

（3）增生性滑膜炎。增生性滑膜炎大多发生在老年人身上，如膝关节退行性病变、滑膜组织老化等，长时间得不到治疗就会导致滑膜炎、半月板损伤，半月板撕裂等。

四、中医对滑膜炎的治疗

患滑膜炎除上述致病因素外，还会因为外感诸邪、关节受伤、穴位受阻、积液堆积等导致成病。所以，中医治疗主要方法是活血化瘀、通经走络、祛风散寒，使其促进血液循环，改善周围组织营养，促进关节受阻处微循环恢复畅通。

第十一节　如何预防滑膜炎

滑膜炎的患病因素前面已经讲过，除外力因素外，大多滑膜炎患者是腰间盘病患者的最终结果。也就是说，腰椎间盘病患者，随着年龄增长肾气的不足、骨质退变等原因，基本都会出现滑膜炎的症状。

所以,患有腰椎间盘疾病的患者,尽量减少登山、爬楼梯等膝关节受力强度大的运动,保护好膝关节。如果出现问题如肿胀、疼痛时,不要按摩、针灸,这样会使你的软组织受到破坏,不要轻易接受针剂、抽水,更不要急于手术。要采取中医中药治疗的方法。

第十二节　股骨头坏死

一、什么叫股骨头坏死

股骨头坏死也叫股骨头无菌性坏死或缺血性坏死，是由多种原因导致的股骨头局部血运不畅，从而引起骨细胞进一步缺血、坏死，严重者表现为骨小梁断裂、股骨头塌陷。

二、导致股骨头坏死的因素

导致股骨头坏死的因素有3点：

（1）创伤。骨折、关节脱位、扭伤等是导致股骨头坏死的主要因素。外伤导致骨内血管的破裂、扭曲或受压，供血不足等均可引起股骨头坏死。

（2）酒精刺激。长期大量饮酒，造成酒精在体内的积蓄，可使血管堵塞、出血或脂肪栓塞。

（3）药物。随着人们激素类药物的使用量逐年增多，患此病的人数也在逐年增加，已呈现出超过创伤所导致该病的趋势。另外，劣质保健药品的服用也是导致股骨头坏死的重要因素。

三、股骨头坏死的主要症状

股骨头坏死的主要症状分为早期和晚期：

（1）早期股骨头坏死症状。早期股骨头坏死往往不易被人们发现，只是偶尔会有隐痛、钝痛、间歇痛，活动多了加重疼痛感，休息几日便解除疼痛。因此，常被误以为是劳累所致，隐藏了病情，延误了治疗。虽然，病情早期时X片上没有明显形态异常改变，但髋关节已有不同程度的功能受限了。

（2）晚期股骨头坏死症状。股骨头塌陷、碎裂、变形，甚至髋关节脱位，不管是劳动还是休息，甚至是躺在床上都疼痛难忍，而且是呈逐渐加重的趋势。

四、中医对股骨头坏死的治疗

中医主要是使用纯中药使病处局部血管扩张，改变微循环缺血状况，疏通髋关节微血管，改善股骨头部位营养，使坏死的骨质逐渐被吸收，增强骨细胞再生，促进新骨形成。

第十三节 肩 周 炎

一、什么叫肩周炎

肩周炎主要是指关节周围肌肉、肌腱、滑囊和关节囊等组织的慢性无菌性炎症，其炎症会导致内外关节粘连。肩周炎发病人群多为50岁左右的人群，故又称“50肩”。

肩周炎的全称为肩关节周围炎。因为，患病后肩关节运动受限，仿佛被冻结或凝固一样，故称为“冻结肩”、“肩凝症”。患者有时感觉有冷气从关节冒出，故又称为“漏风肩”。

二、肩周炎的患病因素

肩周炎的患病因素有4点：

（1）过度劳作。伤其筋骨，血淤气滞。

（2）风寒湿邪。风寒湿邪侵袭肩周筋脉。

（3）筋骨损伤。肩部受过外伤，因没有及时治疗，导致肩部凝滞、筋脉失养。

（4）体质虚弱。内外营养虚弱、筋骨衰颓、外邪而入。

（5）患有颈椎病者：颈椎出问题直接影响到肩周，因血流不畅，经络变阻等因素，也会导致肩周炎。

三、中医对肩周炎的治疗

主要治疗手段有两点：

（1）药物。活血通络、祛寒除湿。

（2）手法。做手法时根据患者的身体素质、年龄，同病不同施治。

第十四节　骨质疏松

一、什么叫骨质疏松

骨质疏松就是当骨质的生成没有流失快时，骨质发生退化，因此出现骨密度降低和骨皮质变薄。

二、骨质疏松的发病因素

发病因素主要有7点：

（1）骨质疏松多发生于老年人。因老年人肾脏虚衰、三焦气化不利、脾胃虚弱、气血亏虚、气虚无力行血、脾虚湿盛，或久病入络、寒凝筋脉等均可导致淤血痰浊痹阻筋脉，致筋骨失养。

（2）女人绝经后易发骨质疏松。绝经后雌激素水平低落，其特征是骨量减少，骨组织微结构改变。

（3）妊娠哺乳期的妇女，蛋白质缺乏，低钙饮食。

（4）酒精中毒。长期大量饮酒，且经常性醉酒。

（5）遗传、肝病、肾病，经常性的肾透析。

（6）药物导致。比如长期服用激素、抗癌药物，以及劣质补钙药物。

（7）长期久病卧床、免疫、营养缺失等。

三、骨质疏松症状

症状主要有4点：

（1）疼痛。以腰背痛多见。疼痛在脊柱向两侧扩散坐卧时减轻，站立或行走加剧。不过，久坐也会加剧疼痛。

（2）驼背。经常是在疼痛后出现，脊椎椎体为前体前部几乎多为松质骨质组成，而且此部位是身体的支柱，负重量大，容易压缩变形。随着年龄的增长骨质疏松加重，驼背曲度加大，致使膝关节挛拘显著。

（3）骨折。不经意的撞和摔都会导致骨折现象的出现，这就是退行性骨质疏松最常见，也是最严重的并发症。

（4）呼吸障碍。呼吸功能下降，胸和腰会出现压缩性骨折，由于造成的肺活量最大换气量显著减少，患者会经常出现胸闷气短、呼吸困难症状。

四、中医治疗骨质疏松

肾主骨，中医以补肾为主。并在补肾的基础上根据不同临床表现，采取健脾益气、补益肝肾、活血化瘀、化痰通络、温化寒湿等手段辅助。

第十五节　骨质增生

一、什么叫骨质增生

骨质增生也叫骨刺，是指关节退行性改变后关节软骨被破坏而引起的慢性关节病，是人体衰老的一种正常退化现象。该病主要发生在人体负重较大的关节处，比如颈椎、腰椎、膝关节、足跟等处。

二、骨质增生的发病因素

发病的主要因素有两点：

（1）人体关节自身退行性病变，主要是骨质退变、老化。

（2）外力的影响，主要是外力损伤、关节劳损、风寒湿邪侵入。

三、骨质增生的主要症状及危害

骨质增生的主要症状及危害是增生成长迅速，从而压迫周围其他组织，引起关节功能障碍，活动受限、肌肉萎缩、压迫神经疼。

四、中医治疗骨质增生

中医会根据不同发病因素，以温通经络、强筋壮骨、修复周围坏损组织，恢复周围神经，阻止骨刺继续生长。

第十六节　骨髓炎、骨结核

一、骨髓炎

（1）病因：感染。主要为一种骨的感染和破坏，好发于长骨。

（2）主要感染源：开放性骨折、骨关节置换、腰间盘等各种骨病手术，糖尿病、透析、放射治疗、静脉用药也会导致发生骨髓炎。儿童发生率占有很大比例，任何引起菌血症的过程都可诱发骨髓炎。

（3）症状：骨髓炎急性发作时高热，局部疼痛，转为慢性时会有溃烂、流脓、有死骨和空洞形成。重症者会危及生命。

二、骨结核

（1）骨结核病因。骨结核是由结核杆菌侵入骨或关节所引起的化脓性破坏病变，中医学认为其发病于骨或骨关节故称其骨痨。骨结核也是肺结核继发而来，有的病人严重时会导致瘫痪。这是由于结核病变时对骨头的侵蚀，脊椎有脊髓，一旦侵蚀到脊髓，脊髓受损就会导致瘫痪。发病部位越高，危险系数就越大。如果是颈椎结核，那么从颈椎以下可能瘫痪；如果是腰椎结核，那么下肢可能瘫痪。骨结核因其发病后流脓好似浓痰，故又称流痰。

（2）骨结核的症状。骨结核可分为全身和局部两种。

1）全身症状。发病缓慢，食欲减退，倦怠乏力，体重下降，以及发热等很容易误治。到了晚期，以上症状加重，并会发生继发性贫血。

2）局部症状。疼痛。病变侵入关节时疼痛难忍，特别是在夜间疼痛加重。

（3）中医治疗骨髓炎、骨结核。我的父母亲在研究治疗骨髓炎和骨结核时，采取的是从内而外，分同病异治和异病同治等治疗手法，并从加强病患的营养入手，提高他们的免疫力。

第十五章　关爱生命　保护健康

第一节　未病防疾　治病求本

一、治未病

什么叫做未病，顾名思义就是没有病先治疗，没病找病？是的！我们要时刻注意自己身体的变化，甚至在没有任何变化时就开始预防。中医对疾病的预防源远流长，早在两千多年前古人就已有“圣人不治已病，治未病。不治已乱治未乱”之说。

《淮南子》中有句名言：良医者，常治无病之病，故无病。治未病是中医理论的指导思想。《皇帝内经》中提到：“肝热病者左颊先赤，心热病者颜先赤，脾热病者鼻先赤，肺热病者右颊先赤，肾热病者颐先赤。”

虽然病情还未出现，但是赤色已经表示出疾病即将发生。赤色也是疾病来临前兆。

就骨病而言，颈椎病、腰间盘病等初期都不被人们重视，患者到了坐骨神经疼痛难忍，或腿脚麻木、行走不便时才想到治疗。

《医学源流论》说："病之始生浅，则易治，久而深入则难治"。因此，我们要做到治未病。稍有不适及时调理，早期被治愈就不会进一步发展恶化，等到邪疾强盛，病情严重再去治疗，恢复健康就比较困难了。

二、未病先防

目前，我们全民都在讲健康，每个人都知道健康的重要性。那么，我们就更应该意识到在疾病来临之前预防疾病的发生。未病先防，就是把疾病消除在萌芽之中，是我们保护健康的重中之重。

当然，健康取决于个人身体的整体素质。也就是人体的正气充沛与否，决定人体抗病能力的强弱。在同等条件下，有人得病，有人健康，这就是"正气存内，邪不可干"的道理。未病先防应该从哪些方面入手呢?

(1) 增强自身体质，提高抗病能力。就骨病而言，身体素质好，有一定的防病抗病能力，风寒湿邪很难侵入，做到"正气存内，邪不可干"，从而做到促进健康以及预防疾病的发生。

(2) 劳逸结合，防患于未然。随着人们生活质量的提高，人们对健康有着更高的认识。但是，由于每个人生存条件和工作性质所决定，好多患者都是积劳成疾的。

所以，在此提醒劳动强度大的朋友，要劳逸结合，应多注意休息，不可逞强搬抬过重物品，以免损伤身体给健康埋下隐患。

(3) 遗传基因不可忽略，骨病即如此。很多骨病患者患病根源来自遗传基因。在查阅父母积累的大量资料中发现，有的患者的爷爷辈就患有腰椎病、膝关节骨性关节炎、半月板损伤等疾病，多年以后他的父亲，现如今他本人，都会患上同一种病。

例如，有一个患者，全家兄妹5人，已经有4个人膝关节置换。他的母亲已在多年前置换了。他目睹了他的母亲和其他兄弟姐妹置换后的痛苦，心理压力很大。在朋友的介绍下，他选择了中医治疗，目前已康复。

在此，提醒有家族病史的朋友，在日常工作和生活中，要做好未病先防，最好不要从事重体力劳动和剧烈运动。尽量不吃或少吃消炎药、止痛药物，注意饮食健康，提高自身免疫力，防止疾病发生。

三、即病防变

对于一些已经发生的疾病，在积极治疗的同时，要防止疾病的发展与转变。《金匮要略》中讲："夫治未病者，见肝之病，知肝传脾当先实脾。"注意防变对于预防和控制疾病起着重要作用，骨病的防变尤其重要。

例如：骨折后2～3周临床愈合，可以帮助患者活动；4～5周外固定解除，加强肢体锻炼，全身功能活动，促进康复。

如果骨折后得不到及时治疗或治疗不当，则会导致骨不连接、骨坏死等一系列严重骨科疾病。

记得多年前我父亲治疗一位滑膜炎患者，父亲根据他的病情、年龄、身体状况对他进行了诊治。当时对他说："滑膜炎需要两个疗程的治疗，你一定要坚持按疗程服药，就一定能根治。不然，你的另一个膝关节也会如此。"该患者没有听我父亲的话，吃了一个疗程消肿不疼了，自认为好了，自动停药。两年后，他拿着X光片子来找我父亲，结果正如我父亲当年所说另一个膝关节也患了滑膜炎。

预防病变就是要求我们对待疾病，要进行早期并且积极配合治疗，防止疾病的发展和转变。

四、治病求本

任何疾病的发生与转变，都是有过若干症状和体征表现出来的。但是，这些表现显露于外的征象并不是疾病的本质。我们常说透过现象看本质，医者即是如此。透过观象找到疾病的根本，只有从根本上消除病因，疾病才得以根治。

在治疗疾病时，通过辨析病人的病因病机，抓住疾病的本质，针对疾病的本质进行治疗。

世界卫生组织提出，健康不仅是身体没有疾病，还要具备心理健康，良好的社会习惯和公共道德。因此，对行医者而言，特别是我们这些祖传中医的后人，遵循祖传医德，弘扬祖国中医文化势在必得。

第二节　辩证施治　效验良方

一、辩证施治

在陪伴父亲多年行医中常见一些崴脚、落枕、腱鞘炎、肩周炎之类的小病症，就因为是一些小病症不被大家所重视，导致的意想不到的严重后果。

我在前面已经提到过，经常有患者脚崴后前来求治。一般症状都是肿胀严重、淤血面很大，疼痛难忍。父亲一看便知是揉按导致的。更有严重者崴脚后已经发生骨折，按揉后患者痛苦不堪，把简单骨折变得复杂化。

当发生类似伤病后，首先选择就近医院拍片，确定是否是骨折。如是骨折，按骨折治疗方案进行治疗；如果是软组织伤也不建议按揉，更不能用白酒推和热敷，这样会加重肿胀、瘀血瘀斑增多使患者更加的疼痛，延迟逾期。

有的患者睡觉落枕，疼痛难忍就找按摩师按摩、推拿，当时感觉舒服疼痛减轻，但过一时期又出现此现象，而且患病发病的时间一次比一次接近，形成经常性，并越来越严重。这种现象说明患者不是单纯性的落枕，一定要到医院做检查，看是否有颈椎间盘膨出、突出、退行性性变以及其他病症，确诊后再行治疗。

颈椎膨出、突出都不适宜按摩，如果疼痛难忍可以按肩部缓解症状，及时治疗。

我们并不反对推拿按摩。推拿、按摩也是中医治疗不可缺少的一部分。如肩周炎、腱鞘炎、网球肘、腰椎间盘滑脱，单纯性落枕等等，多以手法治疗。

二、效验良方

父亲行医 70 年，一直研究中医治疗骨病。不过，经常有骨病以外的患者来求治。

如谁家刚出生的孩子屁股红了、孩子腿两侧淹裆了、谁家的产妇没有奶水了等，都会来找我父母，父亲母亲也是尽力帮忙。

记得，那是我刚从二十二冶医院（唐山市）调回大连不久，父亲到我单位找我，父亲看到门岗有位女士就小声和我说："她是你们单位的?"我说："是"。父亲说："她有肺结核病，而且很重。"

当时，我们都知道这位女工每年都要住几次院，但并不知道她有肺结核病。

父亲给她开了一个方子，让她按疗程服药。时隔两年后，我在一次朋友聚会中见到她，她握着我的手激动的说："周玉坤啊！我一直想感谢你爸爸，我的病好了。"

父亲经常说："小方子也可以救命"。在《仁心仁术》即将出版之时，我把父亲的部分小验方整理出来，希望能给患此类疾病的患者带来一些帮助。

借此机会，我诚恳的对中医老前辈、各位老师道一声好！不当之处希望得到您们的指点。

方剂一　止血灵

主治：流鼻血不止。

处方：大生地150克、元参150克、麦冬50克。

用法：水煎服。

方剂二　六味止痛汤

主治：坐骨神经痛。

处方：附子15克、黄芪25克、肉桂25克、羌活25克、防己25克、秦九25克。

用法：水煎服（10天为一个疗程，疼痛缓解即停）。

方剂三　肺痨饮

主治：肺结核。

处方：五味子200克、红皮鸡蛋5个、白糖200克（如果有糖尿病减少100克）。

用法：将五味子放入三大碗水（约1500克）中，煎至约一碗水时，将5个红皮鸡蛋放入煎好的药水中浸泡5~6天，鸡蛋开始软化，加入白糖，用纱布过滤，将药水分成6份，每日一份，此药为一副，连吃3个月（一个月为一个疗程）。

方剂四　静脉清（口服）

主治：静脉炎。

处方：益母草50克、红花15克、川芎15克、丹参20克、地龙20克、赤芍15克、乳香15克、没药15克、当归20克、鸡血藤20克、薏仁50克、白术25克、赤小豆35克、茯苓25克、双花30克、连翘20克。

用法：水煎服（五副为一个疗程）。

静脉清（外用）

主治：静脉炎。

处方：苦参250克。

用法：将药泡在水里1个小时，然后煎至水滚开，端开，待水温热时洗患处（口服和外用同时进行）。

方剂五　虫草牛黄丸

主治：清热解毒、消肿散结。

处方：人参60克、牛黄6克、麝香18克、冬虫夏草50克、炙乳香60克、炙没药60克、玄参60克、麦冬60克、炙甘草30克。

用法：将各药研面（冬虫、牛黄、麝香单独研，后放）拌匀后，每日早晚各服8克，也可做成丸服。

方剂六　下乳方

主治：产后奶水少或没奶水（最好在月子里用）。

处方：当归10克、党参10克、黄芪10克、麦冬30克、桔梗20克、木通20克、漏芦15克、甘草10克、五不留行15克。

用法：猪蹄两个煎汤，再用猪蹄汤煎药。早晚各服一副，一周为一个疗程，（猪蹄每天两个新鲜的，不可重复用）。

方剂七 落枕方

主治：落枕、背疼。

处方：当归15克、白芍15克、元参15克、杜仲15克、熟地15克、秦九12.5克、川芎5.5克、灵仙10克、葛根10.25克、广木香2.5克、陈皮10克、白芷5.25克、羌活5克、粉丹皮15克、甘草5克。

用法：水煎服，早晚各一副，黄酒一两为引。

方剂八 速效救心散

主治：受伤后服之，防止休克。

处方：甘草、乳香、朱砂、白糖、绿豆粉。

用法：各味药等份研面，每副5~10克，温水送下。

方剂九 桃仁止痛汤

主治：损伤血瘀、肝内作痛、发热狂躁。

处方：大黄10克、芒硝25克、桃仁25克、桂枝25克、甘草25克。

用法：水煎服，早晚各一副，一周为一个疗程，疼痛缓解即停。

方剂十 药酒方

主治：缓解风湿性腿疼、腰疼等。

处方：荆芥皮25克、丹皮25克、五加皮25克、郁金25克、乌药2.5克、官桂10克、广木香12.5克、羌活12.5克、乳香6克、甘草10克、川芎12.5克、元胡25克。

用法：以上诸药共为细末，用白布包之，酒3斤装好封口泡制（不可用金属铁器），每日服两次，每次服2~4两即可。

后　　记

回忆历史，追忆往事，缅怀先辈。

莎士比亚说过“生命短促，只有美德能将它留传到后世”。

《仁心仁术》是我第一次写作，也承载着我20多年的夙愿。1995年7月，在母亲弥留之际，我对她说：“妈，我想把你和爸爸传奇的一生写成书，好不好？”当时，母亲紧闭的双眼用力睁开看着我，使出全身力气说：“好。”这也是母亲留给我们的最后一句话。这个“好”字伴随了我整整20多年。今天，带着墨香的《仁心仁术》终于可以告慰父母亲在天之灵。今年农历6月23日是母亲去世20周年、大姐去世10周年忌日，《仁心仁术》在此时出版，也是给母亲和姐姐送上最好的忌日礼物。

在本书的创作过程中，父母亲的老朋友、《中国冶金报》原总编辑艾桂林和夫人辛霞在百忙之中，给予我很多指导性意见，并为《仁心仁术》作序。

原中冶置业集团有限公司党委副书记、纪委书记张丽达（书中瑞卿姐姐之女）在我写作《仁心仁术》过程中，多次给予建议和帮助。

在我写作过程中，诸多父母亲的老患者，都争相为我提供他们当年患病的病历和我父母给他们治疗过程的照片；好多患者在回忆我父母亲的过程中，一直激动地流泪，一再要求我要好好写写他们的事迹，并再三嘱咐我《仁心仁术》出版后，一定要送他们一本做纪念。

在这里，我对他们道一声谢谢太微不足道了！我只能藏记于心！

2016年4月10日 于大连

附件

正骨中医昭雪记

1978年末，为了复查周福蕴案件，第二十二冶金建设公司医院党委已经物色了三四个人，但人们都不愿参加。

的确，周福蕴案件太复杂、太棘手，时间又太长了。不仅在包头，就是在国务院、公安部、冶金工业部的信访部门也都知道有个周福蕴。他的大女儿周玉英，由十几岁开始上访，如今已是奔40岁并有两个孩子的妈妈了。接待人员对她的称呼已由小周变成了老周。

医院党委最后把任务交给了保卫科长王丙才。这位颀长清癯的中年人也想打退堂鼓，但党委书记宋海斌摆了个果断的手势，意思是说，党委已做了不容党员讲价钱的最后决定。他服从了。

根据冶金工业部、公安部的要求，王丙才和包头市信访处的李广维、公安局的袁世德组成了周福蕴案件复查小组。

王丙才等同志接到任务后，认真学习了党中央十一届三中全会关于平反冤假错案的精神，进一步提高了认识，决心慎重对待，深入调查，把周福蕴案件搞个水落石出。

一

王丙才和复查组的其他同志，调查了周福蕴案件发生的前前后后。

贫农出身的周福蕴，现年55岁。他继承并发扬了祖传的一套中医正骨医术。解放初期，他在鞍钢土建公司工作时，就经常用业余时间给骨折患者治疗。鞍山市卫生局考核后，拟把他改成中医医师。但周福蕴放弃了改职称的机会，于1956年6月，带领全家随着浩浩荡荡的建设队伍，来到了大草原，建设包钢。周福蕴在包建二公司当调度员，业余时间，继续和爱人林淑梅为骨折患者治疗。

当时，工伤事故比较多，治疗技术跟不上。周福蕴和林淑梅经过包头市卫生局考核，都被提为中医医师。为此，包建总公司决定成立中医正骨所，周福蕴为负责人。

1958年以后，来正骨所治病的患者愈来愈多了，每天门诊平均五六十人。病床增加到一百四五十张。医护人员最多增加到37人。周福蕴、林淑梅兢兢业业地工作，热心为患者治疗，有时夜以继日，废寝忘食，节假日也很少休息。

由于周福蕴、林淑梅表现突出，1957年、1958年、1959年连续3年都被评为包建总公司的先进工作者。1958年，周福蕴被评为包头市的先进工作者。1957年、1959年，《包头日报》、《内蒙古卫生报》先后介绍了正骨所的先进事迹。1959年，内蒙古召开的中医现场会，包钢正骨所被评为先进集体，是大会的参观单位。正骨所办公室挂满了奖旗、奖状，经常收到表扬信和感谢信。

1959年，内蒙古中医现场会后，担任正骨所技术负责人的周福蕴已被上报提为主治医师。

但是，到了20世纪50年代的最后一年，反对右倾的政治狂风夹着阶级斗争的倾盆大雨，席卷着祖国大地。一心扑在工作上的周福蕴万万没想到，就在他被提拔为主治医师的时候，在运动中，突然遭到有人在幕后策划、组织大字报的围攻。大小会的批斗，搞了3个多月。尔后，这个中医正骨主治医师就架着手推车，走街串巷，叫喊卖菜，听候处理。

1960年9月12日，周福蕴被逮捕，宣布的罪名是“反革命分子”，但文件上却分明写的是“反革命破坏医疗事故”。翌年1月17日，周福蕴因病保外就医。林淑梅于1961年3月被无故开除，大女儿周玉英被强行下放。同年9月，周福蕴全家被遣返原籍。

周福蕴的大徒弟张宝祥、二徒弟叶淑琴也受到株连。张宝祥被长时间批斗后，又强迫了10个月的劳动教养。直到解除劳教时，他才知道罪名是“思想反动”。张宝祥的爱人（党员）也被逼着划清界限——带着两岁的女儿和3个月的身孕离了婚。叶淑琴被开除了团籍，若不是“借”了吃奶孩子的“光”，也被送去劳动教养了。但是，长时间的折磨和精神压抑，使她患了严重的神经官能症。

30多岁的正骨中医经不起这场突如其来的打击啊！“反革命分子”的罪名，就像条毒蛇一样缠着、折磨着周福蕴和他的一家。

周福蕴的原籍大连市甘井子区棋盘村已经没有亲人了，遣返时只好投奔林淑梅的原籍——金县大魏家公社连丰大队。周福蕴一家——“反革命”及其家属来到这里，就像瘟疫一样，连亲朋至友也不敢靠前，他们一家只得住在远离村庄的一个濒于倾圮的打石场窝棚。10多平方米的地方挤住了10个人，地面铺了层玉米秸算是炕。屋里漏雨透风，阴冷幽暗。

喝的是浑浊的沟里水；吃的是野菜、粘蘑、玉米糊。

孩子们都失去了学习机会，十几岁就衣着褴褛，光着脚丫下地干农活。

政治上的歧视，使生活更加困难。劳动同工不同酬，有一次分玉米，一麻包装了258斤，竟一半是瘪子！分红薯挨家送，周家的又小又坏。大人气，孩子哭。

从1961年开始，竟有15年未给他们家分红。每到分粮或年终结算，林淑梅几乎都要愁出一场大病。

瘦恹恹的周福蕴瘫了五六年，上厕所都是儿子背着。他冤苦填塞，整天价不停地叹息着："我犯了什么罪？把一家人折腾成这个样子！"正骨大夫最清楚多年卧床容易引起终身瘫痪。他一面给自己开处方服药，一面抓紧锻炼身体。当上身能活动时，他就用双手拄着炕，支撑着上身坐直，以防止脊椎弯曲。久而久之，这3个手指接触炕的部分，便结成了厚厚的老茧。20年了，那老茧还附在手指的背面。

在缺医少药的山沟沟里，大多数农民欢迎周福蕴、林淑梅，说他俩医道高，态度好，扭伤、脱臼、骨折，一治一个好；春夏秋冬，黑夜白日，有求必应。远道来的，还留下吃住；实在没钱的，他家还免费供应草药。来周家治疗的患者，有农民、工人、机关干部、解放军指战员，也有地方领导干部。

1974年，大魏家公社主要负责人等想把周福蕴、林淑梅从政治上搞臭，妄图使患者不敢去看病。他们组织了以公社医院靠"造反"当上主任的王树深为头儿的调查组，专门收集周、林治病出现的所谓问题。结果，一无所获。但是，仍然给周福蕴夫妇戴上了"巫婆神汉"、"地下黑行医"的帽子，办了5天"学习班"、游斗了12个大队。

当周福蕴被戴上手铐、身陷囹圄时，他仍坚信自己没有犯法，不是反革命分子。他常对家人讲："我心里不愧。共产党讲实事求是。咱们要上访，错案总有一天会平反的。"从1961年以后，这一家一直没有停止写信或上访申诉。

1966 年，经包头市有关部门和二冶复查，结论是："周福蕴发生医疗事故，不能定为反革命破坏，属于严重的责任事故。"先后给周福蕴、林淑梅复职并安排了周玉英工作。周福蕴不同意有"严重的医疗事故"。

但是，灾难又接踵而来。在十年浩劫中，周福蕴像航行在恶浪滔天的大海中的一叶扁舟。内蒙古"清队"扩大化的"十二级台风"，险些使他葬身鱼腹。戴着"反革命分子"帽子的周福蕴及其全家再次被押送原籍。

1969 年末，周、林及其女儿又复职。

1974 年，批林批孔进入高潮，周福蕴第三次被开除厂籍。林淑梅被"动员"退职，周玉英被下放。同时，二冶党委常委决定：周福蕴案件已经定了，不再复查；上访不予接待，谁接待谁负责。这样，周福蕴案件的解决变得越来越难了。

二

周福蕴被逮捕时，宣布他是"反革命分子"，文件上写的是"反革命破坏医疗事故"，根据是什么？

复查小组急于想看到周福蕴档案。

王丙才从二十二冶医院找到公司、包建、包钢，又找到市里，都落了空。

周福蕴档案会不会随人走了？王丙才去旅大查找。他从金县查到旅大市甘井子区，跑了一个星期，毫无结果。最后，通过金县公安局查发走档案的机要号，才在甘井子区革镇堡派出所查到了。

王丙才在档案里发现 3 个重要情况。

第一，鞍山解放前夕，1947 年 8 月，找不到职业的周福蕴为了逃避国民党抓兵，曾误入歧途，在国民党辽南特派处鞍山通讯组当过几个月的通讯员。1953年，他主动向组织坦白交代了这个问题。同时，因为检举有功，受到了表扬。这件事，当时鞍山市委就做了结论。到了包头市，包钢干部处又做了同样结论，以后再未发现新问题。这就是周福蕴的历史问题。定他“反革命破坏医疗事故”或给他戴“反革命分子”帽子以及再次开除他的厂籍，都与此有关。

第二，1961年7月，包头市昆都仑区法院在给同一地区的检察院的发文中，曾经指出：周福蕴一案的犯罪事实部分，“经查原材料，除一件有证明材料，说明该犯错误治疗而造成残废外”，其余“责任均不清楚”。法院要求检察院“查清事实”、“补充材料”。但档案中却无检察院“查清事实”的补充材料，倒是法院这个要求查清事实的文件，成了周福蕴的最后宣判书。奇怪的是，既然定周福蕴罪犯的事实尚未查清，法院却又建议“根据周犯病情，是否可让该犯及全家回原籍农村交群众监督改造，希公安部门联系为盼”。以后，周福蕴就这样被稀里糊涂、不负责任地当做反革命罪犯处理了，同时株连了全家。

第三，周福蕴、林淑梅的中医正骨医师，是经过包头市卫生局考核批准的。但是，为了定他“反革命破坏医疗事故”，竟不顾事实，编织罪名，说周福蕴是“冒充正骨中医，骗取领导信任，对患者任意治疗……”据了解，正骨所成立三四年来，治愈了近万名患者，未出现过大的医疗事故。周福蕴、林淑梅的原籍组织，来信要求为其平反，也证实了这一点。棋盘大队证实：“周福蕴在我队是世居。从他祖父、父母到他夫妇都懂骨科病，是祖传的，并非不懂装懂。1975年从连丰返回后，两年多为患者治疗600余例，效果显著，受到患者和当地社员的好评。”连丰大队的信还写道："他们夫妇懂得中医，会治疗骨科疾病，给我队治过 180 多人，还给外地和部队治了不少。没听说有给治坏的。"

这 3 个问题，使王丙才感到周福蕴的案件大有文章。

三

"严重责任事故"是怎么定的呢？这个问题不弄清楚，周福蕴案件就不能彻底解决。复查小组决定进一步查清它。

于是，他们便针对包头市公安局逮捕周福蕴的依据——所谓反革命破坏医疗事故报告，进行调查。那上面主要举了 4 例，只有姜秀之死是个关键。其他 3 个病例都不能说明问题。

姜秀是怎么死的呢？

据一些人回忆，姜秀是白云鄂博铁矿一位年纪约 50 多岁的工人。他于 1959 年三四月间，来正骨所治病时的情况，西医大夫葛庆升最清楚。

此时，葛庆升已调到邯邢矿建医院。

王丙才、李广维找到了正在家里养病的葛庆升。他一口咬定："姜秀是周福蕴治死的。没错，我记得最清楚。"

实际情况究竟怎样？如何再进一步调查？大家都在苦心琢磨。

突然，王丙才拍了一下脑门：

"查病历！"

"是个办法。"两位同志也恍然大悟。

"但，20 年了，机构几经变化，病历会不会遗失？能查到吗？"有人提出异议。

"我去查。看来只有走这条道了。"王丙才毛遂自荐。

他先到包钢医院，没查到。又到包钢卫生处，也未查到。但是，却意外地发现了原正骨所党支部关于斗周福蕴的计划安排、斗争会发言记录、大字报底稿以及向卫生处党委汇报的提纲。奇妙的是，在斗争周福蕴计划安排的序言上写道："从所了解的情况来看，周福蕴的工作是肯干的，在正骨上做出了出色的成绩。"接着就写了斗争周福蕴的安排。被表扬的竟成了斗争对象！

这些新发现，给王丙才找姜秀病历增强了信心。

王丙才找到二冶医院病历档案室。嗬，两间屋子快挤爆了。存放病历的架子连着放、并着放，几乎占满了所有空间。架子上的每一层都摆得满满的。墙旮旯和有的架子上层，还零散地堆放着。据病历室同志讲，原二冶有职工、家属七八万人，连同其他看病的，病历档案至少有四五万份。档案卡片也不全。

王丙才略一思忖，还是决心查找。他用两三天时间，从早到晚，一份一份地翻，直到把所有的病历架查完，也未发现姜秀的病历。这使他非常失望。

角落里堆放的是什么呢？王丙才不甘心，又蹲下来，细心查找。少顷，他猛地发现一册蓝色封皮已经变得灰白的病历。

"姜秀啊！姜秀，我可找到你了。"王丙才不禁脱口喊道，乐得像个孩子。

复查组请市立医院鉴定姜秀病历。第二天却退了回来。又接连请了几位外科主任、主治大夫，但翻看了一下，都不给鉴定。原来，这些人心有余悸啊！难怪呀！"反革命"的周福蕴在包头市医务界的老人中，谁个不知，哪个不晓！

有了病历，不愁鉴定。王丙才要自己看。他虽说是外行，但毕竟当七八年医院保卫科长，多少懂一些医疗知识。看不懂的，就请教行家呗。

二十几页的病历，王丙才看了一个星期，终于揭晓了谜底。

姜秀是1959年3月25日，被冻土块砸伤的。一、二节腰椎粉碎性骨折、截瘫、左胫腓骨骨折胸壁挫伤。来时，高烧到40℃，昏迷不醒。患者背部已有10厘米直径的褥疮前的红肿面。来正骨所后，周福蕴、林淑梅对其进行了骨折复位。

但从3月27日姜秀入院，直到同年10月死亡，经治大夫自始至终是正骨所的西医大夫葛庆升。这期间，还请了包头市第三医院骨科主任陈宝贤会诊了4次。每次都提出了进一步采取的治疗措施。在治疗过程中，由于患者又出现了膀胱炎、肺结核的病症，葛庆升曾给北京医学院第一附属医院发函，要求转到该院治疗。该院门诊部于6月11日回信，建议“仍按一般非手术方法治疗，不宜长途跋涉转院来京”。

姜秀的死亡记录也是葛庆升写的。其中写道：“来院经中医正骨及服中药治疗骨折，骨折已治愈。”

陈宝贤大夫看到姜秀的病历，惊讶不已：“咦！这么多年的东西，找到了真不容易！这回老周可见天日了。”他在旁证中写道：“该所经多方抢救，我去会诊数次。由于患者体弱，消耗太大，终因治疗无效而亡。我从病历看，治疗上是积极的、正常的。”

显然，姜秀之死不是由于医疗事故所致。

接着，王丙才、李广维拿着姜秀的病历，又找到葛庆升。

“葛大夫，请你再回忆一下，姜秀送到正骨所后，是谁经治的?”王丙才平静地问。

“周福蕴经治的，没错。”葛庆升肯定地回答。

“那么，你未参与治疗，未写过病历吗?”

“没有。我连一个字都未写过。”

“20 年了，时间这么久。你不会记错吧？”

“你们放心，不会错的。姜秀是周福蕴治死的。我记得清清楚楚。”

王丙才、李广维对视一下，决定摊牌了。

“葛大夫，请你把这份病历会诊一下。”王丙才把那泛着灰白色的蓝皮病历递了过去。

“啊！姜秀？你们怎么找到的？”葛庆升惊诧不已，如芒刺在背，神情霎时异常紧张起来，颤抖着双手拿着病历，似乎难以支撑。他心不在焉地一页一页翻着，纸被抖动得发着轻微的沙沙声。他半躺在床上，一口一口地喘着粗气，脸色愈来愈白，汗珠顺着面直往下流。据说，他得了肺气肿，早就休息了。

“是我写的字，姜秀是我经治的。”葛庆升耷拉着脑袋，慢吞吞地、有气无力地说着：“定我的罪吧。”随后，他把病历放下，颓然地闭上两只失神的眼睛。

“你不要紧张，姜秀的死也不能拿你问罪。我们是想核实一下，这病历是不是你写的？”

“是，是我写的。”

“那么，你为什么一口咬定是周福蕴治死的呢？”

“我错了，我错了。”

现在，真相大白了。

周福蕴被捕的依据，就是葛庆升炮制的那份反革命破坏医疗事故的报告。那时，葛庆升正在向周福蕴学习中医正骨技术。此人有个野心：他觊觎周福蕴的主治医师和所技术负责人的地位，妄图乘机将周打倒，取而代之。这份反革命破坏医疗事故的报告极尽栽赃、诬陷之能事。周福蕴的历史问题与姜秀之死，风马牛不相及，而葛庆升却说成周福蕴的“反革命阶级报复”，硬往阶级斗争的纲上拉。

葛庆升所以得逞，主要是利用其共产党员、西医大夫的优越身份和两面派手法，讨得了正骨所党支部书记、所长和公司卫生处负责人的信任。而所党支部、卫生处党委也官僚主义，对那份报告未认真讨论和查证，就报了上去。因而，就铸成了这个大冤案。

葛庆升机关算尽，以为随着正骨所的解散，姜秀的病历也付之一炬了。却未想到，那病历没有销毁，而成了平反冤案的铁证。

四

第二十二冶金建设公司已搬到唐山（原二冶分为包建和二十二冶）。王丙才同志向包头留守处党委书记曹立汉同志做了汇报。这位老同志又详细看了材料，拍案而起：

“错了，20年来的错案啊！”

他去市公安局说：“我表态，周福蕴案件是个错案，应该平反。过去定，是我曹立汉定的。今后，谁再说它错了，我去申辩！”

接着，市委、市公安局和二十二冶留守处开了联席会议。复查小组做了详细汇报。大家一致认为，周福蕴案件既不是反革命破坏医疗事故，也不属于严重责任事故，是个错案，应该给予平反。但是，具体如何处理还定不下来。

冶金工业部信访处也听了王丙才的汇报，认为周福蕴的问题清楚了。接着，冶金工业部办公厅向二十二冶发文件，要求抓紧解决。同时，又和国务院信访接待站、公安部办公厅联系，希望他们听取汇报。

公安部办公厅答复说：“这是一个重点案件，要专门开会研究一次。”

过了两天，公安部办公厅郝彦同志主持开了会。参加会议的有冶金工业部信访处、内蒙古和包头市公安局及二十二冶的同志。王丙才把周福蕴案件的复查情况详细作了汇报。大家相继发言，都认为周福蕴案件应该彻底平反，不留尾巴。

1979 年 6 月 18 日，包头市信访办公室正式批复了包头市信访处、包头市公安局和二十二冶留守处联合复查组《关于对周玉英为其父周福蕴申诉案件的复查处理报告》。

周福蕴的错案彻底平反了。

受株连的林淑梅、周玉英和张宝祥 3 位同志也给予了彻底平反。

周福蕴的错案近 20 年了，几经反复。若不是党的十一届三中全会做了平反冤假错案的英明决定，若不是国务院信访接待站、冶金工业部、公安部抓紧催办，若不是像王丙才等同志这样认真、求实地复查，谁晓得何时才能彻底平反呢?!

周福蕴错案平反后，家里喜气洋洋，像过节日似的洋溢着 20 年来从未有过的欢乐气氛。社员们也奔走相告，纷纷前来祝贺。

平反后，周福蕴竟能不架双拐仅拄一根拐走路了。他每天早起锻炼，身体一天强于一天。他说：“我才五十五六岁，要为四化抓紧干哪!”

周福蕴由于 1960 年被关押时，劳动致残，生活不能自理，定为工伤。平反复职后不能坚持工作，在家里养病，并照常分文不收地帮助大队卫生所看病。十七八年来，周家虽然生活在社会主义社会，但由于蒙受了不白之冤，却过着极其艰难困苦的生活。“四人帮”横行时期的遭遇，今天他们回想起来，还是痛苦万分，泣不成声。尽管如此，周福蕴从未放弃过对骨科医学的研究。其水平比包钢正骨所时，已大大提高了一步。从前不能治的骨科病，现在能治了，而且基本能治好。骨科领域的疑难杂症，有些也被突破，如骨质增生、骨结核、脊椎炎等。由这些病引起的截瘫也能治了。对重大的开放性、粉碎性骨折和肌肉严重坏死及严重骨髓炎等，他不仅治愈并能保住肢体。

对一个被管制的残废人，在那种困难的环境里，还能坚持为患者治疗，并继续研究、探索骨科医学的难题，委实难能可贵。如果原正骨所没有经历那场致命的阶级斗争扩大化，而继续兴旺发达下去；如果没有这近20年的风风雨雨，而一直保持哪怕是正骨所初建时的安定局面，周福蕴、林淑梅无疑会治愈更多的患者，对骨科医学的研究成果，也会比现在多得多。

回首往事，令人感慨、费解，甚至哑然失笑，但积极的还是吸取教训，不致重蹈覆辙！

（原载于1980年群众出版社出版的《春风化雨》上册，

作者为《中国冶金报》原总编辑。）